U0016712

查無此人

于是
著

獻給每一代出生入死的凡人

遺忘完全可以是記憶的一種深沉形式。

——波赫士

目次

推薦序

父親記憶的殘瓦

彤雅立（詩人、譯者）

遊走於作家與譯者兩種身分的于是，在中國有著一定的讀者，卻因為名字容易在茫茫網海之中被混淆，而造就了一種神祕性。于是來自中國上海，作為譯者的她，出生地或許並不特別重要；身為作家的她，這樣的來歷則是一個可以連結寫作者及其作品的重要訊息。

在這部寫成於二〇一七年的小說中，于是以虛實並陳、今昔交錯的方式講述一個虛構的家族歷史。當主角子清重歸故里的時候，作者提到——

城市人沒有故鄉。每逢有人問起，上海，就是一個籠統的出生地，但不是本地人就不知道城中格局、及其潛臺詞，你需要很長的篇幅才能跟外鄉人解釋，出生在上海的工人新村和原法租界新式弄堂裡有什麼區別。

重歸這裡，她果然辨不清地標了。梧桐在他們搬離後又瘋長了二十多年，鋪張濃密，也改變了街道的光影。原先可堪標誌物的小學不見了，這一點兒不稀奇，這座城經過了多少拆建啊！實話說，她根本沒想到老家還健在，被埋在周圍林立的密集高層之間，像一隻侷促的蛤蟆趴在井底，一趴半個多世紀，身上滿是疙瘩。

這段話描述了子清對於故鄉上海的感受，也呼應了作者在前文中提到的「子清始終不喜歡在上海久留。不喜歡有家的感覺……」，乃至於「子清始終迷戀當一個不負責任的旅人」，並且「可以游離在自己身外，看到外部世界經年累月在自己腦體裡投射下的觀念，陳腐又偽善」。長年在外部世界遊走的子清，由於父親罹患阿茲海默症，遂返回故鄉，重新面對家族與歷史。有關她的父親，于是這樣描述——

王世全不知道自己是王世全。不知道自己有兩個女兒。不知道這裡是哪裡。不知道一切。否則他不會住在這裡，二十四小時受到照料和監控。但也有可能，王世全什麼都知道，卻被言語拋棄了，因而被一切倫常、邏輯、情感的表達拋棄了……

于是以第三人稱書寫人物，而不採取第一或者第二人稱，使得親暱的關係描述也帶有某種距離感，這樣些微的距離，就像裹上一層濾鏡的鏡頭，讓清晰的事物變得有些模糊，感傷的思緒亦然。也許這正是何以作者在後記中特意交代：「這本書慢慢地遠離非虛構，慢慢地在虛構中獲得自由。從當事人到陌生人，都不再囿於疾病，而得以在疾病的隱喻中施展各自的悲喜得失。」

就這樣，我們隨著帶有距離的閱讀，在各種隱喻中讀出了作者意欲表達的那一齣屬於中國家庭的時代劇。那時代延展寬闊，從二次戰後的一九四五年至當代的二〇一三年，卻又打破年代的時序，而以四季的更迭流轉，穿插三代人的物事；冬、春、夏、秋，始篇「百堂・一九四五」，終篇「空房間」，年代不明。冬日凜冽，子清與父親各自在不同的年代生活，祖父輩遭逢戰亂，子清則是遭逢父病，長年遠遊而後返家，從而開啟一段理解家族的過程。子清的父親王世全，一如書中題獻——獻給每一代出生入死的凡人——在歷史的浪潮下，凡人的家族史往往深藏著時代的祕密，而使人更要出生入死，才得以倖存。在子清的挖掘下，她才認知到父親一生閉口未提的過去，由於失智、失憶，成為了父女之間未能談論的永恆祕密。

那是文革時代的祕密，透過尋覓父親的通訊錄，而在抽屜裡與檔案館中逐漸掀開了父親的往事，文革時的結婚證、毛主席、大遊行……。時序是夏季，子清來到父母親的故里東北，哈爾濱市——

現在，她走在這座父母相識、她生命起始的城市，只覺得這地方缺乏顯而易見的美。缺乏和她記憶勾連的媒介。對父母的一生來說，只有兩個城市是重要的，致命的重要：上海，哈爾濱。他們靠讀書告別了東北鄉村，來到這座被譽為「東方小巴黎」的大城市，第一次見識到大學、教堂和愛情，也在這裡經歷了紅色造反團的打砸搶，和所有人一樣延誤了畢業……但她現在還能看到什麼？沒有父母的指引，這只是一座陌生的城，充滿了司空見慣的車輛……

外國男友奧托的眼光，也提醒了子清以更寬遠的視角看待家族史：「每個長輩都有長達半世紀的回憶，她這一代人長輩回憶理應涵蓋中國歷史上最重要的事件，但她一無所知。……說來荒唐，這竟是子清有生以來第一次確鑿的知道：父母和文革是有直接關聯。」這裡的母親指的是親生母親。由於大學時子清的母親亡故，父親再娶，之後她便在外生活，少見家人了。而那個夏天，她在挖掘父親記憶的同時，也看見了世界的瘋狂。

這部作品在寫成的時候便有著英文標題——Ahistorical Story of Daddy Boy。乍看之下，或以為是編輯排版的失誤，可以誤讀為A historical Story of Daddy Boy。事實上，作者于是正以文字遊戲要我們從「一個歷史的故事」跳躍到「一個非／去歷史的故事」，而且還是有關「父親少年時」的故事。Daddy Boy則改寫自書中提及的愛爾蘭民謠〈丹尼男孩〉（Danny Boy, 1913），無形中給予這部中國當代小說一個西化的視角，也意指著父子／父女之愛的普世性。

在父親記憶的殘瓦中，子清才意識到，每個人身上都承載著歷史。即便它從未被說出來，卻早已潛藏在我們的無意識中，等待有一天被召喚，或者就這樣默默地一代傳過一代。子清的故事也像世界上每一代的青年一樣，離家、返鄉、認親……，有時我們渴望在異地迷路，更甚於留在雙親身邊。直到有一天，我們被迫直接面對，從而開啟那記憶。但，記憶是否能透過後人的挖掘而像瓦片被拼湊起來？還是它也有可能無聲地像嬰孩在子宮中，憑藉非語言的方式來感知與傳承？於是我們看見，當子清的意識被召喚，以行動去撿拾那殘瓦，最終，她是這樣描述走過時代洪流的人們：「事實上，歷史那麼跌宕，起伏得有夠荒唐，但在中國能夠安然終老的這一代人並不少，記憶是在有意和無意、病和老、個體和群體之間消散的，平凡，就是他們抵禦大歷史的唯一武器。」

推薦序

煙火債．很少的事．枯榮之心

張怡微（作家）

許多年來，于是的主要職業更像是一個文學翻譯。儘管她曾以暢銷小說名世，主打都市言情，在文學與網路相遇伊始，許多人都讀過她的作品。

于是從事過許多工作，寫過很長時間的專欄、評論。與都會生活中許多獨立女性一樣，她擁抱自我、熱愛旅行。但歷經時光砥礪，終於又回到小說寫作中，契機卻是源於父親的一場病。

在父親被確診為「阿茲海默症」之後，于是的生活慣性被打破了。和父親單獨相處的時光，孕育了《查無此人》這部小說，而直至這本書真正完稿、出版，又經歷了漫長的時間。疾病突然創造了負擔與責任，但換一種方式來想，也許是父親又將于是拉回到更純粹的文學世界中。《查無此人》令她仔細爬梳了父親的來歷、其實也就是自己的來歷；找尋到遙望祖輩的鄉愁、其實正是檢閱現世的哀愁。也令她從一個都會女性，還原為一個普通的女兒。

「我不再是我」。她藉由小說人物「子清」在故事中自陳。「她甚至懷疑，命運要她把前十年欠下的煙火債一次性還清。」

《查無此人》被分割成不同時空，一是父親的身世，出身於東北，一個亂世商人家族；另一個則是女兒子清的內心生活。身世越來越完整，離別就越來越切近。從子清的獨白，我們可以看到一個孤獨的女生舉重若輕地介紹著自己的前半生：「我有一個安分的童年，姐姐遠嫁加拿大，大學時母親亡故，兩年後父親再娶，畢業後我獨自生活，沒有固定單位。父親和母親大學畢業後分配到上海，再也沒有離開，在同一個單位工作到退休，無波無瀾。續弦後他和女方一家住在一起，每年我大概會過去看幾次。父親三年前中風跌倒，同時被宣判得了阿茲海默症。大約一年前就叫不出我的名字了。就這樣。」

顯然，「就這樣」不足以生成一部創作的根基。所謂「煙火債」，更像是子清對於複雜的身世、離散的陰影及撿回一個沒有記憶的父親時的無奈、惶恐、不習慣的淺淺應答。子清的善良、樂觀包裹著敏感脆弱的內心，殘酷的命運橫陳眼前，在審美和批判之間，她選擇了吞下難以細表的苦衷，一頭栽入對新的日常生活鉅細靡遺的描述和接受，以期緩解內心的種種喪氣與哀涼。

女作家書寫「父女關係」是一個經典的母題。如吳爾芙的《燈塔行》、鍾芭・拉希莉的《陌生的土地》、又或者李翊雲的《千年祈願》……父親象徵著權威、尊嚴、品德，女兒對父親的愛看似簡單卻又深厚，看似隔閡卻又溫柔。父女之間，既是男女，又是長幼。如戴錦華所說，在「父親情結」之中，潛藏著的不僅是潛意識、欲望的詭計，而且是女性現實困境與生存困境。

在父親喪失的記憶之後，子清反而奪下了父女生活的話語權。那個被繼母還回來的父親，在她的引導下一點一滴完成日常生活。這本身很反諷，全部的努力都將付諸東流，但溫馨居然是真切的，悲傷也是。子清心裡明明白白，她的付出不會有人真正懂得，也不會有人認真記得。父親的疾病與離開，照耀她的孤獨，這種孤獨令他生前的出走、破壞都可以顯得是打發時間的小事。對於子清而言，病魔險惡過任何一個陌生女人，與子清拉扯、搏鬥。子清的孤獨、驕傲，只能令她假裝虛與委蛇，「她挽著他，像一個嫉妒心極強的小老婆，決不允許他離開自己半步，決不信賴外面的花花世界。她挽著他，也像一個耐心的早教老師循循善誘……只有她永遠是父親的女兒，這一點無可改變。」所有人都離開了父親，但是子清不能。子清知道這個世界上「還有一些人走失了，卻沒有人去尋找他們」，但她做不到。那是一位女兒童年以後、一位父親晚年以前，被生生挖去一大塊的殘破生命史。

小說開篇，子清說起父親的一生，「和我們一樣，做了很多事，但不一定很重要。」小說末尾，「她們每天都好像去很遠的地方，但只做很少的事，很累地回家。」洋洋灑灑一輩子，可以說出來的事卻顯得那麼蒼白。父親零碎的一生在原鄉親眷們口中，像碎片一樣降落。只有子清知道，唯有內心的野獸是父親交給她的血脈、遺產，誰也奪不走，因為他生養了她。

「查無此人」這個題目很嚴酷。閨閣之間，昭曠之原，都不再有父親這個人。世界、世間都像患上阿茲海默症一樣，將普通人的歡喜哀愁一併忘卻。像于是自己說的，「一代人離去，下一代人還沒辦法收攏那些記憶，又要汲汲營營地去創建自己的生活。」

有情的人，情何以堪。

冬

百堂·一九四五

張作霖威震東北的時候，百堂還小，一家四口坐擁五十畝地，算富裕人家，日子很清淨。後來日本人占領了東三省，家家戶戶交份糧，老王家所在的屯子又小又偏，竟也是好運，能在戰事中躲過幾劫。反倒是俄國兵過來打日本人時會在中國人的村裡姦淫、殺傷、搶劫，嚇得家家戶戶閉門關窗，姑娘家萬不得已要出門，都得先用爐灰把臉抹黑，再用帕子蒙住臉孔。

百堂祖籍山東，祖上是明末大饑荒時逃難到遼寧省的。逃難人家沒有家譜，只有被饑餓閹割的記憶，一代代相傳的是對饑餓的恐慌，到了百堂這代，漸漸不信任農夫的天命，靠天吃飯太冒險，更何況時局動盪。百堂知道張作霖當年闖蕩江湖就是先做買賣，再入綠林，所以也好商，不甘心種地，早早成了婚，心思就野了，加上天生能說會道，就從肇東等地買進幾十匹馬、騾、驢，車上堆滿高粱和苞米，和人家談好交易，一次運幾個火車皮，拿回村鎮市集去販，一來一去能掙不少錢。但這錢不好掙，因為那是一條跨越日占區、國民黨區和共產黨區的路線，東北匪幫猖獗，任何一個地點都可能遭劫。

百堂知道危險，所以在市集上買了一把小土槍，誰知當天就有鬍子來搶，瞄上老王家有地產、還做小買賣——那時，老王家的田能產幾萬斤糧食呢。好在老屋沒有後窗後門，高屋架，長條炕，特別能藏人、躲人。百堂被堵在屋子裡，空放了一槍，惹來外面一陣槍聲，最後，百堂大吼一聲，報上一人的名號——鄉人不知那是誰，但鬍子不戰而退，可見是知道的。那人是兵團裡的軍官，也就是罩著百堂做買賣的關係人，那幾年裡，從百堂手裡拿過不少好處。

大兒子世元十九歲就成婚了，娶的是富農家的姑娘，比兒子大三歲，因為白俄進村，怕姑娘家被糟蹋，趕緊嫁，所以百堂一分錢沒花，媳婦娘家還倒貼了三袋麥子。

漸漸的，方圓幾百里的人都知道百堂的名號，屯子裡的鄉親也都知道百堂的口頭禪：坐椅子的比賣力氣的強，做買賣的比種地的強。簡而言之，要讀書、做官、經商，不要做農民。做農民不但看天吃飯，還要受各路人馬的欺辱。

其實，百堂最清楚農夫受的苦。反倒是那些只知道務農的農民安安靜靜地過日子，未必有覺悟。東北三省解放時，國共兩軍交戰，但沒打到這個小屯子裡。一九四五年解放時，縣城裡有慶祝活動，但敲鑼打鼓也傳不到這個小屯子裡。屯子裡總是安安靜靜的。再往後，村長說什麼就是什麼。在農民的世界裡，天下大事也都是道聽塗說。

百堂一口氣生了八個孩子。

老大世元油滑，心裡精明，嘴上不說，最愛哭，百堂並不信任他。每次去市集做買賣，百堂總是帶著老二世魁，因他寡言但牢靠，也不惹事，光靠聽看父親做事就學會了做買賣，很快就能獨自把家裡省下的口糧拿到市集去賣，或是空手去，從東頭買，到西頭賣，每斤賺個五分錢，一兩個月下來就能湊夠一學期的五塊錢學費。老二還跟百堂抱怨過一次，說大哥好賭，贏個一分兩分的，就讓他塞在帽簷裡藏好，沒幾天就說錢少了，老二覺得太委屈。

老二總是和老三世祺紮堆，因為歲數夠得上，一起上學下學。有一次，屯子裡一家破孩子站在高牆裡的土垛上朝他們扔土塊，老二先是忍，叫老三也忍，忍了幾天，哥兒倆都火了，決定用石頭還擊，一砸一個準，結果把一個孩子的人中砸破了，扯嗓嚎哭引來了家人，去鄉裡的醫療所縫了兩針，吵著要老王家賠償。那時是夏天，老二老三嚇得一晚上沒回家，躲在高粱地裡，倒也不冷，只怕回家一頓暴打。百堂媳婦半夜三更在地裡找，竟給找到了，嗔怪地說，快回家，爹等著。百堂自然是打點了那戶人家，擺平了此事，但沒有打罵老二老三，哥兒倆很納悶，尋思了好多年。其實，百堂心裡沒糾結，兒子被人欺負，知道忍讓，也知道還手，更知道犯了錯要躲閃，這就夠了。百堂打心眼裡喜歡老二的明理、老三的跋扈。

老實說，這家人在屯子裡挺霸道，沒人敢欺負，因為哥兒幾個人多，老三還特別橫。有一回，閨女在後村被人打了一下，七個兄弟召集了半個屯子的人去幹仗，把對方教訓得服服帖帖。百堂覺得，這也挺好。

唯獨老四世全讓他擔心，四歲半才開始說話，連老六都會咋呼了，他還在哼哼唧唧、連比帶劃。百堂想，要是個啞巴，就留他在家種地吧。想想又不甘心，問了問鄰村的活神仙，說名字沒取好，全，太滿太好了，不如卑微些，改成泉。百堂回家宣布，老四改名了，但念起來一個音兒。就是因為一個音兒，沒人惦記這事。

這孩子從小就內向，別人沒事兒也不使喚他。老四讀到小學兩年級都沒開竅，成績很差，初中都沒考上，復讀了一年。這時候反倒有了點文質彬彬的樣子，和兄弟們不一樣。就說那天冬天的事兒吧：幾個孩子在後屯子結了冰的池塘上溜冰，照例是別人家的兄弟和他們幾個打打鬧鬧，這老四不知被誰推了一下，也可能是自己絆的，突然仰面跌倒在冰面上，一聲不吭，不喊痛，四仰八叉躺在那兒，一動不動。別人家的孩子怕惹事，眨眼都溜了，剩下王家的老五老六圍在老四身邊，乾瞅著，沒主意。老五說老四眼睛睜著，但沒有眨巴。老六說不是，老四死了一樣閉著眼睛。等了一會兒，老五嚇哭了，哭著哭著，老四卻突然坐了起來，聽到兄弟們問他怎麼回事兒，只是搖搖頭，說，沒事兒。到頭來也沒人知道，他是摔了還是傻了。

就在老四世全復讀的那年，三十九的百堂剛又得了個兒子，在家推碾子時卻突然口吐鮮血，被確診是開放性肺結核。為了治病，六個人抬擔架走了四十里路去治病，賣掉了幾十擔糧食，來回幾次，家裡眼看著就吃緊了。

老二世魁讀書很好，已經在黑山讀中學了，沒法天天回家，就在學校旁邊和同學合租了房子，分攤住宿和伙食費。每隔幾星期，百堂會趕馬車給世魁送些補給去。那一年，他只得吩咐老三世祺去，馬車上裝了白菜、柴火、苞米等等。那一次，世祺叫上了世全陪他去，路上也能解個悶，誰知送完東西趕回家時，馬突然驚了，許是拖車的一個扣鏈崩斷了，受驚的馬狂奔起來，不到三里路，趕車的世祺就被顛下了車，小臂還讓鐵車軲轆軋了一下，車上只剩了世全，不知道怎麼抓、怎麼拽的才沒被顛下車。半路遇到一個車把式，見勢不好，揮了一鞭子，馬才停下來。世祺好不容易趕上來，接著爬上去趕車，直奔縣城，去飯店，找在那兒打工的姑爺，抬起黑黑紅紅一道血印的手，說給軋了。姑爺就帶他去看郎中，摸了摸胳膊，確定筋骨沒事。大家看世全不聲不響，就都沒問他好歹。回家後，百堂狠狠訓斥了一通，心疼的是馬，倒不是兩個兒子。

那時候，百堂已經病得下不了地了，天天躺在西屋，聽到孩子吵鬧便心煩，每天每夜，他的炕頭枕邊都要擱一條馬鞭，聽到幾個孩子回來便一甩手，抽一記門框，誰也不敢再吵鬧，乖乖的躲遠些，天黑再回家。

躺在炕上的百堂沒閒著，把八個孩子一個一個想過來，想了七七四十九天，再把大兒子叫到床頭，吩咐說，老四連初中都考不上，不如不念了，去縣裡學剃頭，好歹有門手藝，還能早點幫著養家。世元這時還不到二十歲，聽這話就哭了。百堂看大兒子哭起來還像娃娃，心一軟，又哄他說，反正以後是你當家了，你要認為他還能讀，那就讀吧。

耗空了家財，病還是沒能治好。百堂四十一歲就死了，沒看到老四考上初中就開了竅，到初三，每次考試都是前三甲，所有人都開始相信，世全是老王家最能念書的孩子，但所有人也都忘了，百堂曾經把他的名字改成了世泉。

世全·二〇一三

那是一座山，比村裡的墳山高。陡坡特別犀利，在七歲沉默男孩的眼睛裡像是用鐵打的。陽光非常刺眼，彷彿五弟扔出的一把碎玻璃。綠色由遠到近，陌生的綠，不太像是老家田裡玉米葉的綠。世全突然想起自己是個色盲。

他，這個老人，佝僂著背，一個勁兒地往橋上的機動車道上騎，自行車的腳蹬被踩得咯噔咯噔響，但車流聲嘈雜，沒人聽得出一輛車對一個陌生方向的抗議。這個老人身手矯健，如果不把衣兜裡的身分證拿出來，沒人相信他已經七十三歲了。他騎了一輩子自行車，超過一個甲子，幾乎每天。這讓他在車上信心滿滿，從不遲疑。

但此刻他遲疑了，就在騎到橋頂的時候，他或許發現了眼前的景致是陌生的。也或許沒有。下行的路順暢得令人心癢，秋風吹散了上坡時辛苦迸出的汗珠，他長嘆一聲，被慣性馴服了，被加速鼓舞了。他欣欣然地看著一輛輛車從身邊駛過，有的車猛按了喇叭，有的車卻放慢了速度。

在他眼裡，看到的只是些瘋馬的影子。跑瘋的馬啊是多麼可怕。三哥被顛了下去，只有自已在瘋馬帶領的路上。七歲的沉默男孩緊緊攥著馬車的靠欄，閉著眼睛，不想被迎面抽來的樹枝打中，其實他還矮小，坐在車板上還沒有馬脖子高，對這種危險來說，他是安全的。他想起爹，爹的臉色很沉，老棉襖很重，脫下來蓋到炕上時會震起一陣土灰，爹一定會責罵他們趕壞了馬車，他可心疼這匹馬了。了不起的爹，用一火車皮的牲口換來糧食，還有這匹黑馬，然後，爹趕著黑馬，拉著車，把糧食拉到市集去賣，三哥跟村裡每個人都吹噓過，滿洲國的關卡難不住他爹，他爹甚至會說日本話。只要過了關卡，賣出糧食，一家十口都能吃飽。老王家的日子是可以很殷實的。夠可以了。但爹心疼馬，不心疼他。他在顛簸中閉著眼睛，幻想那張暴怒的臉，等到的卻是死於肺結核的那張蠟黃蒼白瘦如刀削的死人臉孔。爹去世時是多少歲來著？四十？四十二？

爹早死了。瘋馬還在跑，跑到紅燈前還在跑。世全不覺得自已犯了錯。綠燈還是紅燈？看起來差不多。但漸漸的真累了，山太高，路太遠，瘋馬不知道要去哪裡。等到自行車的鏈子掉下來，他從車座上趔趄著撐下腳尖，恍然間，意識到自已迷路了。於是，他推著老車走到路邊。天已經黑了。他用手掌轉了轉車輪，說，你去拉磨吧。他又看到了童年老家的那頭驢。父親死後，馬賣了，地賣了，只剩了一頭小驢。他陪著驢拉磨，磨苞米麵，一家九口都等著吃。陪著他長大的那頭驢在國共交戰時被當兵的牽走了。村裡人從來搞不清是哪一黨的兵。

啊！好多兵！藍藍紅紅的在他眼裡都是灰色。灰色的小兵來勢凶猛，他舉起手反抗，卻發現手裡只有一支巨大的毛筆，墨汁黏稠地滴下來，黑暈從他的衣襟蔓延開，暈染了衣袖，還有牽住他衣袖的女人的手……她在。

所以，這個老人孤獨地站起來，忘了自行車，忘了塞在車籃裡的外套，以及外套裡的錢包和鑰匙和證件。他既像是驢也像是兵，義無反顧地朝她走去……

夢到這裡就醒了。子清在深夜醒來，心也跳得像瘋馬在跑。她相信這是父親的生靈在給自己托夢，向她解釋那兩天裡發生的事。那是父親一生中最神祕的兩天空白。沒人知道他去了哪裡，走的哪條路。當她接到員警的電話飛奔到幾十公里之外的派出所時，父親只是說自己爬了一座山。這樣的夢，她做過很多，有時還希望這些夢能像連續劇一樣播映，彷彿這就能彌補父親的失憶。然而，這只能證明她對父親後半生的無知。成年後，父親只像是一種原則和概念性的存在。

昨晚翻譯到三點半，夢做得太逼真，醒來很累，已過中午。但她決定還是去一趟遙遠的城郊，看望父親。每週總有那麼一兩天心神不寧，她分不清多少是因為擔憂，多少是因為愧疚。匆忙地刷牙洗臉，換上黑色外套和牛仔褲，穿板鞋，喝下一罐咖啡，塞下一只紅豆麵包，把耳機戴好，再挑一本不太厚且無需太動腦的書，出門。

父親的病，擴大了她的版圖。十號線轉乘三號線到終點站，最快也要一個半小時。只有兩次，關鵬有空，開車送她去，但沒有陪她上樓。關鵬用他的方式將版圖又擴大了一點：從福利院出來，不直接上高架，而是左拐進入一條小路。子清這輩子都沒有去過、甚至沒有聽說過那條路，事實上，她對這片區域的認知僅僅在於福利院本身、地鐵站本身，以及兩者之間的步行路線。要不是關鵬，子清永遠不會知道，父親所在的福利院和濕地公園那麼近。公園內的花草蟲魚和潮汐對她來說也是全然陌生的。最陌生的感覺則來自於這種組合：看望父親的短途旅行＋無憂無慮的公園觀光。未知可以迅速變成已知，只需依靠注釋完整的圖文指示牌。木棧道兩旁的妃柳漸漸合攏，河口的風景依稀可見，彷彿走在綠色岩洞裡，走到盡頭就見到水草瑩瑩的灘塗，枯黃的蘆葦朝著一個方向拜倒，再遠處有長船悠然駛過，吳淞港的高腳吊車聳立出堅硬線條——那是兩個土生土長的上海人第一次看到的上海河口景色。

10：10分的潮位紀錄：0.7米。
14：15分的潮位紀錄：3.5米。

子清第一次想到：記錄潮汐，也許是最適合自己的工作。和潮汐相比，地鐵裡的人潮雖然也有潮位規律，但太不具美感了。如果人不多，她會看書，地鐵很能考驗情節的抓地性。她會低眉順眼在書頁三十釐米的上方，但書頁翻動的速度很可能是自欺欺人的表演。她會看到無數褲腿、鞋子和肉鼓鼓的手指，觀察氣味和指甲的狀態，默默判定身邊乘客的來處和歸處，動用不必要的、過剩的警覺，不可避免地走神。有一次，她看到一個人在地鐵裡認真地研讀樂譜，便在心裡給他布置了艱苦的亭子間童年，輝煌的未來則設置在維也納的歌劇院。還有好多次，車廂裡的氣味和嘈雜讓她無法安心看書，便假想追看的美劇主人公在這節車廂裡會怎樣：福爾摩斯會一敗塗地，Dexter無法替天行道並安然撤離，豪斯醫生會死於腦力衰竭和諷刺過勞，Nikita也會黯然失色，瞬間回到難民孤兒的初態……有時她會想到，父親在上海生活了將近半個世紀，卻從沒有搭乘過這條地鐵線。

如果人太多，沒有座位，她只能站在人群裡聽音樂，調大音量。聽了十多年的歌手們的聲音才值得依賴，起承轉合帶領她正常呼吸。她的iPod裡大都是老歌，Chara肆無忌憚的野貓般的唱腔，小室哲哉破產前的創作，椎名林檎撒野般的高音……每當隨機播放到Suede的Everything Will Flow，她都會在心裡說，來了來了，這才是看望父親之旅的主題曲。

今天的地鐵裡，她把書看到157頁，凶手幾乎已要落網。走出地鐵站的時候，她看了看手機上的時鐘，剛好三點，距離福利院的晚餐時間還有一小時，她決定不打車，步行二十分鐘，剛好過去陪父親吃飯。

父親最終住進這家福利院，是幾個月前的事情。父親和她都有點不適應。他也許有極其短暫的清醒時刻，也許會抓緊時間咒罵沒良心的女兒和後妻，也許會害怕地發現自己被一群陌生的老頭圍繞，每一個都不像是正常人，而等短暫的清醒過去，他又和他們渾然一體。泥牛入海。而對子清來說，唯一不適應的就是負罪感，即便斜跨整個城市去看望父親，實際上不過是消耗體能和時間，換來一點點心安理得的錯覺，根本無法改變她對病情無可奈何的事實，卻又處處提醒著她：她把他交出去了，再也沒有努力陪他，沒有照料他，而是徹頭徹尾地放棄了。

走進福利院，在門口簽了出入證，她便看到那些貓。大都是三花和黑貓，懶洋洋的徘徊在花園的草地上、樹下，等待著晚餐時段會出現的剩飯剩菜。一個老人坐在輪椅上，和一隻肥胖的花狸貓四目相視。另一個老太太抓著貓糧袋，不停地趕跑別的貓，又對一隻懷孕的黑貓說，快點吃呀，多吃點，別讓牠們搶走了。他們都是老人公寓裡的住客，生活可以自理，所以可以自由進出。走過兩棟老人公寓，再走到小徑的盡頭，便是父親所在的那棟樓，電子門鎖意味著裡面住著喪失自理能力的失智患者，他們不可以隨意外出。

二樓三樓住著老太們，四樓住著老頭們。電梯和居住區之間也隔著玻璃門，從內部出來時需用門卡開門，就連樓梯間通向外部的那道門也需要門卡。這些封閉策略都是針對失智者的，讓他們幾無可能獨自走出去，從而杜絕走失和迷路的機會。有一次她不想麻煩護工來為她開門，以為走樓梯也能出去，卻發現自己被困在樓梯間裡，上下左右都是死路。

大多數時候，這座內裝修規格達到三星賓館的福利院裡都很安靜，公共活動區的一大半空間被一張大桌占據了，老人們大多圍坐在桌邊，什麼也不做。只要有人弄髒了地板，保潔員就會在幾分鐘內收拾乾淨。每一條走廊都被拖洗得鋥亮，反襯著某種骯髒的必然性。她還見過幾次洗地機工作的場面，肥皂水和消毒水轉出一圈圈的白色泡沫，像一幅緩緩鋪張的抽象畫，那是她在這個空間裡見過最有生機的圖案。

她常覺得這裡的潔淨維持得太好，讓人放心，卻也偽飾太平。都市養老機構裡有寬敞好用的大洗浴室，走廊、窗邊、床邊和衛生間裡都有扶手，瓷磚地，塗料牆，木製原色吊頂，吸頂燈，中央空調，統一的潔具……沒有任何個性，也沒有缺點。她在心裡稱之為：老年幼稚園、時空結界、生靈墓園……

今天，一出電梯，她就覺得四樓的氣氛有點怪異。大廳裡，人影寥寥無幾，擺在電視機牆對面的藍色沙發上竟也空無一人。通常，護工們會在這個鐘點把老人們聚集起來，讓他們各就各位，圍坐大桌，準備開飯，她會在那一群老人的剪影中迅速找出父親，因為他的座位幾乎是固定的，整個白天，他都默默地坐在那裡。今天桌邊沒有人。但她還是一眼就看到了他——

她看到，父親雙手抱著一臺微波爐，繞著長方形的大桌走成背影，插頭線在桌腳絆了一下，又被拖著走，不情不願的跟在一雙白生生的赤腳後頭，隨著蹣跚的腳步一頓一頓。肩胛骨彷彿要刺穿汗衫聳出來，和懷裡沉重的分量艱難對峙著。現在，他又拐彎了，微波爐有一扇鏡面門，搖晃在他身前，映現出一個年輕女子的身影，左右顛動中，反倒是她更像被招進魔鏡的魂，而他是巫。她強忍著，把視線從過分清晰的鏡面中的自身拉出來，去看他的臉，他凸起的膝蓋，他幾乎瘦到隱形的胯部，他裸露在外的顫抖的小腿和大腿，皮肉像裹屍布垂掛下來。他繼續繞行，又走成了背影。她不知道他這樣捧著一臺微波爐繞著桌子走了多少圈。她想像不出一個耄耋老人有多大的氣力能完成一件荒唐透頂的事。

「我們不敢去碰他。他剛剛踢走了小黃，還差點用微波爐來砸我。」穿著靛藍色護工服的胖阿姨走到她身邊，並沒有壓低嗓門。她是負責給老人清洗身體的女工，幾乎每天給她父親擦下身時都會被父親揚手摑掌，甚至握緊拳頭，砸向她的任何部位。

「他走累了應該就會自己停下來的。」胖阿姨的語氣顯示她並沒有太大把握，「怕就怕微波爐掉下來砸到他自己。」

誰也沒有動，空氣裡有一種緊迫的張力，但被更稠密的哀傷凍結住了。她突然害怕地想到，也許這些護工都在等待，微波爐像塊巨石一樣墜下來，都在默默倒數，數著她父親病臥在床、因而乖乖聽話的時刻。那將意味著每個人都獲得解放。她想像著腿骨骨折、趾骨斷裂，脆生生的骨茬刺穿疲軟的肌肉，而父親終於肯與肉體妥協，所有護工都將不會再被父親踢打，她們或許會更疼愛他。這殘忍的想像一閃而過，讓她不寒而慄。

這是她第一次在福利院裡看到父親衣冠不整，雖然聽說過幾次——他總是拒絕穿衣，或是拒絕脫衣——但從此往後，這樣的場景只怕會越來越多。

第一個月裡，護工給她打電話，「妳爸爸是不是以前常常打人？他把好幾個護工都打了，因為護工要幫他穿衣或是洗澡……他拳頭好重呀！」

子清緊握手機回答：「他從不打人的！肯定是因為他不習慣（習慣真的是好事嗎？）……他大概還有意識，覺得脫衣服是自己的事。以前，我不會硬脫他的衣服，我會哄他自己脫自己穿。」

「我們每個護工都要照顧七八個病人，沒有時間哄的……」

子清不知道該說什麼，只是很擔心父親會被最後一家可以收容他的機構拒絕。

老男人拖沓的步伐近乎勻速，有種催眠的格調。她鼓起勇氣，向前走了兩步，但還沒等她張口，胖阿姨就扯開嗓門叫起來，「老王！你看看誰來了！老王！老王！」

每一次，她都恨透了護工們的大嗓門、反覆的問，「她是誰？你知道她是誰嗎？」

王世全不知道自己是王世全。不知道自己有兩個女兒。不知道這是哪裡。不知道一切。否則他不會住在這裡，二十四小時受到照料和監控。但也有可能，王世全什麼都知道，卻被言語拋棄了，因而被一切倫常、邏輯、情感的表達拋棄了，因而醞釀了更充沛的恨，因而有使不完的力氣，像個武瘋子，在一群失去行動和思維能力的老朽病人中孑然獨立，為所欲為。

她恨那種低級的測試。如果病人能說出家裡有幾口人，微波爐該放在哪裡，十減八等於幾，那又何苦來這裡？她恨他們每次心情好就要執行這番對答，樂此不疲，彷彿只為了向她一個人強調：她是他的女兒。

她也恨那種大嗓門，刻意的，對著理論上應該耳背、應已失智的老人們。她總覺得，既然言語已對這些人無用，那就該換成輕柔的語調、輕柔的撫觸。但沒有人贊同她。他們說，你必須大聲點，引起他們的注意。她已不再申辯或反駁：那是不是也會引起他們的驚慌和恐懼？

父親不理睬任何人。微波爐彷彿就該是他的一部分，現在，冰冷的金屬應該已分享了他的體溫，依附在金屬箱子上的四肢用恆定頻率製造了機械化的心跳。當他又一次在桌角拐彎，迎面向她走來時，她突然驚出一身冷汗，彷彿看到一個機器人捧著自己的遺像向自己走來。

她慢慢迎上前，距離拉近，臉孔被推出鏡面，很快變成胸腹、腿腳，在她伸手抱住微波爐的時候，清晰的意識到，她用肚子擋住了畫面，黑場，謝幕，再會。她讓自己倒著走，好像隔著金屬箱子成為父親的鏡像，她希望不要嚇到、打斷他。她輕輕的說，爸爸，我來了，爸爸。就這樣，她輕輕喚著，彷彿念咒，倒退著走完了半圈，父親終於抬了抬眼簾。之前，他一直沉沉的低頭看著地面。

微波爐那麼沉。真的，她感到父親慢慢的把手裡的力量轉移給她，而那簡直是她捧不動的沉重。

奧托．二〇〇八

福利院和地鐵的氣味疊加在身上，一回到家，她就迫不及待地洗手、洗澡，每次都這樣。

頭髮還沒乾透，她就打開電腦，點擊Skype，向子萊描述父親今天的狀況。

「國內的福利院能這樣，算是不錯了。」子萊的口氣淡淡的，她家的電腦在書房裡，她的背景永遠是掛在牆上的水墨奔馬圖，她似乎又染了頭髮，但這次的黑色太重了，不太自然。「剛才我還琢磨著要不要call妳呢——生日怎麼過的？」

「去看爸啊，一來一去四五個鐘頭，等會兒下碗麵嘍。」

「妳也三十六啦。」兩個人都沉默了幾秒鐘，子萊只好自顧自地說下去，「妳知道嗎，奧托回來了，帶了個法國女朋友，前兩天在隔壁辦了個派對，好多人都喝瘋了，音樂開得震天響，斜對面的珊卓神經衰弱，跑去敲門說要報警，結果被那群人攬到後院，讓她一起放焰火，珊卓一開始不肯，後來，看看煙花也就笑了。奧托是去唐人街買的焰火，大概還是你們那年春節時去過的那家店。」

「他就知道玩，一個片子做了六七年都沒做完。」

奧托一直在做一個編外項目，要在世界一百個著名處所獨自演出《等待果陀》，他負責表演等待。根據二〇〇三年的約定，子清負責腳本，帳目，攝影，錄音，翻譯以及各種打雜。那時，奧托申請到蒙特婁一家藝術基金會的一次性資助，剛剛成立了獨立影像工作室，編內專案包括給電視臺、製作公司和私人客戶錄製節目，掙來的錢就拿來拍編外藝術項目。子清曾以奧托助手的身分往返於上海和加拿大。子清的英語比日語好，奧托的英語比法語好，還想在未來三四年裡攻克西班牙語和德語。就目前來看，語言能力的追加失敗未必是因為年輕人的好高騖遠，更可能是中年人的力所不逮。

他要在泰姬陵前說，「世界上的眼淚自有其固定的量，某個地方有人哭起來，另一個地方就必然有人停住了哭。」

在龐貝說，「我們就不要去說我們時代的壞話了，它並不比以往的時代更糟糕。我們也不要去說我們時代的好話了。讓我們別說了。」

在柬埔寨金邊的大屠殺紀念館說，「至於什麼才是至高無上的美，至高無上的善，至高無上的真，我真是無法企及，我也知道自己根本不配。於是，我舉起了一根鞭子。」

在達豪集中營說，「那是因為我的記憶出了一點小故障。在等待的時候，什麼都沒有發生。」

在長城說，「我們不是孤孤單單的，等待著黑夜，等待著果陀，等待著——等待。」

在維多利亞港說，「我們等待，我們厭煩。」

——以上是已經完成的部分。按照計畫，他們還要繼續。

「我沒問他這個事情。你們的事情我都弄不太懂。不過，妳今年應該有時間過來了吧？」

「現在我是走得開的，他在裡面有人照顧，但去年攢下的書稿還沒翻譯完，沒心思走。」

「那就太可惜了。」子萊看起來很疲憊，呆了半分鐘才繼續說話，「本來還等妳過來呢，就住隔壁，多好。奧托也是我從小看到大的，大家可以有個照應。」

「好吧，等下我和奧托也聯絡一下，問問他和新女朋友爽不爽，法國女孩子很風騷的。」

「妳就不能正經一點嗎？」子萊露出厭惡的表情，搶先斷了線。

奧托厭惡運動，但可以長途跋涉，混雜了馬來人和亞利安人的血統。第一次見面時，她二十六歲，他二十三歲，在子萊家的生日派對上，種著蘋果樹的小院子裡，他們談的是翁達傑、柯恩和中加兩國的大學教育制度——當然是各罵各的。隔了十一天，他從自家出來，向右走了一百米，敲響子萊家的門，然後帶她去爵士音樂節，在擠擠挨挨的歡樂人群裡他們接吻擁抱，像所有及時行樂的年輕人那樣。

子清默默地算了一下，有點吃驚地發現自己和奧托相識竟然已有十年了。彼此說「我愛你」已有十年了。

父親第一次走失的那天，她和奧托在龐貝的古劇場。

截至那一天，她已搜集了十九個國家的沙土。他們在日本的朋友認識一位做沙漏的老技師，可以吹製出上下只能通過幾粒沙的玻璃盅，調整所需的時間——比如你抽一根菸的時間，手沖一杯咖啡的時間——做成獨一無二的沙漏。子清把那些土裝在密封玻璃罐裡，全都排在上海的公寓的書架上，大約有三四十個罐，有些國家她會搜集不同地區的，比如泰國，南部海邊和北部山林裡的泥土截然不同。

電話鈴響起時，她站在競技場的縱軸線的中心點，夕陽猛烈，把她的影子扯到一百米長，她在對奧托說，「我想抓一把影子那頭的地上的土，可問題是，我怎麼可能人在原地，監視自己走到自己影子的另一頭？」

奧托去爬階梯了，他要爬到最高一層。只有下半部的少量石階座位還倖存，大部分都淪為青草覆蓋的泥土。他們要做一個聽力測試，這是奧托的編內拍攝任務之一。她剛剛把他的攝像機定好在三腳架上，畫面框定他在整個觀眾席間攀走時的全景。電話響起時，奧托很興奮，「哇哦！」他扭頭衝下面喊，「真清楚！簡直像在我枕頭邊上響！」她笑了一聲，因為他和她幾乎都聽不到枕邊的手機鬧鈴。為了不錯過火車或飛機，他們必須設定五、六個鬧鐘。

按照計畫，她要在攝像機旁邊唱三句歌詞，音量越來越小，看他在最高處能否辨認。選中的第一首歌是Danny Boy。第二首是Amazing Grace。第三首是The South Wind。三首愛爾蘭名曲，只因這個旅行節目是給愛爾蘭一家電視臺的青少年節目做的。每到一個地方，他們花很少的時間完成這類工作，再用很多時間琢磨奧托自己的項目，至少可以有人分擔差旅費用，假公濟私，但也少不了省吃儉用，甚至到處蹭吃蹭喝。

號碼顯示是「洪老師家」。洪老師是父親的第二任妻子，退休的小學數學老師，重度糖尿病患者。這個不喜歡她的老婦人哀哀切切地問道，「子清！妳什麼時候回來？可不可以馬上回來？我嚇死了，妳爸爸尋不著了，我報警了……」說到這裡，洪老師意識到接電話的人沒有出聲，就提高嗓門喂喂喂。子清這才憋出一聲，「在，我在聽。」

「妳爸爸陪我去老年活動室唱滬劇（我爸從來不唱戲的），我們拿好自行車要回家（我爸裝好心臟起搏器後不是說了不要騎車了嗎？），41號樓的范伯伯（又是那個范伯伯？）有事體問我，我就講了幾句閒話，妳爸爸就不見了，腳踏車蹬了就跑。我到家也沒有看到他，又跑出去尋。尋不到！我要急死了啊！」

她冷靜地想，龐貝的傍晚是上海的清晨，心裡一緊，洪老師又說道，「已經整整一夜天了，芳芳和小丁（她的女兒和女婿）在外面尋到三點鐘，實在吃不消才回來的。我也是一夜沒睡！到底該哪能辦呢！」

澄清了自己的束手無策，老太太哭了起來。她仰頭瞥了一眼，懷疑這哭聲是否透過手機聽筒，擴散到古劇院的每一個角落，讓無形的觀眾們屏息凝神聽著相隔千年萬里的飲泣。奧托早就爬到了頂，他聳了聳肩，地上的影子怪異的抽搐了一下。她沒有想到把攝像機暫停。

她甚至有一瞬間走神了。其實奧托是對的，應該在龐貝古城的中等劇院裡拍攝，那個劇院依著半山坡度而建，雖然只能容納五千人，但生來就是給詩歌和悲劇的，半圓形的二十層觀眾席圍攏長方形舞臺，前排貴賓席是白色大理石鋪成的。但她執意要到Pink Floyd一九七三年演出過的圓形競技場，這地方能容納兩萬人，也就是說，當角鬥士在此格鬥時，龐貝城所有的居民很可能傾巢而出，來欣賞這片橢圓形戰場上的殺戮，一方非傷即亡才能宣告比賽結束。

後來，奧托說，這可以用在他們的電影裡。「妳拿著電話，說著我聽不懂的語言，眼光突然變得呆滯，然後掛了電話，背對陽光，看著自己的影子，說，你可不可以走到那邊，幫我抓一把土？我說，啊哈，又要準備撒向棺材的五色土了。妳從沒跟我提過妳家裡人，那時才第一次告訴我，妳父親病了。」

他們是從縱軸上的入口進來的，還要從縱軸上的出口出去。那是兩千多年前敗者的路線，如果不是死者的話。

奧托陪她走到龐貝的小破車站，晚餐後出來散步的小鎮姑娘在座椅上嬉鬧，他們到了最後一分鐘都不知道該去哪個月臺，司機還把他們從車廂裡趕出去，做了一個砍斷的手勢，好半天，他們才弄明白，後半截列車不跟著車頭回那不勒斯，所以，要回那不勒斯的十一個外國遊客都要坐進第一節車廂，每個人都在用各自的語言抱怨義大利人的爛管理，只有他們兩個沉默不語。窗子關不上，雖是六月，夜色完全降臨後，灌進來的風卻讓人渾身發抖。

奧托陪她回到那不勒斯的青年旅社，看著她收拾行李。計程車快開到機場的時候，電話又響了，洪老師說，「妳爸爸回來了！問他去了哪裡，他都說沒有，沒有哪裡。從現在開始我不能讓他出門了。」明明是喜事，老婦人的聲音裡卻充滿憤懣，這用不了兩秒鐘就打消了她趕回家的念頭。那是她一貫擅長的躲避法，她總能給自己遠離家人找出一個理由。

於是，奧托又陪她從機場回到了青年旅社，這次坐的是大巴。當晚沒有多餘的床位了，她只能和他擠在一張床上，不停地問，「他會不會只是想離家出走呢？哪怕出走一天也好？他會不會有一個祕密的落腳點，這麼多年我們都不知道？而且，參與到失蹤事件中的這些人——這些尋找我父親的人，我是否必須承認他們家人的身分？又是為什麼，我從來不肯承認我是個有家的人呢？」奧托沒法回答任何問題，只是用手掌上下撫摸她的背。

第二天，他們坐火車去威尼斯，火車開進潟湖上的軌道時，她是真的很喜歡，他卻認定她是假裝的。他變得小心翼翼，在聖馬可廣場用攝像機跟在她後頭偷拍，她覺得很可笑，「我不會因為父親走失了一夜就突然頭上長角了！」

第四天，他們坐船去布拉諾島。一對拄著拐杖的老夫妻走過豔粉色和亮藍色外牆的小樓時，他終於忍不住來問她。「妳為什麼不回去？我一個人可以繼續拍，說實話，這些事情並不重要。」每當他問一些嚴肅的問題時，睫毛就會壓下來，故意瞇起眼。

「我回去又有什麼意義呢？」她端起相機拍下老夫妻，他們的腳步慢到令人揪心，斜塔從他們背後的彩色房子的夾縫裡露出來了。「你看那座教堂，傾斜得這麼厲害，隨時都會倒下來。這些老夫妻年輕時，應該就是在那裡做彌撒、辦婚禮的吧。現在他們去哪裡辦葬禮呢？」

「他多大年紀了？」

「七十多了。」

「他應該經歷了最了不起的中國歷史。」

「他是最普通的老百姓。Nobody。和我們一樣，做了很多事，但不一定很重要。」

她開始往前走，步子邁得很大。

「沒有百姓可以超脫政治。」

「拜託，不要像那些討厭的西方人那樣，動不動就談論中國政治，質問民主進程。我會煩你的。而且，我又不是因為你才不回去的。」

奧托琢磨了一下，似乎覺得問題比他想像得更複雜。「那跟我說說，他住在怎樣的房子裡？吃什麼？穿什麼？」

她便開始說。說得很倉促，像被人當街攔截再拷問。她說得很簡單，像在描述一段段剔除血肉的骨架。好像他舉著一張簡歷表，讓她用語言往裡面填：我有一個安分的童年，姐姐遠嫁加拿大，大學時母親亡故，兩年後父親再娶，畢業後我獨自生活，沒有固定單位。父親和母親大學畢業後分配到上海，再也沒有離開，在同一個單位工作到退休，無波無瀾。續弦後他和女方一家住在一起，每年我大概會過去看幾次。父親三年前中風跌倒，同時被宣判得了阿茲海默症。大約一年前就叫不出我的名字了。就這樣。

之後的三天裡，奧托用導演的執著強迫她描述各種細節——因為他發現這種提問並不會讓她生氣——他舉著的那張簡歷好像變得無邊無際，每一個空格都有無窮的縱深。這種問答只可能有一種結束的方式，所以，他們決定在威尼斯分手，他可以去法國見見朋友，說不定還能找到新的工作，魁北克法語多少還是管用的。她回上海。誰也沒提何時再碰頭。

　　她始終沒有坦白地告訴他，那時候他的一系列追問讓她無地自容，再多的形而上的空談都沒辦法遮掩一個事實：她對父親的後半生幾乎一無所知，對共處的二十年生活也只有任性而主觀的記憶。

寡婦·一九六二

寡婦帶了八個娃。最大的剛過二十歲，最小的剛會走路。當家的死了，天就塌了。孩子們的姑奶奶住在後村，擔心這家人過不下去，過年前來看望，發現他們冬天都沒被子蓋，幾個孩子擠在炕上，姑奶奶抹著眼淚，把自個兒的大衣給孩子們蓋上，悄悄地走了。

大兒子世元放棄了學業，去當教書先生。寡婦知道他心裡有怨氣，畢竟，也曾是一塊讀書的好料兒。世元挺爭氣，教書才兩年，就能上全縣公開課，第三年就當上了教導主任，娶了媳婦。一家十口，全靠世元五十三塊錢的工資、種地掙的工分來兌換糧油。後來，姑奶奶想給寡婦說一門親，也沒什麼人選，別的男人聽說寡婦帶了七個還沒成年的孩子，都犯怵，現成的只有一個鰥夫老頭，比寡婦大二十來歲。寡婦要強，自己忍住不哭，卻見世元哭起來，他說，娘要帶著幾個小的去到別人家，肯定不會有好結果。嫁過百堂的寡婦，和百堂一樣傲氣，數落大兒子哭哭啼啼不成體統，當場撂下狠話來：拚著命也要靠自己養活這些娃。

寡婦只認老一套做派，叼著袋菸，每天早上，大媳婦要給她上完菸才能去幹活。寡婦最疼的是閨女和老小子，別的娃都當是外人，打是打不了，只憑一張嘴，往惡裡罵，往死裡咒，也不怕會剋到自己。老么才七八歲，每天早早去撿牛糞，還要給大哥送飯盒，世元挑剔，天天要有雞蛋醬，否則就犯睏，日頭底下也睜不開眼睛。老么十歲頭上就和姐姐去挑水，十口人每天都要一大缸水，閨女沒啥力氣，到後來都是他自己一程一程地挑回來。

雖說有四十畝田，但工分不好掙。高粱一斤才賣五分一厘四，賣不出幾個孩子的學費。地，主要由老二、老三來種，老四下學也得種。犁地，播種，再用滾筒子壓實土壤——這個活兒，哪個孩子也推不動，老三老四就用扁擔架著，三個人一起推。

糧食賣不出價錢，還有幾匹馬可以變賣。馬變成驢，驢變成騾。寡婦想起當年百堂牽著馬隊去做買賣的光景，想哭，咧開嘴卻是罵。

寡婦能罵也能幹。她的女紅手藝是屯子裡最好、最俐落的，編個寬花褲帶只消大半晌，做鞋織布裁衣縫製樣樣嫻熟。好，自然是說針腳細潔，簡樸但漂亮。俐落，卻是用辛苦換來的，每天從早到晚蹲坐在小織布機前，夏天汗流浹背，索性脫光了上身，讓唯一的閨女跪在身後，拿一塊毛巾擦汗，看汗珠子沁出來，匯成一股股小細流，有的扭扭捏捏彷彿在探索寡婦的背脊，有的酣暢無憂筆直下落，閨女有時看得入神，睏懨懨的，停了手裡的汗巾子，寡婦就騰出一隻手往後撩一下，不快點擦，汗會流得人癢癢的，快點擦，汗走了，就能帶出點清涼。冬天的夜裡只能自己熬，娃兒們擠在炕上，寡婦靠在灶頭邊，假裝灶頭裡還有些餘溫，梭子飛來飛去，老木沒有光澤，什麼也不去想，一塊花布出來，一個晚上也就沒了。寡婦織一塊土布能賣二塊錢，一年能掙來三百塊，不比世元掙得少。但家裡的孩子反而沒有新衣裳，全是男孩裝，一個接一個穿下去，補丁越打越多，布頭越來越稀鬆。衣服還好辦，鞋子難，一年四季都要打鞋底，打不完的打。寡婦想，這些年，覺越睡越少，人越苦越像成仙了。

更何況，世元也有孩子了，一個接一個的，眼看著就快十三口人了，他只給自己的小家留三塊錢，餘下的都給大家用。即便如此也不夠用，每天口糧就不少，週末都要磨苞米麵，老大老二都去申請困難補助，後來爭取到了長期補助。

自然災害那幾年，只有老四在學校讀書，沒怎麼吃苦，但留在老家的孩子就得挖野菜，苞米棒子磨成的粉摻上糠，可以烙小餅，還有高粱烏米；再不濟還能吃榆樹皮，餵了人還要餵豬。雖然全國餓死兩三千萬人，但東北還行，畢竟人少地多，無論如何還有野菜、榆樹皮、苞米棒子。尤其是榆樹，渾身都是寶，都能吃。

世元在學校裡也混出些人脈來，託人讓媳婦去公社食堂做飯，開頭那一陣子不被待見，世元媳婦是富家女出身，好幾次想甩手不幹，都被世元勸服下來，慢慢熟悉環境，世元媳婦才發現，食堂伙夫都是一大早把自己餵飽，再做大鍋飯，難怪要齊心排擠剛來的幫手。世元媳婦一旦明白了個中道理，便能使出百般交好手腕，很快就能往家捎帶公糧了。

世元去縣城教書以後，世魁也在黑山找到了工作，家事就落在了世祺身上，就算老四老五老六放假回家也幫不上什麼忙。世祺有三寸不爛之舌，還有一對鐵拳頭，相比之下，世全不僅文弱，而且口拙，不擅與人交往，農活也幹不好，悶聲不響，沒人知道他在想什麼。靠著全家人的支持，世全眼看著就要念完高中了，老五老六也把初中念完了。

世祺在老家種了三年地，十九歲一過就決定去兵團，二十歲就隨軍去了大慶，剛好是鐵人王進喜得到表彰的那時候。

老五老六決定不再念書，分頭在錦州和營口找到了生計。

世元就在這時候提出分家，寡婦一想，世元媳婦已經生了五個孩子了，住在一起也是不方便，便應允他在前院搭起自己的小屋。寡婦沒承想，這一分，雖然只隔百米遠，卻是徹底的分。世元不再給家裡錢了，說是老二老三老五老六都能自立了，村裡的補助、田裡的收入供養老娘和老七老八的生活就該夠了。寡婦生氣，等世元的房子蓋好了，就在夜裡拍他們的玻璃窗，拍到裡面的夫妻壓不住火了，媳婦就罵罵咧咧的，看不出什麼大家閨秀的模樣。

又有一日，世元媳婦的姐妹大駕前來，世元家每月都有糧油米麵款待娘家人。寡婦背著雙手走出南門，看到大媳婦騎著自行車回家來，破天荒地打了個招呼，大媳婦愣住了，寡婦得意洋洋地說，我就是看看妳是瞎了還是聾了？院裡頭，大媳婦的二姐不陰不陽地跟了一句什麼，寡婦當下闖進正在預備家宴的世元家，把灶臺上的吃食一樣樣看過來，然後一言不發，扭頭就走，過自家門而不入，直接去了公社，要告兒子。公社不應允，寡婦又去了鄉政府。鄉政府說，這屬於地區管轄範圍，寡婦又回來，去了後屯子的支部。那支部書記是百堂家的老相識，不想淌這攤渾水，再三相勸。從那天開始，寡婦隔三差五就往後屯子跑，只為了求張正式的訴狀。磨了幾個月，沒有下文。

世元不知道在什麼時候、為了什麼事情和文教處的張主管結下了梁子，也許是因為兩人曾爭過校長之職。剛巧，寡婦有天去支部，張主管也在。支書言之鑿鑿地對寡婦說，這等家事，他辦不了。張主管一打聽，明白這正是好時機，當下向老太太保證，寫訴狀這件事他可以代勞。不出三日，訴狀寫成，送到寡婦手裡。寡婦一不做二不休，去了法院，把大兒子告了，告他不忠不孝無情無義，並索取多年來每個月二十塊錢的贍養費。法院當然判了，問世元是自願交？還是通過法庭交？世元當庭說自願交，但終究也是沒交錢。只是風聲傳出去，幾個村的人都看了笑話，路遇百堂寡婦都要問一句，兒子的錢交了沒？

天塌下來的時候，寡婦都不曾害怕。現在兒子各立門戶，寡婦反而怕起來。怕這個家說散就散，怕到頭來只落得她孤家寡人。寡婦開始討厭讀書人，開始忘記百堂曾經叮嚀的：讓每個孩子都讀完書。寡婦沒有讓老七老八好好讀書，小學在村裡，好辦，不去上課都沒人管；初中要到縣城去，那就不要去了。

寡婦對天下事沒有興趣，也沒工夫去琢磨。不管什麼大運動，寡婦家都挺安穩的。她只惦記那幾個離開屯子的孩子，老二成家了，她嫌媳婦太妖冶。老三也成家了，挑的媳婦是瀋陽陶瓷廠的女工，穿著花裙子就去大慶油田結婚了，她嫌這個媳婦缺根筋，吃不了苦。老四去哈爾濱讀大學，她生怕他再挑一個沒用的讀書人，便去找了親朋好友，想幫他說一門親事，早早安定下來，千挑萬選，寡婦看中了一家姑娘，不但人好看，人家還願意供養老四讀完大學，這比什麼都強。

寡婦想，老四的命真是比誰的都好，天塌下來也有人幫他頂。學業的事且不說，光是那張國字臉越長越英俊，竟成了八個孩子中最像百堂的那一個。

子清・二〇〇九

開始照顧父親之後，子清整個人變得神經兮兮。先前潛伏在體內三十多年的神經官能症彷彿一夜爆發。每隔五分鐘她都會去瞄他，有時透過鏡子的反射，有時透過廁所的門縫，有時僅僅是在意念中掃描他臥室裡的風吹草動。每隔幾十分鐘就要檢查一遍各種危險物件是否還在原位：房門是否被強力扭開？馬桶是否無故堵塞？書本雜誌有沒有擱在煤氣灶上？最關鍵的是，煤氣是不是悄悄開啟？——據說一氧化碳中毒是一種慢性無痛的死法，必須警惕。每隔一夜她都如夢方醒，原來老人家起得這麼早，原來之前的自己從沒有正常地生活過。每隔一週她就多一點絕望，原來這病如此頑固，逆行在單行道上。她在給奧托的電郵裡寫：原來我真的是他女兒，和他的病一樣不依不饒。

有生第一次，子清開始真正一把米、一把菜地操持生活，被迫追隨平凡的節奏，七點早餐，十一點午餐，三點半散步買菜，四點半做飯，六點晚餐，七點洗澡，八點關燈，九點工作，十一點查房，十二點強迫自己睡覺，如此一來，現實感反而消失了。

她對奧托說，我不再是我。

她開始每日三餐固定飲食，因為她必須是他的楷模，同時也是他的玩伴。為了他，她要準備熱騰騰的牛奶或豆漿，把前一天買好的早餐蒸好。至於午餐和晚餐，她也需要提高警惕，如果菜式多樣（番茄炒蛋＋紅燒鯽魚＋咖哩牛肉＋蒜蓉西蘭花），他會義無反顧地多吃肉，留下一堆紅紅綠綠的蔬菜；如果菜式簡單（大排＋青菜），他會毫不猶豫地多要一碗飯，甚至三碗飯。不出兩個月，他的褲子就扣不上了，子清這才恍然大悟，並不是自己的廚藝有多麼高超，（天可憐見剛剛已羅列了所有她會做的菜），而是他根本不知道自己吃了多少。暴飲暴食的老病人，經常會在女兒洗碗的時候邁進廚房，大聲地吩咐：「快做飯！早點吃！」假如她說，「我們剛剛吃完啊！」他要麼悲憤地一扭頭走了，要麼悲慘地眼淚汪汪地看著她，「吃過了？」

需要澄清一點：在此之前的十多年裡，子清沒有連續三天在家燒飯、甚至吃過飯。她是個喜歡下館子的敗家子，前提是兜裡還有錢；沒錢的話，方圓十公里內有熟人可以蹭飯也行。母親去世之前，沒來得及把好手藝傳授給小女兒，剛把刁鑽的口味塑造定型，舉起筷子等著下頓，她老人家就走了，過後兩年，父親就到洪老師家過日子去了。子清單過了十多年，每年都有幾個月在國外混日子，她能有多規律？如果你問子清，這些年裡最規律的飲食是怎樣的？她可能會說是在馬來西亞轉機的那兩天，她獨自在那個冷氣凍得死人的機場裡等待一場颱風過去，每次睏得不行了就去吃東西，她至今都記得，那個大眾餐廳裡有小鳥飛來飛去（牠們在寒帶一定可以存活）。不轉機、不混日子的時候也是有的，她在上海前前後後租過七八個公寓，每個樓附近能送外賣的店都被她叫過，規律也是有的：日復一日輪轉幾個店後，她就再沒有胃口了，一個接一個，它們被打入冷宮，等她緩過勁來、鼓起勇氣再撥打它們的電話時，十有八九已經換了老闆，甚至換成了寵物店。

照顧父親的第一個月裡，她清楚地聞到自己頭髮上、衣服上的油煙味，洋蔥，蒜頭，魚腥，肉腥，不管洗多少遍手，那些味道都纏繞在手指縫裡。她甚至懷疑，命運要她把前十年欠下的煙火債一次性還清。她手忙腳亂，像個不合格的女傭，唯一的幸運是有個老糊塗雇主。

他不是一個精細生活的男人。或者，更確切的說，他希望生活精細，但一輩子都仰仗別人的照料。他有這樣的好命。子清讀小學的那六年裡，每天都要回家吃午飯，父親和母親輪流騎車回家做午飯。母親很會翻花樣，但他不會，無論什麼蔬菜魚肉都用紅燒。除了紅燒，父親最常做的是胡蘿蔔炒雞蛋，也是子清小時候最愛吃的，黃澄澄的菜油泛出胡蘿蔔絲的橘紅色，金燦燦的蛋塊浸了胡蘿蔔油汁。雖然每家每戶都有特別的菜式，但父親的菜決不超過三道工序，子清也從未覺得不好吃。好的結果是她不挑食，壞的結果是她長大後燒菜會被人笑話。

一開始，晚餐過後的時光是子清能夠獨占的，這委實讓她高興。有時天高氣爽、花好月圓，她也忍不住掰出個把小時分給他，帶他出去散個步。她挽著他，像一個嫉妒心極強的小老婆，決不允許他離開自己半步，決不信賴外面的花花世界。她挽著他，也像一個耐心的早教老師循循善誘，那是月亮哦，你知道嗎，聞到了嗎，桂花好香啊，你知不知道回家怎麼走，你是誰啊？如果散步沒有盡頭，那就真的完美了。但散步的盡頭是電梯，時常會出現意外，鄰居三姑六婆或是帶著孫兒、或是抱著小狗，總要擠進她和他進的電梯，然後免不了拉拉家常。她和他，就像突然遭受測驗的小學生那樣，偶爾想作弊，偶爾想交白卷，但世俗的老師們從來對標準答案有強迫症般的執著。比如說，三樓的居委會小組長前一天問他，這是你女兒嗎？他笑呵呵地說，不是的。後一天她再問他，這是你家阿姨嗎？他笑呵呵地說，是的是的。那麼，子清該如何解釋自己的身分呢？她從不申辯，從不打岔，總是耐心地聽他們在短暫的幾秒鐘裡完成各種無謂的問答。因為她覺得那挺好玩的。也因為她說不出口，無法當著他的面對陌生人說，他老年痴呆了。彷彿這是一種太明顯的褻瀆，一種百分百的否定。

那陣子，他還可以說出這樣那樣的言語，儘管詞不達意，莫名其妙。心情好的時候（很少），子清就以此取樂，描述或拍攝一些長鏡頭給網路那頭的奧托看。不需要解釋劇情，也不用翻譯。心情不好的時候，子清就退出所有社交程式，頭也不抬地敲擊鍵盤，惡狠狠地翻譯五千字再說。那一年，在夜裡給奧托寫電郵是子清生活裡唯一的樂趣。

「如果這是場扮家家遊戲，我是可以演好的。

有時他對著鏡子說話，半小時，一小時，兩小時。我便去看新聞刷微博。一想到世界如此動盪，大水，大火，車禍，兵變，謀殺，食人，每時每刻都有無數人死去活來，我便覺得在這間屋裡安靜得近乎失去人性。

不和鏡中人嘮嗑的時候，他和門較勁。他湊近門邊，左手摁下門把手，使勁，再反向往上扳。使出的勁道很大，鎖頭在鎖洞的侷限中呯嗒呯嗒銳響。長年累月，或許會在某一天破殼而出，鎖就無法再承擔鎖的使命。他是那麼小心的做這個動作，簡直是偷偷的，他大概以為輕手輕腳就能讓別人聽不到，就能神不知鬼不覺的出門去。

作為一個前世的工程師，他不再理解簡單的鎖的命題。他只是不停地用手和腳去抵觸那道屏障。他把眼睛湊近防盜門上的小窗，那不是一個魚眼鏡，而是一扇可以拉開匣門的小玻璃窗。他輕聲說，沒辦法，這不行……之後的言語細弱又堅定，內疚使得這次告白變得溫柔。在牢獄般的隔閡裡，他必須鬼鬼祟祟。而誰在那一邊等待他的靠近、甚至救贖？誰在陪伴他，像無期徒刑的獄友又一次確證越獄的不可能。

這竊竊私語頗有壓縮空氣密度的奇效，在家裡抻出一道道易於扯斷的神經。突然，私語變成了怒吼！『你不是能幹嗎？那就好好幹！』搖身一變，他開始教訓門外漢，挑唆無形人解除自己的困境。

我和他的安靜近乎鬼祟。他和鏡中人竊竊私語，沒有一句一詞完整，包括聲調，彷彿他知道這是徒勞，這是病態，所以不敢聲張。沒有一句真話。而我的安靜，類似被禁言，無人可集結，因為我太清楚，鏡中再沒有別人，他退化到了不知道鏡中人就是自己的地步，連花喜鵲都不如了。

雖然我善於表演，那時正投入地扮演勸架的好人，但也真的費解，無法全身心地信仰這一個角色，忙不迭地、徒勞地試圖為他的譫言妄語編造邏輯，在回憶、痛苦、科學、迷信、虛構糾纏覆蓋之中，為自己建一條雙向來往的路徑，以便進入他的失智時空，並能安全抽身而出。我就是沒辦法簡單地一笑置之，說一句，腦子壞了。

但我可以演好的。吃飯、睡覺的時候，演出總要到高潮。大概，十多年居無定所的生活讓我學會了撒謊不打草稿，所以我總能配合他的劇情。鏡中人是同事時，我演出下班前的忙碌，假裝順口說，人家回去了。鏡中人是家人時，我演出樂呵呵的應酬，假裝順口說，人家去做飯了，我們回家吃。鏡中人是孩子時，我演出鬧騰騰的兒童樂園，假裝順口說，人家去玩旋轉馬車啦，你過來，我給你玩激流勇進。鏡中人是陌生人時，我必須警惕，因為他們會吵架，甚至動拳頭，我就是虛擬世界中的維穩特警。」

曉靜・二〇一〇

子清拜託老同學關鵬找一位有照料老年人經驗的阿姨，關鵬建議她去找曉靜，她以前在房產界的朋友會有一些家政公司的門路。曉靜很快給了她三個選擇，子清當天就買了折疊床和屏風，把廳裡隔出一個供阿姨睡覺的空間。首選是浙江的魯阿姨，有經驗，但過來試了三天就請辭，說老先生脾氣很強，不像她以前照料的全癱老人那麼「好弄」。第二位來試工的是河南的張阿姨，在醫院做過護工，可惜她在每日三餐方面技術欠佳，而老先生也不需要每天打針吊水清理褥瘡，更何況她開價很高，子清便婉言謝絕了。第三位是來自安徽的葉阿姨，風風火火，很熱烈的農婦，以前只有照料嬰孩的經驗，買菜燒飯打掃都很俐落。

葉阿姨喜歡聊天，田裡捕地鼠的大老鷹，來上海郊區打工的兒子，做裝修常年在外的老公，身體健朗的公婆，全都是她的談資，樂呵呵地侃，驕傲又滿足，侃著侃著就會改變這套私宅裡的沉悶，連同子清陪聊的笑聲也會漸漸變得真心起來。她給葉阿姨買菜譜，甚至把母親生前的一件呢子短大衣送給她。葉阿姨就穿著這件大衣去買菜，身後跟著步履矯健的父親，子清會固執地假想，只要父親還認得這件衣服，就不會跟丟了人。

葉阿姨很快就找到了節奏，全方位解除了子清在一日三餐方面的難題，允許她夜裡工作到更晚，卻不用早早爬起來做早餐，更重要的是，子清不用再受困於這間房，不用把自己全天候捆綁在父親身邊。她終於能在白天出門了，能在夜裡晚歸了，能和關鵬喝杯咖啡，能和老同學們聚餐，能跟著曉靜去做指甲、逛商店……沒錯，葉阿姨就是最偉大的救星！

約曉靜喝下午茶的地點就在她公司旁邊的咖啡館，日本人開的店，標價昂貴，有藍色的碟子和枝形的勺子。日本太太在小圓桌邊談老公孩子，等曉靜的時候，她偷聽了一會兒，發現日語已經忘光了大半，再仔細去想，二外課堂裡的胖老師面目清晰，每堂課講完都是一腦門的汗，這種細節記得清楚，課堂所講的內容反倒被忘光了。第一次去日本，直奔金閣寺，左看右看都沒有地方可以偷土，過於精緻的日式庭院讓她無法下手，計畫中第五份土的搜集任務失敗。第二次去東京，直奔安藤忠雄的光教堂，用十分鐘就拍完了內景，奧托又扛著攝像機和教堂管理員搭訕，只是為了給她打掩護，總算在教堂外的小花園裡抓了一把薔薇花的散土。那些回憶都還鮮活著。但記憶確實在衰退。葉阿姨來了之後，她會利用零星的時間勉強自己背幾個法語單詞，有時背不下去，突然急起來，又胡亂地複習日語語法。拿出大學時代記的筆記，卻一點記不進去。荒疏的感覺每時每刻都有，像生理期不斷滴漏血液。或許早晚有一天，會變得像父親，變成沙漏。什麼也不留。軀殼完成任務。徹底鬆懈。

子清想起奧托前不久發來的視頻提問：

「說一樣妳父親給妳的禮物。」

她的視頻回答有點繞：「我爸有很多工具，電焊的，木工的，什麼都有。但那些工具裡，最不可思議的是一盒子日產的手術刀，圓弧形的柳葉刀刃，鋥亮的不鏽鋼手柄，我始終不知道是從哪裡來的。手柄的數量不多，大約幾十枚。但刀刃有整整一盒，大約一百片。

我爸曾說，他小時候夢想當一個醫生，卻因為色盲而無法報考醫學院，說到這裡，他總是帶著一種近乎幸災樂禍的奇怪口吻跟上一句話：妳要記住——妳的兒子也可能是色盲。

說起來，會遺傳的病也會像冷兵器那樣與我決鬥嗎？那將是我自己也病了的時候。阿茲海默症是可能遺傳的。有時候，我會突然想不起某個高中物理老師名字、買菜時偶遇以前鄰居卻想不起他叫什麼的時候，我就會驚慌地懷疑自己過早地繼承了父親的基因。實在可笑，因為這竟成了慣性思路。

說回來，他幾乎從來不用那盒手術刀，大概工作時會用來切割電線吧。那些刀片不加遮掩地放在一個透明硬塑膠盒裡。因為我屢次在小朋友面前炫耀我家有日本刀，被幾個男生挑釁帶去學校驗明真身。這沒問題。不出所料，身為雙職工家庭的小孩，我一回家就順利地取出一把小刀，放在鉛筆盒裡，第二天的數學課後拿出來給同桌男生看，他沒見過這種東西，只能繼續挑釁我。他說，誰知道這刀快不快，真的可以割開皮肉嗎？為了讓他相信，我順手在自己的左手中指肚上劃了一下。要不是鮮血流個不停，我也不會被老師發現我偷了家裡的刀。我並沒有感覺疼，或許是因為它真的很鋒利，或許只是不想哭，不想引起別人對我的嗤笑或哪怕一絲關注。我在乎的是父親帶回來的刀被崇拜了，被敬而遠之了，被默許為我的寶物了。我不在乎流一點血。

說起來，這是我第二次因為刀而被老師留校。第一次用的是水果刀，我媽媽很喜歡用它削蘋果，它小巧，精緻，刀柄上還有花紋。那是在幼稚園，有一陣子，我總帶著自己的破娃娃去上學。八十年代初的幼稚園裡沒有很多金髮碧眼的芭比，最高級的不過是長睫毛會翻下來滑上去的洋娃娃。我的娃娃是純棉布的，現在想來其實很環保，肚子裡塞著穀物，衣服上有補丁，但看起來像是故意的拼布作品。那天早上，我若無其事地從廚房碗櫥裡拿出那把小刀，放在衣兜裡，抱著娃娃上學去了。我要向小朋友們演示外科手術，簡稱開刀。就在幾個小朋友面無表情——他們都不如我激動——圍觀我動刀時，老師一個箭步跑上來，奪下我的刀，把我像現行犯一樣關進了小黑屋。刀被沒收了。我被隔絕了整整一天，直到母親下班來接我。」

曉靜衝進來的時候，爽朗的大嗓門把日本太太們嚇了一跳，那桌的聲音立刻變輕了。「親愛的不好意思啊！老闆突然過來講了點事情，囉嗦死了。妳點好了嗎？小姐，我要夏威夷咖啡和乳酪蛋糕。」

「妳趕時間啊？講五句話都不帶逗號的。那我就開門見山——謝謝妳幫我推薦阿姨。真是幫了大忙。」

「這個阿姨可以用嗎？不好用再換。現在的阿姨一個比一個刁鑽，做得好好的，隔半年就會要跟你漲工資，我反問：拜託！我們做白領的也不可能半年一年就漲薪水啊，她居然說，那你們也可以跳槽呀，妳不漲，我就跳到隔壁的隔壁那家去咯。」

「妳沒去隔壁的隔壁的公司問問行情？」

「我們隔壁的隔壁的公司是賣避孕套的！」

兩人瘋笑起來，無論如何都停不下來，就像中學課間休息時那樣。曉靜是子清高中三年的同桌。子清的第一次作弊，第一次蹺課，第一次不及格，第一次四人約會……都是因為曉靜。曉靜眉眼細細，腰身細細，卻有一對豪乳挺拔在比例完美的小身架上，可能再過三十五年也不會受到地心引力的摧殘。

夏威夷咖啡端上來，曉靜翹起蘭花指，捏住杯把的手指亮晶晶的，法式美甲瞬間就撲滅了少女氣息。曉靜放下杯子，也完全收住了笑容，沉靜地打量起對面的昔日好友。「現在有阿姨幫妳看著老爸了，妳也可以找時間去打理一下啦，頭髮還是那麼烏黑烏黑的，看起來好沉重，完全沒有髮型可言。」

子清的笑容還沒收盡，聽了這話又瘋笑起來。「這是去年年底我自己剪的。」看曉靜突然瞪大了眼睛，她笑得更凶了。「以前赤橙黃綠青藍紫都染過，陪老爸住了大半年後，頭髮亂七八糟，枯黃枯黃的，黑頭髮像個罩子一點點壓下來。妳知道，我頭髮長得快，有一天和我老爸搞得不開心，互相扔枕頭、罵人，氣得不行，半夜睡不著，看著鏡子裡的自己像是陌生人，抄起剪刀就把以前染過、已經黃透的頭髮剪了，一刀下去就煞不住車了，剪歪了，再剪，另一邊又不齊了，再剪……索性把剪刀豎過來斜過去亂剪一通。」

「妳和妳爸像是談戀愛。」

「他倒是可能的。剛剛和我住的時候，有天晚上，我看他房間燈還亮著，就推門進去看，他規規矩矩坐在床上，看到我就好高興地拍拍旁邊，說，快來呀！我就過去親了他一下，讓他躺好，把燈關掉。」

曉靜的眉頭皺起來了。「他大概以為妳是妳媽吧。」

「也可能是洪老師。」

「她們會親他嗎？」

「不知道。妳看到過妳媽媽親妳爸爸嗎？」

「沒有。他們那代人應該不會。」

「哪代人應該都會。只是我們不知道。我們太多事情都不知道。」

曉靜的父母是上山下鄉回上海的，爸爸去的是東北，媽媽去的是貴州。子清記得，讀書的時候，只要父母一講起以前有多苦，她就不耐煩。

「妳爸爸媽媽身體還好嗎？」

「滿好的。他們沒病沒災，等於給我福氣。我爸去年查下來好像有冠心病，就把菸戒了。我媽說他到年紀了，怕死。」

「我媽如果不是那麼早走，我爸大概也不會鬱鬱寡歡的。」

「他後來又結婚了呀，本來可以滿開心的。妳經歷這些事確實早了一點，就算是老年痴呆，妳爸爸也算早了。」

「回頭去想，他和洪老師再婚沒多久，我去看他的時候，他話就不多了，翻來覆去就那麼幾句話：最近忙嗎？身體好嗎？有男朋友了嗎？我想，洪老師也滿辛苦的，那麼活潑的老太太碰到那麼沉悶的老頭，什麼愛好都沒有。」

「對哦，妳和關鵬怎麼樣了？」

「怎麼突然扯到他了！」子清白了她一眼，低頭喝咖啡，吃蛋糕。

「傻瓜都看得出來啊！為了妳的事情，他竟然給我打了十七八個電話，我看是陌生號碼一直沒接，這麼多年沒聯繫了，我都好吃驚的！」

「我們也很多年沒聯繫了啊！說來也巧，關鵬的爸爸和我媽媽以前在一個辦公室上班，最早都是住在新村裡的鄰居。然後，關鵬的丈母娘家和我老爸的第二個太太住在一個社區，去年我去看爸爸時碰到他，順便留了電話。」

「他還問我，有沒有什麼翻譯的活兒可以介紹給妳。我說朋友的公司有本年鑑之類的東西要翻譯，關鵬跟妳說了嗎？」

「說了。我推掉了，那種投資公司的年鑑很無趣的。」

「無趣?!錢多呀！妳和錢有仇啊！翻譯那些賣不動的大部頭小說書能有幾個錢？」曉靜的嗓門又高起來，隔壁的日本太太們又靜了幾秒。「現在阿姨啦醫療啦開銷都很大的，妳現在最需要錢。」

「我現在都不出門，用不了多少錢。」

「妳就是強。不喜歡的事無論如何都不去做。這樣不好。」曉靜又開始皺眉頭了，子清小時候就覺得，她生氣的樣子最可愛了，怎麼看都像是裝出來的，別人就會忍不住去逗她。「不過也好，妳現在煩心的事那麼多，少一樁不開心就能開心一點。話說回來，就算妳不喜歡關鵬，也不要推掉他嘛。」

「妳今天當關鵬的代言人啊？」

「妳是不是嫌他離婚又有小孩？是不是嫌他長得難看？是不是覺得他不解風情、不夠文藝……」

「妳煩不煩啊?!」子清是真的煩了，也皺起了眉頭，同時發現隔壁桌要買單了。

她挖了一塊蛋糕，慢慢地咽下去，心裡覺得這種場面對關鵬很不厚道。他不適合作為太太小姐們下午茶的話題，不應該被任何人居高臨下地點評分數。「最近我常想，等我們老了，如果都沒有結婚，或是離了，或是喪偶了，不管有沒有孩子，我們都可以住在一個院子裡，想聊天就聊天，而且都是聊得來的朋友，不想聊天就一個人待著，死了也不至於個把月才被發現腐屍。我們需要攢一些這樣的朋友，這比找人結婚更重要……也更難吧。結婚又不能解決一切問題。」

曉靜賭氣地嘟起嘴巴，「妳才腐屍咧！又沒有讓妳立馬嫁給他嘍，那麼緊張……男人麼，能派用場最重要。反正妳不要推掉，先用著好了。」就著這個話題，她自得其樂地說了幾個她當下的「男用人」。子清發現，一旦撇清關鵬，這個話題就充滿了喜感，漸漸的，兩人在互相嘲諷、挖苦和調笑中重獲少女時代的快意。子清喜歡生猛爽快的中學同學，彼此間有種知根知底的默契，不管現在是什麼身分，不管當下的喜怒哀樂，誰也不用裝；再加上很早就分道揚鑣，人生道路的方向樣貌各有不同，又多了濃烈的新鮮感。

闞鵬・二〇一一

大救星也是要回家的。元旦長假，葉阿姨沒有走，因為老公和兒子都留在城裡加班幹活，在春節前多賺點錢，她說回家也沒意思。但一眨眼到了春節，她是一分鐘也待不住了，老公小年夜到家，兒子帶著女朋友大年夜到家，她問子清，我可以比他們都早一點嗎，家裡要收拾一下，畢竟，準兒媳婦第一次上門呢！子清當然說好，妳想什麼時候走都可以，工資照付。第二天凌晨四點，葉阿姨就穿著呢子短大衣，背著蛇皮袋，去趕回安徽的小中巴了，一天兩班車，她只能坐五點啟程的早班車，傍晚再轉一輛車，這樣夜裡才能到家。

春節沒有葉阿姨，子清和父親再次相依為命，除了社區花園和菜場，哪裡也不能去。春節前後三天，連菜場裡都極蕭條，還下著雨，子清索性買夠了菜，塞滿冰箱。年三十下午，子清燉了一鍋雞湯，黃澄澄的很誘人，她給他盛了兩大碗。爆竹聲響起時，她很感恩，彷彿有人伸出援手，化解了這個家的沉寂無聲，分了些熱鬧給他們。

大年初一，下午三點半，闕鵬不請自來，一推門先塞進來兩只大塑膠袋。「妳不要嫌棄啊！昨天我請客，都是家裡人，定了一個大盆菜，剩了好多，突然想到妳最需要接濟，就全都打包啦。睡醒一覺突然有良心了，心想，滿好早點給妳訂一份的，就一門心思要給妳帶點新鮮貨色，今天順路去張生記打包個老鴨湯。新菜舊菜都有，妳要嫌棄就把剩菜扔掉好了。」

子清知道他一向貧嘴，能這樣說話已是很正經了，碰到那袋湯，還是熱騰騰的，眼眶就有點熱，但非要頂他一句，「大年初一不去陪老婆孩子？跑到這裡拜年，我可沒準備紅包哦。」

「喂，儂搞搞清楚，現在只有我發人家紅包，誰也輪不到發我紅包。」闕鵬也不往客廳走，就在玄關的換鞋凳上坐下來，「等下我是要去兒子的外婆家，不過也不著急。離婚之後，老人家一直看我不順眼，去了也滿彆扭的。」

「兒子紅包要包多少？」

「妳管我！反正妳一聽會嚇昏過去的。」

子清白了他一眼，把菜包提起來，拿去廚房。磨蹭了兩三分鐘，才喊了一聲，「換鞋進來幫忙啊。」

就在兩人一個提著袋角、一個拿著湯勺舀肉塊的時候，父親悄無聲息地出現在廚房門口，令人驚異的是，他一絲不苟地穿著西裝和皮鞋，但頭戴絨線帽，下半身是家居藍色線褲，毛褲的腰頭翻露在外褲的外面，手裡還提著一只旅行袋，但從癟癟的輪廓上就看得出來，裡面必是空空如也。

「還磨蹭什麼！」父親皺著眉頭，緊張地呵斥了一句，眼神盯在關鵬身上。「趕不上車，看你往哪兒跑！」

關鵬愣住了，手裡的塑膠袋滑膩膩地扭動了一下，彷彿代替他扯了扯嘴角，金黃色的鴨湯順著走神的袋口流出了砂鍋邊緣，很快就淹沒了一小片淡黃色的大理石流理臺，然後溢出略微凸起的臺面邊緣，垂直滴流下來直到地磚。

「你要去哪裡？」子清不慌不忙地問，扭頭捏住歪掉的袋口，撥正了湯水的走向。

「回家啊！」父親這時好像突然看到了她，眼神裡多了一份鄙夷，好像她問的莫名其妙。

「家在哪裡？」子清不去看他，只是看著湯鍋，繼續一問一答。

「在那裡嘛！」父親用沒有提包袋的那隻手比劃了一個方向，然後一個弧形，再然後是茫然的一片概念。「妳不知道……他知道。」

湯倒完了。子清抓出紙巾把溢出的湯水吸掉，再用抹布擦拭。這些不起眼的動作彷彿也抹除了關鵬的不知所措，擦去了健康人類對於失智病症的本能的驚慌和排拒，一點點恢復了平素的嬉笑油滑，亦即健康人類應該有的樂觀及狡猾。

「我知道！等下我們就走！你先坐一會兒。」關鵬這麼快就進入角色，子清著實沒有想到，她擦地板的手停頓下來，抬眼去看一個箭步走出廚房的關鵬，他正攙著自已糊塗的父親往餐桌邊走，像個老朋友那樣拍拍他的肩膀，把椅子挪到他屁股底下，然後接過他攥著的包袋。「看看東西帶齊沒有哦！是不是要去很遠的地方呀？」子清聽出了一個離婚的父親哄長久不見的小兒子時會用到的語氣。

「嗯……對……」父親也彷彿進入了角色。子清開始搓洗抹布，對著水龍頭下的水沫開始假設：父親也想離開，迫切的程度不亞於她自己。父親有自己想去的地方，這種病，讓每一次出走、每一次把玩門鎖、每一次整理行裝都充滿了旁人不知的堅決的意義。那麼，父親會想去哪裡呢？像勤勉工作的三十多年裡不斷而頻繁地出差？像遊子一樣終於想要葉落歸根？像頑皮的孩子一樣總想逃家闖蕩？

父親囁嚅了一會兒，彷彿終於承認自己講不清楚要去哪裡，便又惱羞成怒，站了起來，「快走！走！快！」

關鵬拉不住他。或是不敢去拉他。或是不想去拉他。子清算準了時機，在父親即將推門而出的時候跑出廚房，她決定幫助這兩個男人完成這一年的開場大戲。「來啦！我們走！」子清飛快地甩掉棉拖鞋，踩進短靴，抓出外套口袋裡的門鑰匙，轉頭催促關鵬，「快點呀！出門了！」

三人進了電梯，出了電梯，出了這棟樓，走向關鵬的車，上了車，關了車門。車子裡還是暖的。三人都沒有說話，直到車子啟動了，車門鎖上了，關鵬才問，「去哪兒？」

子清和父親坐在後座，長出了一口氣，彷彿已經完成了一件大事。「隨便吧。」大年初一的道路格外通暢，父親一直目不轉睛地看著車窗外。移動中的景致讓他安靜下來，甚至可能是膽怯起來。他看到了斜坡，綠色的矩形指示牌，車況電子螢幕上綠色線條交叉連結而成的幾何體，路面上的白色標識線，他沒有看到焦慮的交通，沒有遲緩的等待，他也可以是過大年的幸運兒。子清覺得眼前的一切都不屬於她，只是移植到她頭腦中的他的所見所得，她很疲倦。

「你知道我現在能做到什麼嗎？」在高架橋上向外灘方向行駛的車子裡，子清突然問道，透過後視鏡，關鵬隔了幾秒才確定這是在問他。

「我只能餵他。讓他吃，但不能吃得太飽。讓他睡，但不能一睡不醒。讓他說，但不能一吐為快。讓他走，但不能走離我的身邊。讓他鬧，但不能傷及他自身。我只能這樣去迎合他，沒有別的辦法。如果我忽略他的請求，就會感到有愧於他。我不想放棄理解他。然而，可悲的是，這竟然是一生中第一次試圖理解他。」子清說完這些，去看後視鏡裡的自己，讓視線和關鵬有一秒鐘的碰撞，然後笑著說，「所以，謝謝你帶來吃的，謝謝你帶我們爺兒倆兜風。功德無量啊好人。」

關鵬把車停在北外灘盡頭的一條小馬路上，三人手挽手地走上了新修的外灘步道。近乎外星球一樣的地方，對這個健步如飛的老人來說，他的記憶不曾更新到這個版本。子清問他，你有多少年沒來外灘了？你第一次來外灘是什麼時候？是和媽媽大學畢業後分配到上海的那一年嗎？每一個問題，子清都是自問自答，偶爾，老人會突兀地給出一個答案，牛頭不對馬嘴，但可以提示子清產生更多疑問。無論如何，走在人丁稀少的黃浦江畔的這三個人有一種悠然自得的氛圍，他們走得不疾不徐，彼此貼近，一個挽著一個，始終輕言輕語，隔江就是東方明珠了，個子高高的年輕男子還殷勤地拿出手機要拍照，老人和年輕女人很配合地倚靠在護欄前，連老人都咧嘴笑起來，但笑容裡面缺失了幾顆牙齒，因為老人太認真地收藏假牙，以至於永遠找不到了。走到步道盡頭新建成的臺階座位區時，他們也像盡職的遊客那樣停下腳步，按照不成文的規矩在此小歇，年輕男子更是守規矩地在菸缸邊抽完再掐滅了一根菸。他們沒有留下一絲不和諧的痕跡。

葉阿姨不在的日子裡，子清就像停擺已久的鐘又被擰緊了發條，每一秒都走得鏗鏘有力，每一分鐘都恪盡職守。因為大年初二的早上五點半，天還沒亮透，子清還沒醒，老人家就迫不及待地開火煮飯了，只不過，擱在藍色火苗上的是紅色的塑膠腳盆，裡面連一滴水都沒有。

子清住在兩室兩廳的小臥室裡，和廚房隔著一個客廳、一個餐廳，在這套公寓裡最偏遠的位置。她不知道自己是如何醒來的，鬧鐘還沒響，腦袋昏昏沉沉，她甚至遲疑了一兩分鐘才決定先去上個廁所，順路看看父親醒了沒有再決定回來睡多久回籠覺。所以，她走向客廳的腳步是相當緩慢的，走進洗手間的時候都沒有開燈。她閉著眼睛坐在馬桶上，覺得很暗，睜開眼睛，又覺得周遭物事有點不對勁。但一切井然有序：捲筒紙在原位，洗衣機沒插電，洗手臺上只有父親用的塑膠口杯和肥皂盒，牙刷被收進了抽屜，以防他拿去做別的事情，她和葉阿姨的洗漱用品都擱在客用洗手臺下面的櫃子裡，洗拖把的水池裡依然摞著水桶、幾塊抹布和拖把，旁邊……她突然意識到旁邊應該有鮮紅色的塑膠盆，但此刻不見了。沒錯！這個小空間裡最顯眼、最鮮豔的顏色。就是因為它不見了，她才覺得少了點什麼，造成失重或失焦的錯覺。對於這個家的細節是如此敏感，這本身就讓子清驚訝了。

她去父親的房間找盆，做好了看到他在清晨泡冷水腳的心理準備。但房間裡沒有人，也沒有盆。如果清醒和疼痛一樣，也能在一到十級裡做區分，此刻的她顯然已經十足清醒了。

她轉而去廚房，發現父親在試圖拉木框玻璃門，那是廚房和餐廳之間的一道屏障，下面的滑竿有點鬆脫，她和葉阿姨早已習慣不要把門推到最裡面，否則會很難拉開。他顯然不知道，因而把自己關在裡面了。就在子清把輕微脫軌的移門搬回正軌，費力拉開的時候，她在父親身後看到一團難以言喻的紅黑色。此刻的她，應該有十一級的清醒，以及，十一級的心痛。

人和盆都找到了。盆幾乎被燒穿了，擰捲的塑膠發出刺鼻的氣味，半個盆都燒成了黑色。人在咳嗽，嗆出了眼淚，但沒有大礙。紅盆事故就以她關掉煤氣、打開窗戶為終結了。因為事故本身就是對兩個人的懲罰，所以她不會再給更多懲罰了。她推著父親進了臥室，端來半杯水，看著他喝了幾口。

她想，幸好父親開了煤氣，如果沒有打著火，煤氣洩露，事情不知道會怎麼樣收場。大概要等葉阿姨過完年回來時他們才會被發現，不過那樣的話，紅色塑膠盆就能完好無損了。後來，葉阿姨回來上班後，她講了這事兒，葉阿姨若有所思地說，「王小姐，你們是有先祖神明保佑的呢！清明的時候要去祭拜祖墳哦！」

所以，從初二清晨開始，子清的神經就再也沒有鬆弛過。

事實上，大概從兩年前就沒有鬆弛過了。也是過年時節，也是一大清早，洪老師帶著他，以及一只簡單的衣服包，打開這套公寓的房門，她慌忙地從床上鯉魚打挺地坐起來，聽到洪老師說自己的糖尿病和心臟病一齊復發，要去住醫院。沒有更多的話，甚至沒等她下床，她就留下身邊一大一小兩個包袱，走了。門關上後，父親茫然地看著還沒倒過時差的女兒，客客氣氣地說，妳好，妳好。那時候的她還頂著一頭挑染藍色的頭髮，看影碟看到四點半才睡覺，剛剛辦好二月份去清邁的機票和簽證，心滿意足地要和奧托在那裡碰頭……

一切安排都可以取消，染過的頭髮會變黃變長然後被剪掉，奧托也可以找到新的戀人，只有她永遠是父親的女兒，這一點無可改變。

緊張喚起了另一種陌生的感覺，彷彿心裡有一頭怪獸，要她不斷地餵養。它饑餓的感覺，是她在螢幕上看到奧托和新女友穿著輕薄的T恤很緊地依偎時所感到的。這頭獸應該在醜惡、陰森的內在宇宙裡淋漓盡致的宣洩自己的憤懣、仇恨和痛苦，是被囚的獨裁者。餵飽這頭心獸，它就不會躥出口舌來作惡了，哪怕它在你胸腔裡、背脊下、腸道內留下紋身般的記號，那終究是對世界無害的。她知道，他血裡的獸也在肆虐。他肯定也有，因為是他生養了她。

初二的清晨，他盯著盤子裡的包子，一只肉包子，一只菜包子。他的眼神很渙散，空洞泛黃的眼白托著昏濁黏滯的眼黑。他伸出手指，一只，再一只，把兩個包子都掰開了。像是應驗了心中隱獸的什麼預測，他開始點頭，一下，再一下，把肉包子裡的肉餡挖出來塞進嘴裡。牙齒奮力地咬，好像很顧念要餵養的那隻小東西，所以要嚼得碎一點。

她看他吃得起勁，便進廚房做自己的咖啡。等到摩卡壺尖嘯一聲，廚房外餐桌旁的他已經不見了。盤子裡的包子也不見了。她加入牛奶和糖，安靜地攪拌，然後聽到心裡那頭獸說，「怎麼可能？他決不會讓妳這麼輕鬆的。他給妳的二十年，現在妳要加倍奉還。」

她放下咖啡杯，跑出去找他。他在自己房間裡，摸摸索索，半個身子都掩在衣櫥門裡。她問，「你在找什麼？」他擺擺手，把她擋開。她等，等他從衣服堆裡抬起頭。他的心獸一定在教導他做什麼，要怎樣餵，餵給獸的病，或是病的獸。他鎮定自若地把衣櫥門關好，轉身朝她看看，又擺擺手。她看到他的嘴裡是空的，手裡也是空的，打開衣櫥看看，也好像看不出什麼端倪。

一個多月後，葉阿姨在整理春裝的時候從一個衣兜裡翻出掰成兩半的菜包子。硬邦邦的，真的像死透的寵物。葉阿姨大驚小怪地又說又笑（那時候她還沒有抑鬱）。她也跟著笑笑，說老頭子一點兒也不傻，知道肉好吃，也知道躲避挨罵。其實，她還聽到那頭獸的笑，笑得很放肆，笑她故作聰明，卻根本早就敗了。

那天以後，她就不再像好心眼、有文化的父母那樣苦口婆心勸他不要挑食，而是像十九世紀英國寄宿學校裡的鐵面教師，盯著他把所有食物吃下去才肯作罷。事實上，有很多個安靜的清晨，就像這一年大年初二的清晨，他清醒無比地把菜包子的瓤挖出來，勉強把包子皮吃下去，留下她睏眼昏聵，啞口無言。後來她只買肉包子。如果孝順也是一種對父母的放縱，至少在包子問題上，她可以拿到第一名。

他血裡的獸已經把理智嚼爛了。在他還可以講話的時候，也就是和第二任太太住在一起的時候，他每天起床後都在衣櫥裡翻找東西，雖然紅木衣櫥裡有一個扁扁的抽屜是屬於他的，他也曾經把重要的文件和銀行卡收在裡面，但他不知道洪老師早已把那些足以證明他身分和財產的東西轉移到了她的床頭小櫃裡那個上了鎖的抽屜裡。

他固執地找，哪怕已經不明白什麼是「有」和「沒有」，彷彿他要的東西是理應無中生有地冒出來的。後來，他固執地把一些報紙裁成同等大小，對折，疊好，邊邊角角都排列整齊，把它們拿出來再放進去，無休無止。再後來，洪老師把這些廢紙扔掉了，她嫌惡這莫名其妙的骯髒的感覺，因為她不曾試著去解釋。她對子清喋喋不休地抱怨：妳爸爸現在很髒，喜歡收藏廢物，把廢物扔掉，他竟然把抽屜整個兒抽出來，砸在地上，把地板砸出了小坑，還辱罵她是賊，是騙子，是王八蛋。子清天真，苦口婆心地跟洪老師解釋，阿茲海默症初期的一大症狀就是有疑心病，分不清是非真假，邏輯失效。洪老師反問，那他半夜看到窗外有人，一整夜站在窗簾後鬼鬼祟祟地說，「你要幹什麼？你不能進來！」那也太嚇人了吧！

被病劫持的父親能見到什麼？老年人特有的固執又會讓他信自己的所見所聞到何等地步？子清再有想像力，也無法模擬。模擬本身不愚蠢，但模擬的結果注定是。他站在穿衣鏡前喋喋不休，有時飯也不吃，覺也不睡，她忍耐了兩個月，終於讓葉阿姨拿來螺絲刀，站在椅子上，要把鏡子卸下來。穿衣鏡連著老衣櫥已有二十多年了，手腕一用力，螺絲剛一鬆動，背後塗著水銀的鏡子卻崩裂了，邪氣的巴掌大小的三角形玻璃迸出來，擦著子清的太陽穴彈出去，掉在地上也沒有碎。葉阿姨嚇得臉都白了，「小姐，我好擔心妳破相啊。」

家中所有的鏡子能拆的拆，不能拆的，都用貼紙貼起來。即便如此，父親還是聽明地發現了微波爐外的一方鏡面。葉阿姨問她，要不要把這個也貼起來。她很難受，難受得就像要被迫扼死父親唯一的親人，所以她搖了搖頭。結果，父親就搬了凳子，坐在廚房的微波爐前，貓著腰，低下頭，看到鏡子裡的那個人時會露出燦爛的笑容，缺了幾顆牙都看得清清楚楚。

他血裡的獸吞掉了邏輯和語言，然後開始消化情緒。前所未有的惡毒的眼神會突然像錐子一樣扎在她身上，前所未有的惡毒的巴掌也曾毫無理由地落在葉阿姨的臉上，前所未有的暴君人格在身體淪陷後執行獨裁。

最冷的那幾天裡，子清不敢讓父親洗澡，而是在飯後給他泡熱水腳。紅盆燒毀的那一天，她攙著父親一起去超市買了個藍色的新盆。父親冬天的腳背是涼的，腳趾秀頎，白皙的皮膚上青筋溫和舒展。她喜歡父親的手腳，也曾希望能遺傳給自己，但她並沒有像父親那樣高䠷又俊俏。她喜歡幫父親洗腳，但給他剪腳趾甲的時候卻很掙扎，趾甲那麼硬，因為他不肯在暖水裡多泡一會兒，他四肢強健，會不容分說地把剛剛沾濕的腳提起來，濕漉漉地伸進絨毛拖鞋裡去，每次洗腳都像是拔河比賽。所以趾甲總是很硬，要很用力地剪下去，他會閃躲，而她就會害怕弄疼他。操練了好多次，在淘寶上尋找並淘汰，選中了最好用的指甲剪，現在的子清終於學會了俐落而自信地在最短的時間裡完成這項工作。

葉阿姨走了一星期，她決定讓父親洗澡。事先開好暖風機和空調。她和葉阿姨共同遵守的流程是這樣的：調好水溫，讓他自己脫衣服，聽到他進入淋浴間後要進去把髒衣服拿出來，以免他洗完了又穿上，隔一會兒，再進去一次，試一下水溫，以免他碰歪了水龍頭，然後就要出來，以免他認為有人要用而中斷洗澡，再隔一會兒，進去看他洗得怎樣了，有過一兩次，他只是站在水簾下，一動不動，那就要小心地幫他沖去皂液。如果一切順利，還要耐心地等他穿好衣服，檢查穿得對不對。

所以，子清耐心地守候在洗手間外，聽著裡面的每一聲動靜，推測父親洗浴的進展。髒衣服已經拿出來了，帶著體溫和酸酸的體味。水濺在瓷磚牆上、地上、玻璃拉門上和身體上的聲音是不一樣的，此刻組成的交響樂聽來還算歡快和諧。「男女有別。」葉阿姨曾經很婉轉地這麼說，拒絕了幫父親洗澡的任務。事實上她也知道，這一條同樣固執地存在於父親殘餘的意識裡，在她們出現在洗手間裡的時候，他要麼發怒、要麼害羞、要麼逃跑。葉阿姨還說，「等到妳爸爸不能自己洗澡的時候，妳就要準備找男保姆嘍。我抬不動他。妳也不行。」

所以，子清耐心地守候在洗手間外，用想像力演算父親沐浴的進度，琢磨著葉阿姨說過的話未免太悲觀了。看了看錶，大約洗了十五分鐘了，她決定進去，總要有人幫老頭擦擦背，不管他願不願意。不足三平方米的小房間裡霧氣騰騰，她看到，玻璃立方體裡有一個肉色的人影背對著她，卻是蹲著的，手臂劇烈地動作著。無論如何，聽起來活潑的水聲是一種誤導，更像是對樂觀的嘲笑。失去理智的父親是在用肥皂和木梳的組合擦地磚呢。梳齒在淡綠色的地磚上不停地打滑。子清躡手躡腳地推開玻璃門，不想驚動他，也來不及脫下自己的加絨家居服，直接擼起袖子，壓出一點浴液，在他背上抹出泡沫來，父親似乎發現了她，但也沒有抬手趕她走，也許只是因為她很安靜。

她一言不發。她出汗了。淋濕的棉服越來越重。她讓毛巾輕輕著陸在父親的背上，從上到下，一下又一下，輕柔地擦拭。她感覺到背脊的反彈力，以及她附和他擦地板的節奏。似乎，她覺得失去這個節奏就將觸怒他，或甚而是失去他暫時對自己的（無意識的？）信任。

她嘗試讓他改變蹲坐的姿勢，腿必定是麻木了，他索性一屁股坐下來，她費力地將兩條腿伸直，淋浴間太小，她只得把手托在他兩腋下，把他拖到馬桶邊的地板上。她用最快的手法幫他洗了一遍身體，然後把蓮蓬頭拿下來，對著他的身體沖去泡沫，一遍又一遍。最後，他依然坐在地上，她用浴巾幫他擦乾，幫他站立起來。他腿腳的麻木緩解了，但站得很不自信。彷彿是因為突然站起來了，他低頭看到了她，發現了她是個闖入者。

他用仍然攥在手裡的梳子向她砍去。

她眼皮上的劃傷直到葉阿姨回來上班依然沒好透。她一睜眼就能感覺到疼痛，甚至看得到模糊的結痂。斜穿過上眼皮和下眼瞼的這道劃痕是無法忽視的，那讓葉阿姨心有餘悸，也讓子清失去了一部分威嚴。事實是殘酷的：他的意識越來越游離了，在她們自以為是、刻意不去細看的領域裡，病的惡化比她們預想得要快。

就是在那幾天裡，子清想到了一個大問題。

通訊錄・二〇一一

Nokia E72之前的Nokia 5200被落在捷克的火車上了。她、奧托和潔西嘉（加拿大W電視臺的旅遊頻道綜藝節目主持人）的任務是去拍攝克魯姆洛夫的風景人文，但他們從布拉格出發時身邊就多了四五個捷克年輕人，其中兩個女生都不到二十歲，美得不可方物，夢想是當國際名模，剛剛去布拉格的經紀公司拍完了模特卡所需的照片。另外三個是打算追求她們的美國遊客，從她們在查理大橋上擺pose時就死纏她們不放，於是一起上了慢車回女孩的家鄉。

那一路特別吵鬧，特別好玩。他們錄了一段潔西嘉臨時採訪姑娘們的素材，又攛掇姑娘們幫忙，進火車駕駛室拍了一段風景。總之，把一輛列車都跑遍了，下車後她的手機就不見了。那裡面存有子清迄今為止最完整的通訊錄。

所以，她沒有辦法通知東北的親戚們，父親的病確證了，並且日益加重。即便在春節期間也沒法電話拜年。更糟的是，家裡的座機始終沒有響過。如此看來，親戚們應該沒有這個家的號碼，也沒有她的手機號碼。退休後的父親的聯絡方式，親戚們只可能默認為洪老師的家宅號碼。

根據瑞士作家馬丁．蘇特在《小世界》中的描述（一九九七年出版的小說在資料層面當然僅能作為參考，但子清無法不在意），對該病的確診首先要根據血液和腦脊髓液的檢測結果排除大腦受到傳染病侵襲的可能，再參考大腦供血指數排除動脈硬化的供血障礙，參考大腦物質代謝中氧和葡萄糖利用的資料確定大腦的特定區域代謝活動減少。但是，核磁共振腦部成像也無法揭示痴呆症的其他原因，也幾乎沒有一家製藥廠對這種絕症展開過研究。這主要是因為阿茲海默症的患者沒有自主意願，因而也無法接受醫藥實驗。書中的患者得到了普通中國老年痴呆者難以置信的私家護理，費用高達一年四十到五十萬瑞士法郎，配備了兩名白天陪護和一名夜間陪護，飲食、理療、勞作療法、清潔工作都有專業人士擔當……

在陪伴父親的第二個春節長假裡，子清發現了這本書。她最喜歡的片段是：書中患者的痴呆症是在六十五歲的戀愛階段突然惡化的。他提著晚餐的食材在戀人家門口迷路了。戀人發現自家的烤爐裡出現一隻短襪。戀人很快被他忘卻，當做了陌生人。但這位患者的痴呆症也掀起了塵封的往事，這讓他變成一種隱性的禍害。

子清悲戚地想到，父親的痴呆也讓他失去了人生最後一個女人，再嫁禍在她自己身上，逼迫她去掀開父親的往事。在當事人口述失效的前提下，往事的通道口之一就是通訊錄，至少能夠指向其他相關者的口述。其次是照片，沉默的提供部分真相，並期待無邊際的假設，且永遠無法被驗證。

客廳裡有一只老木桌。桌面方方正正，統領臺面下的大方抽屜和四只小抽屜，一統到底，沒有任何裝飾和附件。那是父親在二十五年前用手繪的設計圖讓木工打造的。子清的中學時代、大學時代都在這張書桌上寫作業（作業和考卷下面也可能是情書）。子清畢業離家後，父親徵用了這只木桌上唯一可以上鎖的大方抽屜，擺放了房產證、結婚證、退休證和母親的喪葬證。子清想，父親的通訊錄要麼收在這裡，要麼擱在電話機下面的玻璃櫃裡，但這只是正常人的邏輯，對眼下的父親來說，正常邏輯往往是不夠用的。所以——

第一步，找鑰匙。所有能找到的鑰匙都插不進這個鎖眼。失敗。

第二步，用螺絲刀插進抽屜和桌面的縫隙，用榔頭上下左右地砸，絲毫不心疼。子清居然真的撬開了大方抽屜的鎖，力道太大，鎖頭連著一大塊高密度木板被扳下來了，沒機會插手的葉阿姨稱讚道：「王小姐，妳真的不像上海女人。」

第三步，被抽屜裡井井有條的擺放方式驚嚇到，克服那種驚異帶來的悲涼（父親本來就是一絲不苟的人），子清放下工具，去洗手間仔細地洗了手。葉阿姨識相地把碎木屑和工具清走，躲到臨時擺在餐廳裡的單人床上，一點兒聲音也不發出來。

矩形的立體空間裡，幾個結實的塑封袋穩妥地各據其位，邊緣緊貼卻都不曾疊合，塵埃都沒有多少空子可鑽，像是一幅被完成的拼圖。時代不允許他好逸惡勞，他最會按部就班。因其過分的平衡，子清突然不曉得從哪裡下手，不知道該拿起哪個口袋才是正確的。她太想保持正確，似乎在那無所謂對錯的次序裡隱藏著未來的命運。

父親或許早已想到了這一點，所以才用這種透明封面、塑膠拉鎖的檔袋，所以才使母親的墓穴證書一目了然，墨綠色的硬質證書刻意地提升墓地的堅實，已在十多年的歲月裡將塑膠袋撐出了稜角。第一個袋子給子清的感覺是重，每一張票據、每一份檔都很平整，墓穴證書裡夾著預付發票、遺像底片、瓷像製作發票和維護費發票，夾著照片和底片的迴紋針已經生鏽，鏽跡蝕刻在母親的背景上。白色大信封裡有參加母親葬禮的同事們的名單，有些人用的是單位信封，還有些人很隨便，只用白紙折幾下，但即便是那樣一張無所謂的白紙都被父親保留下來，自己補上名字和金額。還有一些郵政局的制式化的弔唁。另一個白色信封裡是母親葬禮的花費，除了殯儀館的諸多發票外，子清無比驚訝地發現，在死亡證明書之後，從奔喪的親戚到來的第一天到離開上海的最後一天，每一頓飯、每一天的酒水飲料開銷都被清晰地記錄了——

麥德龍的清單：青大蒜、茄子、百子糕、豆沙包、醬肘子、鮮汁干、特價炸豬排、芝麻排條、蔥油餅、擦手小毛巾、香吉士橙、一次性塑膠杯等等家宴所需品。

手寫的菜場帳單：紅燒肉 10.00，豆製品 4.40，鯿魚 7.50，大米 22.00，香菇 2.50……

火車票售賣點的收據：上海—錦州，代辦費肆拾伍元；上海—大慶，代辦費肆拾伍元；上海—哈爾濱，代辦費肆拾伍元……

親戚們所住招待所的發票：910元

一雙女布鞋的商場結算憑證：17.00元

骨灰寄存費：260.00元

租車費：250.00元

……

最後，在這只袋子最下面的小信封裡，子清第一次看到了父母的結婚證。紅紅薄薄的一張對折紙，封面上只有「結婚證」三個字和一顆黃色的星星，內頁上沒有照片，左邊撐滿了毛主席的側像，下面是一條語錄「領導我們事業的核心力量是中國共產黨。指導我們思想的理論基礎是馬克思列寧主義。毛澤東」。右邊的證明文書很簡單：上海市普陀區革命委員會（蓋章）證明二十九歲的男青年王世全和二十七歲的女青年尚慶芸於一九六九年一月十日自願結婚。

這個袋子裡裝的是父親和母親的緣分的始終，子清覺得這種收納方式簡潔清晰得難以置信。她試圖去想，整理這些票據（及其順序）的父親一定有著鎮定的表情，決不發抖的雙手，決不含糊的意識，他用這種方式告別自己一生中最重要的、持續最久的一段關係，同時也彷彿帶著先知般的明智，用證物向後代做一番誠懇的工程師式的敘事。沒有誇張的渲染，沒有多餘的對白，沒有配角，甚至沒有影像，信賴敘述性的文字，更信賴數位。以母親去世為標誌，子清原本擁有的家庭正式宣告解體。但誰也不知道，王世全是在失憶前的多少天，用這種方式編排了這個家庭的大事記。

這時，子清幾乎忘記了撬開抽屜的初衷是找尋父親的通訊錄，或者說，在通訊錄的延長線上的遙遠的大家族。此時此刻，子清的腦體已完全被逝去的母親所占據。是的，甚至是身體也有了前所未有的反應，她把證物按照原來的次序（甚至發票上的折角也要保留）放回袋子，拉上拉鎖，放回抽屜，然後去父親的房間，就著客廳漫射進來的燈光，看到父親側著身子睡著了，均勻的呼吸聲越聽越矛盾，因為那意味著不分記憶如何都要穩定工作的軀體是健全的。她輕輕地走到他身邊，用手背輕輕掠過他的額頭，他有一雙世人說的長壽眉，硬挺的眉毛裡夾雜著細長的白眉。

當夜，她在Skype上連通了子萊，把手機拍攝的父母結婚證照片給她看。子萊輕描淡寫地說，「以前就看過的，妳在哪兒找到的？」

「我撬開了一個抽屜，發現爸爸的檔案工作做得很棒。」子清描述了那疊發票。「假如是妳，大概早就扔光了吧。我記得妳去加拿大的時候什麼都沒帶。」

「但媽媽走的時候，我帶了一本相冊回多倫多……」子萊費力地站起來，到旁邊的書櫃那兒摸索，懷孕八個月的身軀非常臃腫，但聲音還是輕快地傳過來了，「在這兒呢！我都好久沒看了，看到以前的自己都會不認得……妳看，那時候我多苗條……

妳看，這是爸爸媽媽來加拿大參加我婚禮的時候，」她衝著鏡頭舉起相冊，「媽媽特意染了頭髮，爸爸買了套新西裝，妳看妳那時候！還是個乖孩子的模樣。」

「那時我中學剛畢業。」子清當然記得，那是她第一次出國，姐姐的婚禮是在唐人街辦的，姐夫還要奮鬥兩年才能買得起多倫多郊外連帶大花園的小房子，但那兩年裡，子萊一連流了三胎，搬到新家後，整整一年都在養身子，剛養好，好不容易懷孕了，母親卻突然身亡，子萊是過了三個月的安胎期才飛回上海的，沒來得及看到母親的遺容，母親也沒來得及看到自己的外孫女。

「預產期快到了吧。」

「不是雙魚就是水瓶。」子萊在鏡頭前兀自翻著相冊，頭也沒抬地答道。生了兩個女兒之後，子萊決意抓緊最後的生育時機，再生一個男孩。事實上，姐夫家的人溫厚謙遜，並不在乎她沒有生下男孩。但子萊比誰都想。

「男孩兒的話，水瓶好一點吧。」子清懶洋洋地回了一句，目光落在手機螢幕上的結婚證，突然注意到日期。「哎！姐！妳知道爸媽是未婚先孕的嗎？」

「那又怎樣！那年頭兵荒馬亂，無政府狀態！」

「妳問過爸媽以前的事嗎？」

「問什麼？」

「文革那時候。」

「那有什麼好問的？他們已經來上海了，乖乖上班，好像和他們沒太大關係。」子萊合上了相冊，「說起來，倒是妳和文革的關係還大一點。妳知道的吧？生妳那天，全上海慶祝文革結束，大遊行！我記得特別清楚，爸爸騎自行車帶我去醫院，媽媽那時候已經在產房裡等著了，可是沒有人！醫生護士都上街喊口號去了！扛旗幟！整個醫院裡只有病人和死人！天都黑了才回來一兩個護士，趕緊把醫生叫回來……媽媽差點兒死在手術臺上。」子清的出生就是這樣一段共識的歷史，家裡人、鄰居都會在她長大的歲月裡不斷重複這件事，說得她好像是個幸運兒，見證了新時代的開始。

「你們每次講這件事，用的詞句、順序都差不多，妳和爸爸。簡直像是念新聞通稿。應該是爸爸先這樣講，妳學會了，再跟鄰居阿姨娘舅講，最後你們一起跟我講。有時候歷史就是這樣被寫出來的。」

「不管誰講的，反正是真的。我記得那天晚上，滿大街都是人，我捧著保溫壺，裡面是隔壁阿娘做的黑魚湯，坐在自行車後座上。其實……」子萊停頓了大約幾十秒，但子清沒有催促她。「媽媽不想生妳的。是爸爸想要一個兒子。」

「我知道。所以妳叫子萊——兒子要來哦！小時候問過你們，為什麼我叫子清，爸爸就說，因為又生了一個女兒，沒辦法再有兒子了，計畫生育了，那個任務就算結清了。」

「妳居然記得！」螢幕上的子萊顯然瞪大了眼睛。「其實爸爸說的是，兒子的事就算完了，但總不能取名叫『完』，所以換了個適合女孩的字。妳居然記得！那是妳出生後沒多久的事，我記得很清楚，那時候奶奶來上海住了大半年，他就是這樣對奶奶說的。」

「他肯定不止一次講過，妳聽到的是他和奶奶講，我記得是我讀小學以後問他的。」

「難怪。」子萊的手下意識地去揉肚子，好像胎兒又踢了她一下。「反正媽媽不想生妳的，她說年紀大了，再養一個孩子負擔更重。」

「媽媽生我的時候，和我現在差不多大吧。」子清說。「媽媽要是知道妳都快四十五了還要生兒子，大概會罵妳的吧。」

子萊不想讓子清知道自己快要落淚了，也許是孕期賀爾蒙起伏的結果，這陣子她特別傷感，特別是窗外漫天大雪飛揚的時候，她會看著看著就落下淚來。在多倫多二十年了，錯過了和母親的告別，錯過了和清醒的父親告別，因為流產和生養又錯過了回大學繼續深造的機會——那原本是她去加拿大的首選計畫。人生不知從何時開始像大雪裡搭公車，錯過一班車，再追上一輛卻是南轅北轍，再倉促跳下，去趕正確的方向。

她也不想讓子清知道，在生養了第二個女兒之後，自己有過很長時間的產後抑鬱症，兩個孩子的哭鬧聲會讓她想殺人，但世間沒有可以給她殺的人，所以她嚴肅地考慮過要不要就此了結自己的生命。那場生死攸關的病耗費了她兩年的時間，等到小女兒能夠咿咿呀呀說話了，她才漸漸走出陰霾。現在，她擔心失憶的父親，擔心一向任性的妹妹，但更擔心腹中的男嬰和自己在未來幾個月的命運。

她更不想讓任何人知道，在母親突然辭世之後，她被醫生、丈夫和婆家人宣判不可能做越洋飛行，更不能去守喪，她只能祈禱，因為附近區域裡只有教堂可以日夜歡迎她，沉默地接納她的眼淚。超市六點關門，加油站讓她反胃嘔吐，餐館裡眼色呆滯的醉漢讓她驚慌自己會不會再次流產，社區服務站的圖書館每週只開放三個下午，所有中文書報都快被她看完了。在母親遙遠的死亡之後，她無可奈何又心生寬慰地皈依了基督教。一旦加入了教會組織，各色各樣的鄰居大媽大姐都立刻晉級為友人，她們每天都會打電話來問候，聽說她有過產後抑鬱症，家庭醫生還介紹了精神科醫師來電，follow up。失去母親的那一年，子萊的通訊錄竟然被寫滿了：各種熱線電話號碼，毗鄰十幾戶人家的電話號碼，教會姐妹兄弟的電話號碼。所有的關懷都是免費的，這反而讓她沒辦法拒絕。

關於她的禱告，父親只有兩個字的評價，「沒用」。電視上爆出飛機撞世貿雙子樓的時候，她撥通父親的電話，告訴他加拿大沒事，他竟然在電話裡說「沒用」。她在父親第二次婚姻、自己第二次生產後回國看望他們，帶給他們最好用的榨汁機和濾水器，他也說，「沒用」。她在無數次回想中得出一個結論：父親早已有了痴呆的前兆，但，沒用。其實，最沒用的是自己。但，不是所有的愛都有聲張的姿態。不是所有愛都有拯救的能力。

「先這樣吧。我去看看姍姍醒了沒有。」子萊寥寥兩句，示意自己要下線了，但被子清突發的問題搶先截住了。

「等一下！妳那邊有沒有通訊錄？在東北的親戚，妳還有聯繫嗎？」

「……大概有吧。但很久沒聯繫了。從來沒人打過越洋電話給我。怎麼了？」

「幫我找找。妳去忙吧。」

兩人下了線，但事實上都默默地在電腦前坐了片刻。直到大衛鏟完門前的雪回來，在門墊上使勁跺腳，子萊才振作精神，走出了書房。世界另一邊的子清回味著姐姐提及的往事，知道自己很難輕易地睡著了，家庭內部的考古學已經翻開了第一頁。

間接口述者如子萊，也是不可信任的。子清想了一夜，得出了這個結論。醒來已是陽光燦爛，她覺得這是個好兆頭。洗漱完畢，連早飯也懶得吃，只想繼續翻檢大方抽屜裡的塑膠袋。

父親和葉阿姨坐在沙發上看電視。只有打仗和搞笑可以讓他們同時做出反應。久違的陽光照進來，剛好照亮拉開的抽屜，把每一只鼓鼓囊囊的塑膠袋都照得明晃晃的。子清又折回自己的房間，拿起壓在一疊雜誌下的照相機，許久不用，幸好還剩一格電，抓取今天的陽光應該夠用了。

當夜，照片在三秒之內傳到了一萬一千四百八十五公里之外。

一張是柔和的，陽光像牛奶一樣純淨，也淨化了坐在沙發上的一男一女，他們相隔一米遠，就像這個客廳裡的每一樣東西保持寬鬆又疏離的氣氛，十分輕微的過曝。男人的笑容似乎有點勉強，但也不失天真，顯然，他所凝視的物件並不複雜。女人卻笑得很盡興，笑容鼓起了飽滿的臉蛋，陽光透進了瞳孔，令笑容更有神氣。畫面裡沒有出現讓他們笑的元素，但他們與攝影者的關係卻是不言而喻的親密。陽光慷慨地洗白了沙發、茶几和拼木地板。子萊看到後回覆：「房間很乾淨，爸也很精神，挺好的。」

另一張是犀利的，濃烈的陽光是以黑影反襯出來的，近乎殘忍的高對比之中，男人失去了笑容，呆滯的表情逼得所有皺紋無處遁形，他略帶痛苦地閉起眼睛和嘴唇，眉頭有兩道縱向的深紋，上唇尤其緊張地抿住下唇。女人卻依然燦爛地大笑，牙齒顯得更白更大。畫面中依然沒有讓他們笑或痛苦的元素，但因為兩人表情的迥異，時空內部彷彿有了巨大的割裂，攝影者變成了隱形的偷窺者。在強烈的反差中，陽光出現了顆粒感，前景中的茶几和拼木地板也彷彿提前蒼老了。奧托看到後回覆：「如妳之前所說，這個家裡沒有任何裝飾品。沒有畫。沒有花瓶。沒有小擺設。但我能看到妳。很想妳。」

子清把玩著相機，一會兒湊近父親面前拍特寫，一會兒從餐廳的角度拍攝陽光中的剪影，幸虧電池很快就用完了，她這才回到老書桌前，繼續一再被拖延的任務。

第二個塑膠文件袋是小號的，裝著有關父親的證物。以退休證為開篇，高齡老人優待證，銀行卡，信託公司用戶卡，非機動車輛行駛證，護照，港澳通行證，郵政儲蓄卡，心臟起搏器設備識別卡……顯然，父親是在退休後開始收拾這些物事的，據子清所知，他在單位裡、部裡都得過專案獎，但沒有一張紙可以證明他之前的業績。

第三個塑膠袋再次顯示了父親的清晰思路。和洪老師再婚前，父親賣掉了老宅，買下了此刻子清和葉阿姨陪他所住的這套房子。買賣合同之外，這個袋子裡的發票和收據囊括了和房產相關的一切開銷：水電煤，電話，電視，每一樣家具……甚至還有一份清單，列舉了建材明細和不同種類的裝修工費。諸如——石膏線：380，瓷磚：2125，膠水：120＋120＋110，水管：748……這樣的數字寫滿了整整一頁A4紙。父親的字跡細小又齊整，在最下方用不同顏色的墨水筆標明了：房款共計368171.00元，進戶費6604.70元。唯獨沒有房產證。子清想，如果他和洪老師真的在婚後住在這裡，每個月的開銷恐怕都會被詳細收納。但事實上他們從來沒有住過這裡，再婚後不久，洪老師的女兒懷孕待產，之後幫忙帶孩子，父親這八年多都是住在洪老師家的。這個塑膠袋見證了父親最後一段時間的清醒，或許還有希望，希望在這裡開始一段嶄新的生活，有新的恩愛，新的後代，子孫滿堂。

只有第四個袋子是大號的牛皮紙信封。打開之前，子清猶豫了一下，是想給自己幾個選項，彷彿猜中有獎。親人的信箋？日記？都不太可能，父親不喜歡收留舊物，一向如此，家裡清清白白，尤其搬到這裡後，過去的痕跡幾乎被掃蕩一空。在子清的印象裡，小時候每幾個月就要看父親寫家信，收到回信也歷來沒見他留存。自己和姐姐得過的獎狀？更不可能，他從來都不是多愁善感的那種父親，他務實，他簡單，他遵守禮節但不製造效果。子清伸手進去摸了一下，是一疊紙，再把它們全部拉出來……那些剪報有點都泛黃了，全部都是養生指南，從報紙上、雜誌上剪下來或是撕下來的——

五類人易感染肝炎。口臭暗示了哪些疾病。秋季養生。蜂膠的作用。冠心病者如何散步。五個穴位延年益壽。長壽老人談清淡飲食。春寒如何防關節痛。適當吃冷食。綠茶好還是紅茶好。白酒的妙用。斷食療法。果皮不可扔。中老年飲食全攻略……就是這樣鼓鼓囊囊的一袋剪報，子清一張一張地檢視標題，最終確證：從飲食到運動，父親都已謹遵養生原則，只是從沒想過自己會敗在阿茲海默症的手裡。

還有一些手抄的摘要，最特別的是一張藍格子繪圖紙，父親用清俊的筆跡抄寫了一段《道德經》：「出生入死。生之徒，十有三；死之徒，十有三；人之生，動之死地，亦十有三。夫何故？以其生生之厚。蓋聞善攝生者，陸行不遇兕虎，入軍不被甲兵；兕無所投其角，虎無所措其爪，兵無所容其刃。夫何故？以其無死地。」

善攝生者真的沒想到，病有所用其魔。

仍然沒看到通訊錄。吃過午飯，子清把家裡的每一個抽屜都拉開檢查，在每一堆衣服裡翻檢，到每一個不常用的廚房櫥櫃裡找，甚至把她自己房間裡（只有她自己有鑰匙）書架上也掃視了一遍，甚至在鞋櫃裡也找過了。

葉阿姨準備醃雞腿的時候，子清估計幼稚園已經放學了就直奔洪老師家，她只想在晚飯前確認通訊錄的下落。

老太太沒有想到她會來，臉色不好看，但氣色不錯。自從她把第二任丈夫送走之後，再也沒有出現過，也沒有打過哪怕一通電話來問問好。子清客客氣氣的，換上拖鞋，逗逗洪老師的外孫女，先問繼母最近身體如何。對方似乎也知道這寒暄只是客套，只是擺擺手。子清進門後，兩人就沒有對視過一眼，目光的焦點退縮到在茶几上畫畫的小女孩身上。

「我是來問問……」

「不要問了，我要離婚。」

「我只是來問問，我爸爸和東北親戚聯繫要用的通訊錄，是不是在這裡？」

「不離婚，我什麼也不會給妳的。」

「妳誤會了。我只是想聯繫親戚。不知道前陣子過年時有沒有電話來？」

「誤會啥？前陣子我們出國旅遊了。不知道。」

「哦。春節過得挺好吧。」

洪老師不言語，走進了廚房，把子清一個人晾在客廳裡。小女孩畫完了一棵樹，轉過紅潤潤的小臉笑咪咪地看著她，到底是小孩，覺不出兩個成年人之間欲語還休的冷戰氣氛，反而甜甜地問她，「阿姨，外公呢？」

子清沒想到自己被記住了，突然眼眶有點熱。她捏捏女孩粉嫩的臉蛋，「妳想外公啦？」女孩點點頭，子清也由衷地笑了。她站起來，看看電話機下面有沒有本子，又望望廚房裡的動靜。

女孩奶聲奶氣地問，「妳要找什麼？」

子清蹲下身，把女孩攬在懷裡，「妳知道外公打電話的時候用到的小本子在哪裡？」

女孩想了想，「外公不打電話的。」然後揚起脖子大喊，「外婆！外婆！」

洪老師的手上還捏著兩根蔥，急忙跑出來看，小女孩也迎上去，撒嬌般的說，「外公的小本子在哪裡呀？小本子！小本子！」

洪老師掩飾不住惱怒了，三步併作兩步來到子清面前，「妳那個老爸摳門得要命，什麼都藏好不讓我碰，什麼通訊錄，哪有那種東西！只有一個巴掌大的小本子天天放在褲兜裡，六個兄弟一個妹妹都用數字表示！哪有這種兄弟，連名字也懶得寫！別的人要麼寫個姓，要麼寫個單名，旁人根本搞不清誰是誰！搞諜報啊？我跟妳說，連著四五年都是我催促他給親朋好友打電話，溝通溝通，不要整天坐在房間裡發呆，撥號都要我幫忙，拿起電話也不管人家是誰，老三句：你好，還好吧，就這樣。講好就掛掉，誰還會給他來電話？出怪咧！」

「本子呢？」

「有一天他發神經病自己撕掉了！一張一張的撕。我還問他，你這個不要了？還有備份嗎？他根本不理我。我去搶也搶不過他，還要打我，我命真苦呀！妳現在來要？早幹嘛去了？你們家通訊錄就一本啊？妳自家去尋，不關我的事！我能給妳的都給妳了！別的離婚再說！」

小女孩有點害怕，外婆的聲音再大一點她就要哭出來了。子清搖搖頭，走了。

仍然沒有通訊錄。

子清給奧托的 email：

「病把他掏空，我要重構，但也許只能是虛構。現在的他只有疲軟的、零星的詞語。字散了架，詞被割裂，數字狂舞後潰不成軍。語言從昔日明確的佇列裡脫離，從廣闊的天空墜落，滴淋在游移的魚嘴。沒人知道。哪怕近旁的人和自己只隔著兩層衣物，也永不知曉你內核的動盪。身體就是密室。在身體裡發生的一切，甚至連我們自己也後知後覺。對於大腦整體的萎縮，所有人束手無策。醫生或許是偵探，小說家或許是幫凶，但想像力需要實證嗎？」

春

世全・一九六四

一九六四年哈爾濱某學院的賀年片是這樣的：校徽妥妥的在下端中央，散發出光芒般的直線，映照出一枚花冠點綴的圓鏡，鏡中是奶白色的三層教學樓。「恭賀新年」是現代化的篆體字。一九六四是直來直往的羅馬字。他在賀年片背後寫的「秀文：新年好」是近乎娟秀的行楷，撇捺灑脫，連筆的簽名有點風流。他把它放進信封，用郵票封口，騎上男生宿舍裡公用的那輛自行車去校門外的郵筒。剛出校門就遇上一群女生，嘻嘻哈哈地走過來，和他打招呼，問他要不要一起去看冰燈，最調皮的那個丫頭還搶下他手裡的信封，對著夕陽照，可憐信封紙白白透透又薄薄，所有人都看得到「秀文」二字。他被女生們狠狠笑了一通。

他把信奪回來，塞進郵筒，說回去叫幾個男生一起去。兆麟公園見！

毫無懸念，那一年最受人喜愛的冰燈作品是《毛澤東選集》。長方形的厚冰面上是陰刻的〈沁園春・雪〉，毛主席的筆跡在刻刀下面被模擬得既拙又憨。每個人走過這裡都會下意識地背誦出聲，甚至朗聲齊誦，彷彿那是座視覺傳導啟動音響的自動化裝置。詩文冰碑之上是三顆大紅星環抱中的毛澤東側頭像，再往後，是兩三本巨大縱立的《毛澤東選集》，書脊上的書名是標準的老宋體。他聽到一個女生輕輕地哼了一聲，不知道對誰，耳語般的音量說了一句：搞得像墓碑一樣，醜死了。他想認清那個女生的臉孔——這並不容易，一閃而過的女生都差不多，留著一樣的齊耳短髮，穿著一樣的藍布罩衫——等她們走過去了，再問劉春。劉春說，矮矮胖胖那個？長得還行，你不認識？女生中的狀元，尚慶芸。他說，哦，就是她啊。

冰雕的履帶式拖拉機上寫著「以農業為基礎」，保留冰掛造型的「珠穆朗瑪峰」的峰頂插著五星紅旗，透明的冰花瓶裡看得到盆栽花木。看了幾年冰燈，他也看出了些門道，拖拉機、寶塔、動物、花瓶、城池都是保留項目，前一年的冰花瓶上還寫著「大躍進萬歲」、「總路線萬歲」，今年寫的都是「毛主席萬歲」。再走幾步，可見一些小型冰雕，花鳥蟲魚，一派與世無爭的景象，這才淡了時代感。他對身邊的同學說，這才好看些，能看出手藝來，不像那些大冰塊，方方正正，沒有藝術氣息。

突然聽到陌生的人應聲說道，小夥子不是來看熱鬧的，好。

他一扭頭，發現同學們都走到前頭去了，身邊的這位卻是個中年大叔，戴著厚實的狗皮帽，胸前掛著一臺海鷗照相機，好像生怕相機在零下二十度的環境裡受傷，他把棉大衣的前襟敞了一半，幾乎是把它揣進了懷裡。

他說，這相機不錯呀，上海的。

陌生人笑了笑說，你識貨。

陌生人左左右右打量他，又說，你上相。給你來一張？

他問，多少錢？陌生人說了個數兒，他就搖搖頭，走了，往前跑，去追同學們。

其實，他心想的是，照一張也好，在冰燈前照一張，過年回家時送給秀文，多有面子。她給自己寄過兩張照片，都是在照相館照的，烏黑的辮子很長，瓜子臉很俊俏，看不出來比自己大了三歲。但她還沒來過哈爾濱呢，更沒看過冰燈。他想讓她知道，雖然他現在是個窮書生，但他見過世面，比她在林業局當會計更有前途。但是，照一張的錢也沒有。二哥每個月只有五十塊錢工資，給自己十五塊錢，二嫂聽到他的名字就翻白眼。三哥在部隊，沒有幾個錢。大哥搬到前院去了，分家前對他講的話，他這輩子都忘不掉：「供你讀完高中，我已經對得起死去的爹了，我不能供你到老！等你工作了，還得把我供你讀高中的錢還來！」大哥可以不管他，但也不管他下面的幾個弟弟妹妹，這未免太無情了！

往後，真的要靠秀文供完大學嗎？這似乎也不像話。

春節，他背了個小包回家過年，除了一袋哈爾濱香腸，包裡只有兩件舊衣服和幾本書，衣服拿給娘改一改，可以給弟弟穿。過年的時候，織布機不會停，磨盤也不會停，他要把苞米和麥子磨好，還要幫弟弟把冬麥田拾掇一下，那年的小麥收成不錯，還要把房頂補一下，雪壓塌了一個舊窟窿。回家就是幹活。他寧可繞道也不肯經過前院的大哥家門，他們家吃餃子的時候，娘趴在窗臺惡狠狠地朝大兒子瞅，一直瞅到他們把最後一只餃子也吃了，娘就開始破口大罵，從大哥的家門口罵到村口，「連只餃子都不知道給親娘吃！」前一年，村子裡的焦點還在他身上——窟窿臺有史以來第一個大學生——他們全家都感覺光宗耀祖的，今年卻成為全村人的笑柄——窟窿臺有史以來第一家鬧分家鬧上法院的。他巴不得快一點離開這無望的鄉村，不止是二哥和三哥，就連妹妹也感覺到：四哥越來越像城裡人了，皮膚更白淨了，講話更斯文了，方言粗口都少了，幹農活更笨拙了。

其實，他早就不住在這屯子裡了。初中就得去縣城住宿，十幾歲就要自己管自己的衣食住行，每個月連吃帶住帶學費共要九塊錢，有幾次實在湊不出來，娘就去姑表親家借。要不是成績好，怎麼可能讀到高中畢業？他也惦記著家裡人，想到一切不幸都是從父親病逝開始的，就一門心思要考醫，全家都贊同，但複查時發現是色盲，轉而考慮學費很少的師範，二哥卻強烈反對，也沒錯，那時候，只有最差的學生才進師範。就這樣轉投了機械類。收到錄取通知書後，他一聲沒吭，直接去了哈爾濱，直奔二哥的工廠。二哥驚問，你怎麼來了？他說，我考上了，只有你能幫我了。

沒有人幫，他無法讀完這一路書。不靠讀書，他也無法從屯子裡走進縣城、再搬入大都市。他不知道未來會在哪裡，但肯定不在這個屯子裡——這個名為窟窿臺的小屯子裡，絕大多數人都不會寫窟窿兩個字，所有從這裡寄出的信封上，都用兩個象形的ＯＯ示意。

那些年，距離村子最近的寺廟都被砸了，原本去拜菩薩的人都去趕集了。元宵將至，市集上就開始熱鬧了，做熏雞的烤肉的醬菜的烙餅的都預備好了。做媒的人來傳話，元宵那天，王家四哥要去一趟市集，見見秀文姑娘。他讓三哥陪他去，三哥是當通訊兵的，比別的兄弟都有派頭，也會說話。

滾元宵的攤販旁熱氣騰騰的，他隔著一團團白霧氣看到了照片上見過兩次的秀文。原來，沒有照片上那麼白淨，瓜子臉倒是瓜子臉，但黃黃的有點不精神，這就顯出了年紀，到底是比他大了三歲。她也叫了一個哥哥陪她來。兩個哥哥就寒暄起來，剛說了幾句話，扭秧歌的隊伍就跳出來，鑼鼓咚咚鏘，大花大綠的棉襖舞動起來，鄉下男人們就圍攏去看，他瞥見幾個猥瑣的表情，聽見那幾個人在議論誰的屁股大誰扭起來才好看，男人們講笑完了，秧歌一輪也跳完了，秀文臉上隨興的笑容也收起來了，他也盡量不露聲色。元宵出鍋了，四個人分兩碗，一碗五仁餡兒，一碗芝麻餡兒。秀文的哥哥付了錢，他三哥搶了第一個吃。

秀文也吃，眼睛定定地看著他，沒留意牙縫兒裡嵌了黑芝麻糊，還笑著問，你怎麼不吃？

他只是笑笑，到最後也沒吃。那一碗都給三哥吃了。

回程，三哥問，你咋不吱聲。

他說，又不好看。

三哥嗤笑一聲，又說：別那麼沒出息，人家肯供你讀大學呢。

他擺出深思熟慮的神色，悶頭走了一里地，這才答：我寧可欠你和二哥的，也不想欠姑娘家的。

當晚拜了祖墳。按照風俗，要用玉米麵、白麵和蕎麥麵做成燈碗，便是金燈、銀燈和鐵燈了。蒸熟了，倒進燈油，插進棉絮撚的燈芯，再放到祖墳上點亮。娘讓他去點，又說了一遍，「咱家祖墳是冒過青煙的！你爹下葬時，墳裡跑出來九隻紅蛤蟆、一條大花蛇！你要光宗耀祖，你要養家立業！」他在父親的墳前磕了三個頭。

第二天他就回學校了。校園裡冷冷清清，也沒事兒可忙，他醒來就騎上車，逛大街，東看西看，從學校騎到冰封的松花江，看人溜冰轉圈，看得凍了，再上車，騎到中央大街，看秋林商場外排隊買香腸麵包的隊伍，看得餓了，再上車，騎得渾身發熱，聽到了那熟悉的鐘聲，不知不覺就騎到了喇嘛臺。

東正教堂的彩色玻璃窗裡朦朦朧朧有燭光搖曳。他突然覺得累了，是那種跋涉千里後終於抵達目的地時的那種輕鬆的乏累。洋蔥頭在暗黑的天際隆起更暗的輪廓線，隆升出令人陌生卻安詳的滿足感。並不太陌生，在哈爾濱生活兩年多了，屢次三番經過這裡，聽過許多傳奇故事，但他從來沒有進去過。沒有理由，也沒有人邀請或陪伴。他已經入黨了，劉春是介紹人。他是不可能也不應該進去的。

但那天不一樣。暮色籠罩的街頭突然只剩下他一個人。也許那是時空中的一個漏洞，或是錯位，或是穿越，否則也無法解釋，就在他停好自行車的那一瞬間，教堂的原木大門靜靜地打開了，從中洩露出的光芒彷彿只為了灌注到他的瞳孔裡，不失時機，不遺漏一分一毫的溫暖。有一個人為他打開了這扇門。

他沒有意識到自己走向那片光。在無人關注的時候，理智並沒有什麼用處。

他邁入教堂之內，不自覺地仰頭，望向插滿白色蠟燭的枝形吊燈。他把那些燭光一朵一朵地打量一圈，察覺到它們是多麼寧靜。彷彿這個時空裡不存在風，甚至人的呼吸。寧靜的重量壓下來，像十畝地的棉花裹住了自己。與世隔絕。

Jack和Zero・二〇一三

一開始，病是狙擊手。站穩，調整呼吸，緩慢地消滅一個目標，躲在角落裡的、突然竄出頭的、隱蔽的重要目標。五年前，父親和洪老師買菜時突然跌倒的時候。門牙撞碎，額頭蹭破，骨肉癱軟，腦溝某處發生地震，掀翻了一部分記憶，海嘯波及家人，哪怕三秒就退潮，他自動醒來，不知前世已崩塌，只是硬撐著爬起來，埋怨菜場邊溝裡臭魚爛蝦太熏人。他竟然否認自己跌倒過。

很快，機槍連發，短兵交接，一劍封喉，病把回憶的活路斷了。他不再記得。他叫不出任何人的名字，懷疑妻子是小偷，接到親兄弟的電話時完全不知所云，昔日的工作灰飛煙滅，工作了四十多年的單位徒有其表，移居多倫多快二十年的大女兒是徹底的陌生人。病以這樣的方式消解他一生的意義，時常令子清追問，生命是否真有意義。

然後，是炮擊隆隆後的寂靜戰場，硝煙彌散。失蹤後被找回來的他像個魂。病已重構了這個人。城市像個惡魔的子宮，在你我無法見到的黑暗湧動裡，將他從鄉村到城市的一生中僅剩的龐雜元素錯亂嫁接。

父親在熟悉了新環境後，敢於抗爭了。為了爭奪脫衣服的權力（或許該說是不穿衣服的權力），他朝身強力壯的男護工揮起拳頭。護工已有經驗，機靈地躲開，他的拳頭便砸在門框上。子清看到他腫起的手像一個饅頭，膨脹起來的皮膚特別光滑，讓她想去觸摸，試探彈性。腫手讓一個乾癟的老頭突然有了胖小子的假象。她幻想戳破那幻覺，但觸感只會加劇陌生的好奇心。沒有皺紋，沒有疼痛。如果全身腫起來，他會有人愛嗎？像氣球的話，至少可以飄走。

現在，子清覺得自己在練習接受最後的寂滅，每一次漫長的地鐵之旅都像是展示，密集的，向她展示人類的真相。常識退位，知識泯滅，意見淪陷，智慧離場，僅剩一具頑冥肉身，固執地不肯消亡，彷彿以僭越的、偽造的姿態炫耀生命力。

地鐵裡的氣味很難聞。有人咳出蒜味，有人浮出酸臭汗味，屁倒算了，竟還有人散發酒氣，哪怕是午後。子清戴著耳機，調大音量，打開手機，調出微信，找到Jack。那是在一次地鐵事故中加的陌生男子——那天地鐵突然停在月臺，門敞開，過了十幾分鐘都不開動，她和別人一樣邁出車廂，等在月臺上，和周遭的人一樣下意識地玩手機，滑來滑去，心不在焉。就是那時，微信跳出一個新朋友認證，她想也沒想就按下了添加鍵。在等待列車的時間裡，她盯著這個人的頭像看了一會兒，皮膚白淨，印象最深的是他有漂亮的下巴，眼下的臥蠶也很飽滿，換成女人也是好看的。她不認識這張臉。至今為止，她的微信裡還沒有一個陌生人，她並沒有在第一時間做出老手的判斷：在她通訊錄裡的某人更換了手機號碼，而Jack就是新號碼的擁有者。列車再次啟動的時候，他們從「你好，哪位？」開始，慢慢確證彼此是徹頭徹尾的陌生人。他說上一支手機失竊，換了新號碼，每天都在添加朋友。如有打擾，非常抱歉。她說不用抱歉，自己每週有三天會坐長途地鐵，來回三個半小時，轉車共四次，去工作，有人聊天也挺好。半真半假的傾訴，挺好玩。

半個月後他們見了面。Jack的真人比頭像還好看，在陽光下遮住額頭，陰影下的睫毛長得像假的，下巴的曲線完美地暴露在柔和的光線裡。她是名為Zero的莫須有者，用一張數位0的圖片做頭像。之後的三個星期，因為夜裡的寂寞，他們聊天的內容越來越放肆，或者說，她縱容他放肆。又過了兩星期，Jack和Zero成了情人。他有一個女朋友，所以不能約在他家。她也不願把這件事暴露在父親的家裡，她始終認為那不是她的家，散發著遲暮老人特有的酸氣，陳列著沉重的家具。所以，他們總是約在情人旅店裡。

通常都是他下班後在房間裡等她，他喜歡用手指玩iPhone的出音口，喜歡用iPad看色情漫畫，喜歡給每個朋友制訂個性化的鈴聲、頭像和背景色，他不知道自己比子清小十一歲，Zero則是假裝不知道。

開春後，父親有了一次小中風，何時發生的，並無人知。她去的時候，護工們只是說這是一種猜測。但她確實看到了一張僵化的臉孔，繃得很緊，彷彿被無形的力量拉向骨頭。他不像往常那樣低著頭假寐，或和旁邊的禿頂老廠長喋喋喏喏，而是筆挺地坐著，脊椎到頭頸全線僵硬，但他的手始終放在桌子上，手指的顫動很像在描寫什麼字，或者說，做出書寫的預備動作。他像一個緊張的小學生坐在課堂裡，面對一位暴君式的班主任。除了異常的僵硬，沒有別的跡象再能證明小中風的閃退。

子清坐在父親對面，長久地凝視他。因為父親看起來太陌生了。她回想這輩子見過的父親的臉孔，像手繪的動畫片那樣，把一張一張畫面掀動起來，成了流暢變化的動畫，最後定格在面前的這張臉上。快進的鏡頭，像某部電影裡長時拍攝一只蘋果從鮮紅到腐爛的鏡頭。

有勺子在敲打桌面，有人荒腔走板在唱歌，有家屬驕傲展示微信裡的KTV錄影，有老人悲愴地長嘯，但子清和父親筆直地對視，彷彿在凝滯並上升的真空中。

子清拿出了照片。隔三差五的，她會從家庭相冊裡找出幾張老照片，拿給父親看。最早的幾次，父親會指著照片上正在做機械振動實驗的人，食指繞著自己的頭畫圈圈，呵呵地笑。但現在，他對照片上的亡妻、自己、女兒都只有漠然的表情。

這張照片是在子清翻找通訊錄那次從一個厚本子裡掉出來的，最初大概夾在某封信裡，但信封信紙都不見了。本子是父母單位發的硬面抄工作日誌，只有前三頁寫了幾行字。子清家裡有無數本這樣的本子，不同的硬面上印著「建廠四十年」、「機械工業部」等鍍金色的標誌。

照片是九十年代司空見慣的七吋柯達照相紙，照片上的女子已過半百模樣，瞇著細長的眼睛，短短的捲髮被湖畔清風吹亂了，嘴角帶著克制的笑意，背後的湖面上有白色的船，桅杆高高的，卻沒有揚帆。相片的背面寫著：「老同學留念，91.11遊海拔六千呎的Tahoe山頂，那裡終年積雪，這裡是山頂湖Lake Tahoe，幾千年前，這裡是大冰川。知名不具。一九九二年二月四日」。

子清把照片翻過來瞧，果然，壓在深藍色水平線上面、輕薄雲層下面的，還有一道藍白交融的山脊線。前景中的女子一身橘色夾克，彷彿要消融於那天最後一抹陽光中，令背景中的山海雲顯得更超然冷豔。子清忍不住賦予其寓意，並試圖從女子的眉眼間捕捉到更多意義。這顯然是父母在大學裡的好朋友。子清隱約想起來，童年的某個夏日，這位阿姨來過上海，在他們家吃過一頓飯，席間說了些什麼自然是不記得了。這位老朋友在美國加州的古老冰川湖前露出恬淡的微笑，彷彿不經意的提到歲月。幾千年的痕跡依稀，幾十年的知名不具。沒有影子。照片裡的每一樣物事都沒有影子，水面的波動抹煞了船和雲的影子。照片外的每一樣物事也沒有影子，攝影者和照片的接受者都沒有在那莞爾若失的笑容裡留下切實的影子。

子清有一種未必真切的印象，所有和父母年輕時有關的人都是和藹可親的，圍繞在他們身邊、塞給她和姐姐糖吃的同事們、出差時路過上海來看他們的老同學們……都是笑咪咪的，就像她本人的童年，了無煩憂。所謂過去，只是構成當下的笑容的充分必要條件。看著這張照片，她越來越覺得自己對父母這代人的判斷根本停留在童年。口唇期的天真記憶。

父親的目光似乎連聚焦在這張照片上都做不到，眼皮沉重地耷拉著。子清不肯放棄，隨著父親低垂的視線去調整照片的高低位置，似乎在等待它突然被認出來的奇蹟般的一刻。

盲人從子清身邊摸索著椅背走過，啞巴熱情地拍著她的肩膀，身高不足一百四十公分的小老頭笑咪咪地指著閉目書寫的父親，胖阿姨和幾個護工在窗邊聊天。這是安詳，這裡特有的安詳狀態。誰也沒有受傷，誰也不需要特殊關照。子清就在這其中隱沒了自己的愧疚。她把父親交託給了這裡，雖然勤勉地要來看望，卻總是近乎無所事事地坐在父親周圍，連洗澡、穿衣這樣的事都由護工去做，就連在衣服上繡一個名字都做不好——方臉阿姨在旁邊看不下去，索性奪過她手中笨拙的針線，行雲流水般繡出那三個字。

她嘗試給父親按摩背部，但雙手觸碰到僵硬的肩膀就變得盲目了，沒有把握是因為被按摩的物件毫無反應，她感覺自己只是在裝模作樣。她想像自己按中了肩井穴位，想像一道酸痛的電流順著父親的肌腱刺入軀體內部。夏季夜空裡血管狀的閃電。

冬天灶臺上竄起的藍色火苗。深秋走失的夜裡刺痛雙眼的陌生人的手電筒光。就是這樣，然後跳轉，或許可以是半個世紀前東北麥田裡的一陣風，從面對面的父親和母親之間的狹小縫隙間穿過，讓他們都很酥癢。

包括愧疚在內的所有想法，Jack都不知道。

Jack面對的是Zero。年齡身分都不詳的零小姐。總是約在地鐵口正對面的情人旅店裡、坐在乏味的床上等待他的零小姐，她有時很貪婪，有時很被動。

這天，Jack剛一抬手要按門鈴，門就被Zero拉開了。他露出壞笑，彷彿一眼看穿她的迫切。厚厚的地毯是藍紫色系的漩渦狀花紋，吸走了大部分聲音。她卻站在門口，並沒有迫不及待地讓他進去。他突然聽到她的背包裡傳出叮鈴叮鈴的輕響，那麼輕，竟然聽得到。他這才意識到，她背著包，也許是想奪門而出。

「我……下去買瓶飲料。」她果斷地走出去，手裡拿著門卡，他沒有移動，倒好像是她主動地貼近他。他不費力氣地伸手攬住她的腰和臀，親吻她的耳朵後頭。有著漂亮嘴唇曲線的大男孩很擅長親吻，柔軟豐厚的唇部吸吮在她皮膚上的時候，她再次果斷地推翻一分鐘前的果斷決定。

「不許放我鴿子。」男孩收住了吻，先發制人。「我知道妳會的。早晚都會的。」

「剛才沒情緒了。」女人收住了心，故作哀怨。「只是想出去透透氣。」

事實上，放鴿子的事以前有過一次。她讓他空等了兩個小時，像傻瓜一樣坐在酒店裡，等到她重新開機，說手機沒電了無法聯繫，對不起，下次見，他才徹底死心回家去了。因為Zero不可能代替子清去解釋，那天父親發燒了，吊鹽水幾個小時，必須有人守在他身邊，摁住他那隻不安分的手，他沒有意識自己在接受治療，一味地要把插在手背上的針頭拔掉。通常來說——實在沒有護工可以騰出時間來做這件事的情況下——父親的手將被綁在床欄杆上，沒有人會質疑護工有虐待的企圖。但那天她去了，她在，她就不可能容許父親在捆綁中掙扎扭動。失智老人的反抗是純粹的生理反應，情緒失去理智的調控就像脫韁的野馬，教養退位，斯文掃地。她把手攏在父親插著針頭的手上，不讓另一隻手去撥弄，哪怕那隻手會惡毒地掐她擰她拍她的手。總之，Zero和子清是兩個女人，她們分屬於不同的男人，不同的責任和義務，但永遠無法分割同一個身體，無法同時出現在兩個地方的兩個人身旁做截然不同的兩件事，這是精神在分裂，並永遠地敗給肉體的不可分。

男孩的手摸索到門卡，在她背後靈巧地刷中了門鎖。滴的一聲。他吻牢她，同時一步步地把她往裡送。咔嗒一聲，門關緊了。他撥下她的背包，扔在地下，又聽到了叮鈴叮鈴的響動。閒聊是必須的，但不能太嚴肅，最好是些無關痛癢、無關私人生活的話題。對於兩個只想性交的人來說，最好說什麼都像挑逗，於是，他湊近她耳根問，「妳包裡有什麼？叮鈴叮鈴的……」

她順勢坐在床邊，把地板上的背包拿起來，摸出裡面的一串鑰匙。鑰匙圈的掛件是一枚沉甸甸的銅飾，圓形的兩邊挖進去兩個弧度，彷彿用手指捏出了腰的造型。正面雕刻著叢林和三隻猴子，分別捂著眼睛、耳朵和嘴巴。反面刻劃有一張地圖，標明了川治溫泉、鬼怒川溫泉、男體山、東照宮等景點，最下端標明是「日光國立公園」。就在腰型弧彎的兩邊掛著兩只玲瓏的小銅鈴，響聲就是從這麼微小的空洞裡發出來的。

「去日本旅行了嗎？」男孩問著，用食指撥弄著小鈴鐺，手勢看起來很色情。

Zero 當然不會告訴他，這是父親八十年代去日本公差帶回來的禮物，子清和子萊為了這枚鑰匙圈爭搶了好久。那是父親志得意滿的時候，改革開放剛開始就作為機械工業部的訪日代表團成員去了日本，她還記得父親那天穿上訂做的藏青色暗條紋西裝，提著皮箱，在街坊鄰里的豔羨的目光下走出工人新村的小樓，她也去送，送到麵包車上就賴著不肯下車了，硬是一路跟著父親和同事們去了虹橋機場，那是她第一次知道上海有一條哈密路，第一次看到白色的飛機傾斜升空，想像父親坐在裡面，然後想像自己長大了也這樣去飛。

Zero 要演好 Zero 的角色。必須有充沛到位的動作，她開始投入，和男孩的對手戲由兩條柔滑攪拌的舌頭開始。要像佛教裡的那三隻猴子，不看，不說，不聽。

這是最底層的趣味。發自本能，也蹂躪了本能。彷彿，每一種體位，每一聲呻吟都源於自覺和不自覺的模仿，是本能的對本能的模仿。高潮的時候總是會有五分之一秒的幻覺。不可捉摸，無法預設。這一天，爆閃在Zero腦海中的畫面是火。火舌舔捲，一切變輕，輕成黑色的粉屑飄向高處。

這才不會讓她想到奧托。做愛時的奧托是柔情而笨拙的，酒醉時也會有些粗魯，但他始終是有點羞澀的。但Jack從來都是驕傲的，從生殖器的形狀到純熟的技巧都能讓他驕傲，有固定的女友和臨時的性伴也能讓他驕傲。

他們會在十字路口告別。一個往西，一個往東，隔著寬闊的馬路、粗壯的斑馬線、交錯的行車，分頭為自己攔計程車。前幾次她總以為是自己運氣比較好，空車到得更快，這次她刻意去看，才發現他是在等她先上車，沒有攔下開到他面前的空車。所以她還是先上車，兩人隔著大馬路揮手告別，夜色裡，遠得臉面都看不清。

這樣結束一次看望父親的城中旅途，子清和Zero就能用光各自所有的力氣。

這樣結束的一天，子清不會再想工作，連電腦都不想去碰。回到家，打開冰箱，拿出昨天剩下的米飯，打兩個雞蛋，切碎一把不太新鮮的蔬菜，加一勺罐裝的橄欖菜，再灑一把冷凍袋裝的玉米胡蘿蔔青豆，一盤炒飯就是易如反掌的晚餐。她捧著盤子，盤腿坐在沙發裡，一張影碟剛剛看了個開頭就吃完了，看到一半就睡著了，影碟放完後自動退回主功能表時的音樂將她震醒，她又迷糊了一會兒，覺得房間裡好冷，再起身將盤子和鍋子浸在水槽裡，迫不得已去洗了一個熱水澡，然後窩進開了電熱毯的床上，把剛才沒看完的那半部電影繼續看完。夜裡兩點，她在黑暗的房間裡躺著，半夢半醒，想起下週就是冬至，要獨自縱貫城市去給母親掃墓，明天還要給醫生打個電話，問一下小中風的事，但在朦朧的意識裡，父親僵硬的脖頸和男孩莽撞的身體對峙著，老人的骨骼和年輕人的脂肪分裂著，她用僅存的清醒意志去調控鏡頭，聚焦在男孩又白又滑又壯又汗濕的胸膛，鏡頭不斷迫近，近到彷彿能追蹤到一滴汗的迸發過程，然後她會看到自己像火舌一樣去輕佻地舔，把所有畫面舔成雪一樣的白色……她睡著的過程就是如此漫長。

快睡著的時候，她突然想起來了，那團火是她見過的。母親葬禮後焚燒衣物時隨風逼近她面孔的那團火，火舌突然旋轉著竄高，黑色的粉屑如輕煙縹緲。就是這樣，在高潮如期而至的瞬間，在她閉著雙眼的幻視中出現的就是這樣的火。火舔著母親生前最愛的真絲長裙，純天然的面料迅速縮成黑屑，煙火飄出迷離的青霧，飄出一陣蛋白質燃燒時的微臭。那時，父親手裡捏著一條樹枝，挑起另一條化纖面料的冬裙，姑媽在一旁扶著他，二伯父和舅舅都圍繞在煙和火的周圍……她在半夢半醒中逐一辨認他們的面孔，就像失眠者在數羊。

走失的神・二〇一一

關於第二次走失，子清有太多猜想，是因為從頭到尾她都彷彿在另一個維度經歷了一遍。那時候，她已成為父親在上海的唯一的家人，因為洪老師已經不再願意照料他了（讓我們謹慎而寬容地不使用遺棄這種字眼）。

那是十月的一個下午，葉阿姨帶著他去菜場，就像帶著一條老狗出去遛彎，這是每天例行的散步。她照例在自己房間裡做翻譯。她聽到他們回來，也聽到葉阿姨照例大聲叮囑他換鞋，並且再一次失敗。她聽到他的老皮鞋在木地板上的腳步聲照例停在鏡子前，她便繼續專注地去翻一個長句。直到下一個段落開始，葉阿姨才慌慌張張推開她的房門，說，妳爸爸怎麼不見了？

門沒有鎖。這是葉阿姨的疏忽，從她到這個家的第一天起，子清就再三叮囑要隨手鎖上大門，要像時刻防賊那樣，因為父親的病就是一種賊，可以從外至內、從內至外的巧取豪奪。可那天，葉阿姨手上有一條活蹦亂跳的鮮魚，她衝進廚房後，被掏乾淨肚腸的魚挺身躍出黑色馬甲袋，再一個挺身，撞倒了她平素放在垃圾桶邊的廢棄塑膠袋桶，不可降解、也不可疊合之物滾出來，因為每一只袋子都被她謹慎地團成了一個球。這條魚強悍的生命力讓來自安徽的葉阿姨讚許不已，滿地五顏六色又讓她覺得莫名的歡快，便忘記了鎖門這件小事。

門是父親健康時親自挑中的。以前，他們進門後從來不鎖門，因為從屋內按下把手就能開門，但從屋外必須使用鑰匙，門外的把手是固定的；從屋內用鑰匙正轉一圈扳動鎖芯，即可反鎖，屋外的人就算有鑰匙也不能開門。對於葉阿姨來說，正反皆可，只是必須把鑰匙隨身攜帶，千萬不能給老先生把玩，一則怕他東藏西藏，誰也不能再找到；二則怕他靈光一現，使用肌肉記憶力，翩翩出門。於是，葉阿姨就把鑰匙繫在脖子上，像個七十年代的小學生。

就在葉阿姨有條不紊地把魚砸暈，把袋子收好，把瓷磚地擦乾淨，把手洗乾淨的這段時間裡，老先生在客廳大壁櫥的落地鏡前喃喃自語。那天，鏡子的人應該是他最要好的朋友，他們倆總是說悄悄話，沒有一句是完整的，沒有幾個音節是清晰的，鏡子內外是一場近乎默劇的鬧劇。葉阿姨剛來時，被這種場面深深地嚇到過；後來到底是習慣了，他和鏡中人吵架、打架、揮拳砸玻璃，她都能安之若素地看電視。那天下午，老先生大概突發奇想，決定到鏡子背後去找他的好夥伴，偏巧門一推就開了，便兀自走了出去，或許剛好葉阿姨把那條魚滑進油鍋裡，呲啦一響，蓋住了門鎖撞回門框的聲響。或許他坐了電梯，或許沒有。或許順手騎走了誰家的自行車（樓下有戶人家反應在那個時間點在家門口丟了一部忘了鎖上的自行車）。或許出了社區門就上了計程車（他的褲兜裡永遠有五百元錢以防意外）。或許下意識地回了洪老師家。

這是第一個讓子清苦悶的念頭。這時候，父親和洪老師的離婚案正在膠著中，二婚八年的老太太不肯以第一監護人的身分提出離婚，並扣住了父親所有的證件，這讓子清極其惱火。她們上一次見面是不歡而散的，洪老師以小學老師特有的高亮嗓門提醒她：電視劇中有很多表現不孝子女搶占遺產的故事，所以萬萬不能拱手把一切給她，因為「我和妳不太熟」，因為「我要保護妳父親」。但她事實上拋棄了他，不肯再照顧這個讓人操碎心的傻老頭了。

子清讓葉阿姨在家待命，「他一回家就要立刻通知我」，然後抓起手機、錢包和鑰匙，下樓去找。電梯從五樓降到一樓，她已經在頭腦裡迅速列出清單，在人腦GPS上畫出了路線圖：ABCDE共有五處要去尋。電梯門一開，她突然想到還有樓梯，便一路奔上去，看看每一層裡有沒有父親的影子。一直奔到十一層樓才放棄，坐了電梯又下到底層。在這個時段裡，她很清醒，也因為清醒而有信心，似乎很有把握：時間不長，一個老頭，能走多遠？只要比他想得更周到就好。現在想來，還有比這更狂妄、更愚蠢的想法嗎？你怎麼能同絕症去鬥誰聰明、誰利索？看了那麼多追蹤嫌犯的好萊塢影視，只為了反襯你現在的束手無策，太缺乏前瞻性——為什麼不在他身上裝一個ＧＰＳ定位晶片呢？

地點Ａ就是她、父親和阿姨三人同住的這個家，是父親為了第二次婚姻買的，房子很醜，像早老症嬰孩，生來就沒嬌嫩過。從毛坯房開始，電梯裡就貼滿護牆紙，繼而塗鴉寫滿裝修隊的電話；住滿居民後，又被改成疏通下水管和搬家公司的貼紙，屢次被人撕掉，或是刮掉電話號碼。競爭真激烈。但公寓內部是敞亮舒適的，符合七旬老人的審美觀，裝修是父親清醒時完成的，笨重得幾乎無法抬起的深色實木家具也是他欽點的。剛剛裝修完，洪老師的女兒就懷孕了，她便不肯離開女兒家（地點Ｂ），這套房子就一直空置著，子清回國時偶爾會短期居住，直到洪老師把他送回來。

地點Ｃ，是距離這個社區十五分鐘腳程的另一個老小區，那是在子清初中時，父母用老工房加現金加貸款買下的。她就是在那裡，從一個傻乎乎的樂天小孩變成了一個看什麼都不順眼的叛逆青春期女孩，也是她人生中第一個拋棄的家，大學還沒畢業就毫不留戀的搬了出去。兩年後，子清的母親在臥室裡猝死。這也是洪老師不肯住在那裡、催著子清的父親傾盡畢生儲蓄購買新房Ａ的原因。舊屋和新居，步行只需十五分鐘。雖然將近十年沒去了，但某種特殊的紐帶或許比肌肉的記憶更不容易抹煞吧。父親病後經常會問「妳媽呢？」子清有時覺得他指的是洪老師，有時認為他指的是母親，偶爾也會覺得他只是在問陌生小孩。想到這裡，她寧可他回到Ｃ社區的20號101室，寧可他被陌生的住戶趕出來。

地點D，是四公里之外的老新村。那是這個家的起點，是子清和子萊的父母成家後的第一個家，是姐妹倆單純美好的童年記憶的所在地。雖然她不相信父親走失後會記得去老新村的路，但誰知道父親萎縮的大腦會給出怎樣的訊號呢？尋找者不是盲目的，但面對失智症的邏輯，所有推理都可能是自取其辱。

地點E，毋庸置疑，是他工作了四十年的科研所。在這個瞬息萬變的城市裡，有些事幾乎難以置信，比如：他的辦公地點始終沒有變過，在同一個科研所的同一個分所小樓裡的同一間辦公室，辦公室沿四壁分布，中心區域分布著四五個巨大的水泥凹槽，年復一年的進行機械振動實驗。自從搬進了C社區，家裡有了洗澡間，子清就再也沒去過科研所了，在她的童年記憶裡，那無非是有公共澡堂、免費電話、叔叔阿姨給零食的地方。尤其是有冬天的澡堂。

其實她也不算是孤軍奮戰，當她在普通人家吃晚飯的時候從A社區叫計程車去B社區時，謹慎地撥通了洪老師家的電話，告知她要去她們家附近看看，如果父親真的去了，麻煩通知一下。洪老師嘆了一口氣，說，妳來吧。

她不止去了，還吃飯了。因為餓（這讓她羞憤難當）。晚飯還沒收掉，雖是殘羹剩飯，但都重新熱過了。身高一百五十公分、因糖尿病而日漸乾瘦的小老太苦喪著臉坐在餐桌邊。「我們經歷過一次啦。飯總歸是要吃的，否則哪有力氣。哪像我，吃也不能吃了。妳打算怎麼辦？」子清把湯裡最後的兩個肉丸子撈起來吃掉，搖搖頭，和她說話總有種回到小學被數學老師訓斥的感覺。「我跟妳講，啥人也沒辦法，他這個病，妳要從長計議，住家阿姨有什麼用？不是親人呀！再說了，親人也不一定有用，妳看你們家，大女兒跑到加拿大結婚，隔許多年哦，只回來過兩趟；小女兒也不知道在做啥，人影也找不見，一歇兒在義大利，一歇兒在美國，人家說叫天天不應叫地地不靈，放在你們家，就是叫她她不應，叫妳妳不靈！」所以，不是第二任太太的事了，子清抹了抹嘴，說，「我就是擔心他不小心回到這裡了，才過來看看。既然他沒來，我走了。」

接了她電話後，老太太已有準備，她說，會讓小丁開車把三年前找過的路線再走一遍。「趕緊報警，但是妳要記得，妳爸的身分證我給小丁了，他要帶回來的！不能交給妳。等離婚的事情辦好了，所有證件——包括房產證、工資卡、身分證——原樣還妳，我不貪的。」

「妳不提出離婚，我能怎麼辦？」

「該怎麼辦就怎麼辦！有問題找律師去問，不要來問我。小丁，你們好走了。早去早回，明天還要上班的。」

小丁是個發福的中年男人，拘謹地拿著小挎包，已經穿好了鞋，站在門口等。他的眼睛很小，幾乎看不出瞳孔的方向和表情，但圓嘟嘟的臉孔上似乎終年不休的浮著「我是好人」的字樣。他和三代母女生活在一起，早已習慣了精明俐落的女性氏族家風。他開車的時候，沒有多說一句廢話，車子先圍繞B社區轉了兩圈，然後由南至北把每條街遊了一遍，再由東到西把小馬路開過，最後停在了A社區所屬的派出所門口，下車的時候夾緊小挎包，進了派出所，基本都由他在說話，很快辦好了手續，到底有經驗。最後，他很自然地把王世全的身分證收進了小挎包。子清和他在派出所門口有禮貌地道別。

那一夜，子清就像在熬夜轉機時那樣，身體困頓，精神不敢鬆懈，隨時想聽到延誤的班機的消息。人在這種時候，就算不小心睡著了，也肯定沒有夢。總有一件事在抽緊神經。她根本沒有睡，好像父親隨時會回來，敲響那扇門——那扇必須用鑰匙才能從門外打開的鐵門。

等到夜裡四點，她開始製作尋人啟事，挑選合適的照片，絞盡腦汁地想他昨天穿了什麼——那時候，腦汁這種東西大概也凝結了吧。她上網搜尋了範例，也就是那時候，她發現淘寶上有人出售「各大報紙各種版面尋人啟事」，她留了言，對方竟然即時回覆了！十五分鐘後成交，支付寶付款卻因系統維護耽誤了半小時，原來六千元超出了她帳戶的額度。最快只能是後天見報，對方再三跟她確認，「如果明天人找到了，也是不能退款的哦親！」（親你媽）

第二天的主要任務是貼尋人啟事。子清去複印店印了三百張，A4紙上有父親的頭像，寫上了姓名，身高，頭髮顏色，衣褲顏色，時間地點，重酬答謝。全部塞在雙肩背包裡。再去五金店買了最結實的膠帶和膠水。在這種完全事務性的操作中，不可名狀的怒氣似乎才能被隱沒。這怒氣不知道是指向誰的，因為她深知：不僅不能怪罪任何人，也沒有別人可以幫到自己，所以反而要感激所有人，包括複印店裡安慰她的少婦（穿著一襲大花裙子，抱著一個嗷嗷待哺的嬰孩，還不忘說，上次也有個人來店裡複印尋人啟事，老人太容易走丟了，不過他印得沒有妳多，妳真的要三百張嗎？）；也包括交通協管員（他沒有勒令不許在紅綠燈旁的電線杆上貼啟事）；還包括社區裡的長舌婦（她們湊到跟前把每個字讀一遍，發出嘖嘖啊啊唉唉哎呦等各種嘆詞）……然而，她還是有一腔怒氣。

要不是複印店裡的少婦提醒，她根本想不到去社區物業調看監視錄影。四方格的畫面，模模糊糊，找了一小時才找到當時父親出門時的樣子，正正經經，爽爽朗朗，簡直是意氣風發。出了社區門，毫不猶豫地往右拐，消失在畫面裡。物業的人說，出了這個鏡頭，你就需要去派出所調街上的錄影看了。派出所的人婉拒了，對她說，一般案件是不許動用這類資料的，況且，再過一條街就由另一個轄區的派出所管了。子清便死了心要把所有尋人啟事貼完。

她當然是從A這棟房子周圍開始貼。第一張，貼在進門的玻璃密碼門上。誰知，不出十五分鐘就有人撥打了啟事上留的電話，樓上一戶人家苦苦哀求，「明天一大早我們家結婚，可不可以麻煩你們把尋人啟事貼到外面的牆上？玻璃門那個位置我們要

貼紅雙喜的！要拍攝的呀！真是不好意思，可是看起來有點不吉利啊！……祝妳早日找到老先生。」（不吉利個你媽）

第二張，貼在社區門衛室。之後是在每棟排樓的左右中。之後，她走出了社區，在縱橫兩條馬路的電線杆上，這帶給她前所未有的感受——沒有做過的人或許不知道，這是需要厚臉皮的。你應該反背雙肩包，像是從肚子裡扯出一張紙，左手腕上掛著寬膠帶，右手食指勾著剪刀，在社區裡貼了十幾張後她就得出了動作的規範性，效率第一，速度第二，不要被人扯掉是第三。子清的個頭不高，所以幾乎要貼在和腦袋平行的位置，剪貼上層邊緣時雙手要完全舉高。膠帶要一半附著紙面，一半附著水泥或鋼鐵或玻璃，樹皮也試過了，黏不住。上下各貼一層膠帶後，要用手掌根拍一下，讓黏性發揮最大作用。這個過程通常需要兩三分鐘。然後，妳就可以驚訝這兩三分鐘裡竟能聚集起那麼多有閒的路人，一扭頭，妳就發現自己被包圍起來了，好多張興奮的臉從啟事上轉向妳，接二連三地拋出問題——他是妳爺爺還是爸爸？看起來滿精神的呀，怎麼會有病？報警呀！員警沒用的吧？……反覆回答這些，大約也需要兩三分鐘。

後來，一邊貼，妳也會很自然地開始派送。順手塞給在路邊賣紅薯的老頭，他看起來比照片裡的老先生還要老。順手塞給在C社區裡打牌的老頭們，他們看起來挺聰明的。順手塞給在大賣場門口擺攤賣牛骨木梳的藏族婦女，她實在百無聊賴。順手塞給在學校門口看自行車的老太，因為她觀察妳已有十分鐘，不給也不好意思。順手塞給房產仲介門口抽菸的西裝男，他理應跑遍附近的每一個社區，妳甚至不妨塞給他十來張。順手塞給蘭州拉麵、包子鋪和生煎店裡的夥計，誰知道妳老爸餓了會不會去吃點啥呢……

在和五花八門的人匆匆交流的過程裡，確切的說是從早上八點半到午後一點，子清漸漸有了一種跳脫自身的快感。街邊巷尾的每一種存在都似乎在召喚自己，這是前所未有的事。那麼多陌生人一點一點吸走了自己的怒氣，饑餓和乏累也戳穿了底氣。一種由麻木演化來的冷漠，漸漸允許了不加擇選的接近，她強迫自己接近每一個人。她假裝自己到了外國，是的，明明就是自家周圍幾公里之內，她卻必須視其為外國，帶著通常對異域才有的好奇心，讓眼光鏡頭化，唯有如此，她才可以看到那麼多人，意識到他們和她共處一域，並且，可以輕而易舉的攀談起來。這無疑是良善之舉，卻不是每天發生的事。因由生活本身的強迫力，我們大多數時候都採取直線式的日常生活軌跡，盡量不與外界產生不必要的交流，因此獲得安寧乃至安全，這難道不就是城市人的模式嗎？

所以，子清始終迷戀當一個不負責任的旅人。不介意讓人一眼就看出來她是旅人。旅人可以肆無忌憚的迷路，問路，找尋一棟當地人根本忘卻的樓宇，盯著一幅當地人司空見慣的畫看許久，可以在任何時候舉起相機或攝像機，然後頭也不回的走掉。旅人才能無所畏懼，無所顧忌，粗魯，也因而自由。

所以，子清始終不喜歡在上海久留。不喜歡有家的感覺，因為名為「家」的存在是一種錨，拖墜你在一地漸生留戀，懶惰而至不再好奇，不由分說的勒令你臣服生活規則，吞下厭煩，吞下廢話，把自己捆綁到模式化的軌道上，和模式本身同生共死。

也正是這種模式，讓她逐漸在貼啟事的下半場失去了動力。回想上半場積極的表現，她給自己做了簡短的點評：劇本的線索清晰，主要人物十分鮮明，由動作構成的長鏡頭帶出豐富多變的移動場景、以及各色人等，恰與收斂凝固的表情形成對比，導演控制了很好的節奏，獻給名為「回憶」的剪接師的素材豐富，可以配合電子樂和現場採音製造有張力的快速剪切，也可以配合詠歎調的哀歌、或民謠、或Satie的鋼琴曲製造出傷感緩慢、淡化時代感的內心戲……就像任何一部躊躇滿志的處女作，不可避免的帶有過度的自戀，看不到取悅大眾的企圖。然後她意識到，自己確實有做戲的成分，倒不是說戲劇扎根在骨子裡乃至無法拔除（從來都不會這麼狂妄），而是這件事溢出了她的日常表現，因而處處隱含自以為是的模仿。我在模仿什麼呢？她問自己，一個孝順而焦心的女兒嗎，一個仁至義盡的家人嗎，還是一個以行走和偶遇為生的旅人？或者，更有可能的是，一個在回憶和轉述中不至於被他人垢恥的虛偽的凡人？

她可以游離在自己身外，看到外部世界經年累月在自己腦體裡投射下的觀念，陳腐又偽善。在聞得到廁所味的速食店座椅裡，她不知不覺把爛熟的薯條往嘴裡塞了太多，一整夜只打了一個小時的瞌睡，身體對油膩產生了抗拒。好像有另一個自我在更深處折騰，要立刻離開，要回家睡覺，要繼續潛心翻譯冰島藝術家的劇本，要像果陀一樣去等待父親的再次出現。她非常清楚，這次重逢只能基於巧合和偶遇，最壞的可能不是去接受父親的死亡，而是……永遠無法再見到這個失憶、漂流的陌生老人。

在冷氣充足的速食店裡，她灌下了兩杯咖啡，再把漢堡塞進嘴裡，一邊吃，一邊用剩下的薯條做起了地圖。全都味如嚼蠟。ABCDE，五個地點依次連接起來，像個被人踩歪的五角星。下半場要跑完D和E。如果這只是一項計件工，那未免太容易實現了。新宿街頭派發紙巾的西裝男生、制服女生，派完就完工了，可以領取微薄的酬勞，作為大量無用功的補償。她多麼希望自己也有酬勞，那就是，啟事貼完的時候，父親從陰影裡走出來說：妳好，妳好，辛苦了。

三十小時之後，她給奧托寫了一封email：

「所有的人，都是與我無關的，擱在平日，他們全都被完全忽略，現在，缺席的父親生出驚人的統轄力，迫使我把眼光投向他們每一個人，又帶著厭煩迅速遠離他們。暴露在人群中的離心力，只能催生更難打破的個人的封閉，這是我在很多次漫無目的的行走中得出的結論。我看著落地窗外熙熙攘攘的街頭，突然覺得另一個我要得勝了。

我真他媽想一走了之啊。

可這他媽不就是我跑遍世界想找到的所謂戲劇性嗎？可我跑那麼多陌生的城市真的是為了戲劇性嗎，難道不就是想逃離這裡嗎？

因為教養的過程缺乏戲劇性，自己也厭惡在雞毛蒜皮的小事裡浪費過盛的情緒，所以才嚮往戲劇化的人生吧。然而年輕時的戲劇感總是貌似跌宕，大喜，大悲，大鬧，年長一點便覺出那種折騰的低級來。年輕時沒有對手，只能折磨家人。

我不能走，卻不是因為戲劇性。在這個城市裡，這個星球上，因為年老而失能的人多如牛毛，每天你都能在網路上、警局裡看到心急如焚想找回丟失老人的人，還有一些人走失了，卻沒有人去尋找他們。沒有人能給出一個數字，證明我所遭遇的只是千萬分之一。」

兩點半，子清到了父親退休前的單位。門衛要她至少說出一個名字，才能放行。她說，「我找金喜善」。這不是開玩笑，金喜善真有其人，男性，大學畢業後在她父親手下，算是他的徒弟，她第一次用電腦算命就是託他的福——那時候很多小孩還沒見過電腦呢，子清就在父母的單位裡見識了晶片。後來，韓國的那位美女出名了，她每次在廣告上看到她都忍不住笑。所以，金喜善是她能記住的唯一一個父親同事的名字。

小樓經年未變，爬山虎的新綠覆蓋了磚牆面，風起葉湧，讓她想起了兒時，每年暑假，父親都用竹筐熱水瓶打單位裡的冰飲料回家，正廣和橘子汽水、鹽汽水的味道，但據說是食堂自調自製的。等他回家的時候，她通常已在姐姐的指揮下在公用廁所用大木盆洗好澡了，姐姐也把米淘好了，姐妹倆就躺在草席上，子清看藍天白雲，子萊看瓊瑤三毛；因為姐姐通常都不理睬她，她就琢磨白雲的形狀，編造童話故事，大聲說出來，只為討姐姐嫌。等父親一回家，子清總是第一個衝上去，急不可耐地奪過灌滿冷飲的熱水瓶。

單位裡的每棟樓都變了模樣。這棟小樓也肯定經過了翻修，推門進去，便聽到震耳欲聾的試驗聲，不知道派什麼用的機械體在振動臺上有節奏的晃動。父親以前的辦公室改建過了，擁有了和時代相符的鋁合金門窗、壁掛空調和飲水機——這些，在她的兒時記憶裡都沒有。但記憶裡究竟有什麼畫面，卻也模糊了。

金叔叔見到子清，愣了一下，突然喜笑顏開：「妳來得正好！妳爸爸很走運啊！」

她的心猛地跳快了。「他來了？」

「誰？」

「我爸呀！」

看著他茫然的表情，她亂跳的心洩了口氣，繼而從背包裡拿出尋人啟事，遞給他。

他默默地收起笑臉，很仔細地讀那張複印紙。她看到他頭頂已半禿了，記憶中風華正茂的大哥哥已成了快退休的男人，他剛分配到這個單位的那年夏天，在試驗室裡穿著拖鞋，踩到了器械木箱板上的釘子，當即被送入醫院。那幾天她家飯桌上總在談論金喜善的腳丫子。父親激動地模仿他，子清興高采烈地攛掇他講一遍、再講一遍：他踩到第一顆釘子時，痛得一躍而起，一米八的瘦高個子竄到一米八高，落下來時，另一隻腳則踩到了第二顆釘子，父親會用筷子比劃他跳得多高，釘子多長，分別鑽進肉裡多少，直到子萊抗議這種細節不適合餐桌。於是，子清下意識地低頭去看他的腳，看到了很適合中年男人的棕色皮鞋。

他讓她坐下，給她倒水，她一口氣喝完了。這顯然增添了她頹唐落敗的程度。他斟詞酌句地說，已經有一年多沒有見過她父親了，上次走失後，他代表單位去慰問過一次。他帶著足夠的歉意，彷彿在檢討自己對昔日領導關心不夠。這讓她很過意不去。

然後，他疑惑地抬起頭，「事實上，退管會的嚴老師前兩天找過我，問我怎麼能找到妳爸，因為退休工資調整了，有些手續要辦，但他說，洪老師告訴他，妳把妳爸爸接走了，現在住在哪裡都不知道。」

子清的脖子往前抻了一寸，肯定也瞪圓了眼睛。她驚訝的時候就會這樣。「是她把我爸、連同一小包衣服送來的！就在我爸自己家啊！她從沒來看過，但怎麼能說不知道住在哪裡呢？當初那就是他們的婚房啊，窗簾都是她親自買的，鑰匙也有四套，一套她自己留著，一套給她女兒和女婿，還有兩套歸我和我爸。」

金喜善叔叔沉默了片刻。這種家務事，連子清自己說都覺得無聊，雖然他露出很為難的表情，好像不知道該不該同情她，但她已搶先一步同情起他了。「現在這些都無所謂了，關鍵是把人找到。他肯定沒來過？」

「沒有！不過妳等等，我去問一圈！」金叔叔邁開兩條長腿，一秒不耽誤地到隔壁辦公室去問，然後是試驗站另一側的辦公室。然後他沮喪並焦急地跑回來——真的是一路小跑——停到她面前，很鄭重地搖搖頭。

「要不這樣，我陪妳到退管會去一趟，看看有什麼可以幫到妳的。對了，正好可以把退休工資那事辦了。」

退管會所在的小樓，似乎就是多年前的那間公共浴室。一三五女用，二四六男用，夏天滿員，冬天擁擠到母女共用一個水龍頭。所有關於女性的生理知識她都是在那間浴室裡得到啟蒙的。但她也不確定就是那棟樓，科研所裡密布了幾十棟樓，樓與樓之間的小巷拓寬了，有些部門自立門戶，從個人承包變成股份制，隔三差五就裝修門面、加蓋樓層；還有些缺錢失修，一看就是被時代淘汰的純機械部門，還有些車間經年不衰的響著電鑽和電鋸聲，是永不淘汰的修配部門。這是一個獨立完善的小社區，與時俱進，和她十歲前的印象大相徑庭了。

退管會的人不僅幫不到她，而且自身難保。金叔叔也沒想到，退管會的小辦公室裡人聲鼎沸，十幾個激動得面紅耳赤的男男女女把一個中年男職員圍在當中。金叔叔暗自叫苦，「這下糟了！」他把她攔在門外，幫她補了補前情概要：從今年起，事業單位和企業單位的退休工資制度正式分離，王老先生剛好在轉制前退休，享有原來的工資待遇，還多了養老津貼，所以需要家人幫他簽收新的工資卡。而擁擠在退管會裡的那些老人們都在據理力爭：難道晚生幾個月，就該少拿一千塊錢嗎，這還有什麼公平可言，這叫什麼社會主義國家，高級工程師的退休金還不如政府機關退休的清潔工……

「妳在這裡等著，我去問問嚴老師手續怎麼辦。」金叔叔挺身擠進人堆，對那位憤懣的職員耳語了幾句，那人卻提高嗓門吼起來，「今朝這場面還哪能辦公啊？天天都來一堆退休老人鬧事，吾冊那有啥辦法啦？跟我鬧，沒用的呀！王工的身分證影本帶來了嗎？有沒有工行招行中行或浦發的卡？」金叔叔用眼神問她，子清只能沮喪地搖搖頭，他便擠出了人堆。

「下次把妳爸身分證和銀行卡帶過來，就能辦了。下次也不會有這麼多人在鬧。」

「怪不得你說，我爸很走運。」她苦笑著搖搖頭。作為一個從來沒有領過工資，甚至連社保卡都沒去辦的小混混，她覺得在中國單位裡度過一輩子真是匪夷所思。

「不過，下次來也辦不了。因為所有證件都在洪老師那兒，她不肯給我。」

「為什麼？」

她聳聳肩，「大概她覺得我是壞人吧，想侵吞屬於她的遺產。」

「妳不覺得她是壞人就很好了。」金喜善長嘆一聲，把她送出了科研所大門。

四點，子清重歸故里。

城市人沒有故鄉。每逢有人問起，上海，就是一個籠統的出生地，但不是本地人就不知道城中格局、及其潛臺詞，你需要很長的篇幅才能跟外鄉人解釋，出生在上海的工人新村和原法租界新式弄堂裡有什麼區別。

重歸這裡，她果然辨不清地標了。梧桐在他們搬離後又瘋長了二十多年，鋪張濃密，也改變了街道的光影。原先可堪標誌物的小學不見了，這一點兒不稀奇，這座城經過了多少拆建啊！實話說，她根本沒想到老家還健在，被埋在周圍林立的密集高層之間，像一隻局促的蛤蟆趴在井底，一趴半個多世紀，身上滿是疙瘩。

第一個家就在小學背後的巷子裡。因為太近，班主任會在你缺席、遲到的時候直接找上門來，那時候的家訪簡直像串門那麼隨意。子清記得同桌男生有一次曠課逃家，不出兩公里就被老師追了回來。還有一次期末前的摸底考試，數學題目刻意出得難，全班都沒及格，老師勒令他們把試卷帶回家讓家長簽字。那一夜，至少幾十個小孩在這個工人新村裡被臭罵一通、乃至挨打。子清三十七分，當晚沒敢把試卷拿出來，第二天早上臨走前假裝想起這事兒，打算渾水摸魚，把考分遮起來讓父母胡亂簽個名就好。然而，母親很穩妥地攤開整張考卷，放下了筆，說，讓妳爸簽吧。這句話通常意味著：妳等著被收拾吧。父親在洗碗，濕漉漉的手接過考卷，突然變了臉，但他沒有打她，只是把考卷一撕為二，再揉成一個團，一言不發地扔出去。子清看著那紙團滾進了大櫥下面。申辯也沒用。他說，「怎麼可能全班都不及格？妳這個孩子從小就愛說謊。」子清掉了幾滴眼淚，被母親推出了家門。一到教室，她反而像個沒事兒人，和同學們有說有笑的。數學老師在早自習時來收考卷，只有她說沒有，「被我爸撕了。」老師二話不說，揪著她的胳膊就往外走。現在，子清回想起來才覺得納悶，難道全校老師都知道哪個學生住在哪棟樓嗎？不出七八分鐘，師生兩人已經站在家門口，三樓右側腰門敞開著，正是普通職員忙著上班的時候。子清的父母在公用廚房裡接待了數學老師，母親把掛在廚房牆上的掃帚遞給子清，指派她把考卷勾出來；父親變得如往常一樣和顏悅色，竟然開始誇獎數學老師敬業負責。母親在灶臺邊抹平考卷，父親執意要進屋拿支筆來簽字，數學老師又執意推搪說不用了、不用了，好像兩人爭著買單。就在他們互相認可對孩子的教育要上心的時候，隔壁的娘舅端著泡飯鹹菜魚骨頭來來回回好幾次，朝子清擠眉弄眼，冷不丁說道，「你們全家都是大學生！妳不可以不及格！」

在這個工人新村裡，父母都是大學畢業的工程師家庭並不多。上世紀五十年代，百萬產業工人需要住房，在第一任新中國上海市長陳毅的號召下，建起了專為工人群眾居住的曹楊新村。這些事，子清之所以記得牢，因為小時候作為好學生、班幹部參加過新村居委會的宣傳活動，寫過黑板報，尤其在夏季納涼晚會上需要歌頌一下。就當時來說，第一批洋房十分先進，磚木結構，紅頂白牆，一開始是二層樓，每層三戶，每戶都有抽水馬桶，時髦極了，是由畢業於美國伊利諾大學建築系的設計師汪定曾規劃，還有人說蘇聯專家也曾獻計獻策。最早搬進曹楊一村的住客大都是勞模、先進工作者和老工人，之後沒多久就有了幼稚園、衛生所、中小學、菜場、電影院、文化宮等公共設施。但是好景不長，這個新村很快被批評為太浪費，密度低，不經濟，於是，從曹楊二村到六村都變成了上海人說的「兩萬戶工房」，從時髦小樓退化成過渡性住房，廁所仍是抽水馬桶，但變成幾戶公用，左右兩只馬桶間有柵板隔斷，光線昏暗，空間逼仄；廚房也是公用的，亂糟糟，油膩膩。子清的父母一九六八年畢業後分配到上海，六九年就住進了曹楊七村，算是很幸運的。在他們那棟樓裡，廁所裡的隔斷被拆除了，雖然利用率下降，但不影響一家人一起上廁所，更重要的是，杜絕了透過隔板（或大大小小的洞眼）偷窺等各種下流事件的可能性，更重要的是，騰出來的空間剛好可以放下洗澡盆，家家戶戶都有蚊帳一樣的浴簾，掛起來籠住木澡盆就能籠住一團熱氣，冬日必備。那時候還有箍桶匠的，據說以前都是箍馬桶的，後來到工人新村，箍的都是澡盆。

在這裡十二年，子清沒心沒肺地長大，無憂無慮，也沒有對這座城市的好奇。新村本身就像一座獨立的小城，走出巷子右轉一百米就是小學，醫院、糧站、菜場、花園、車站、電影院、郵局……樣樣所需都在五百米內，密集而便利。母親會惦記著去武甯新村或曹家渡的布店買料子，父親卻哪裡也不想去，因為他所需要的一切都在這裡了，無需再去更遠的地方。母親會安排，國慶日去外灘，兒童節去長風公園，父親只是照辦。對童年的子清來說，大自鳴鐘、外灘簡直就是另一個城市，需要坐很久的公車。至於老上海的那些情懷故事，在新村裡幾乎完全隱形，即便在電視裡看到《天涯歌女》這樣的老電影，人們通常也是說，住在新村裡比弄堂裡舒服多了。也有些老上海人的後代住在新村裡，講地道的滬語，但對於上海這座百年都會的認知完全是她成年後自我補習的，沒有人跟她講老上海的故事，她也不覺得自己是所謂的上海人，就算成年後有了清晰的認同感，被她劃歸到自己身分中的城市特性也都與父母沒多少瓜葛。

七村裡的住客身分十分繁雜，最初一村、兩村的工人特性明顯減弱了。子清家住的那棟樓裡有科研所副所長，有退休紡織女工，有老上海資本家後代，隔壁娘舅是中學體育老師，他和在皮件廠做女工的老婆長期不和，但她和子清的母親是好朋友，因為整棟樓的人都知道萊萊姆媽（子清出生時這個稱謂已定型）手最巧，用她從廠裡拿出來的邊角料可以拼出堪比行貨的皮夾克、皮背心、皮裙子，又因為萊萊姆媽忠厚可靠，娘舅老婆的私房錢都藏在萊萊姆媽家。到了八十年代中期，新村裡出現了天差地別，資本家後代的美女阿姨小時候跳過芭蕾，八十年代末移民美國；科研所副所長是第一批擁有商品房的人，最早搬離這棟樓；萊萊阿爸跟著不知哪位鄰居去闖江湖，成了第一批認購原始股的人。後來搬進來的大都是結婚沒房的小夫妻，住不了幾年都著急走。子清家在這裡住到一九九〇年，從那以後，子清再也沒有回去看過，也沒有哪怕一絲懷念。

直到現在，她重返故里，發現自己記得很多事。

她有點遲疑地從一扇黑鐵門進去，昔日和父母、和老師、和隔壁娘舅共同走過的小巷隱約露出骨架，哪怕皮肉已衰老，新建的一些附屬小樓彷彿注射過肉毒桿菌，可能是在世博會期間重鋪過的水泥路平滑得像拉過皮的老臉。然而，她被深深感動了，沒有斷壁殘垣寫著中國人最熟悉的「拆」字，也沒有舊貌改新顏讓她完全迷茫，就在這依稀留存的寥寥幾棟樓裡，她還能一眼望見昔日的窗，閣樓的老虎窗也還在，哪怕那面牆上滋生了許多大大小小的空調外機，攪亂一個懷舊人的視野。

強烈的生活氣息瀰漫在這裡，屬於這個時代的物件密密麻麻覆蓋昔日的印象，令人覺得過去的生活是那麼簡樸、單純，她突然很想上樓去，徑直走向童年所在的房間，蹬上竹梯，到閣樓裡去，給兩盆蘭花澆點水，然後打開老虎窗，在清澈明朗藍天下還會有積雪在瓦片上，真的，童年的冬天她真的在瓦片上採集過白雪。

她試著去想父親在茫然的行走中又回到了這裡——他來到上海後的第一個家，

走到父親每天停放自行車的樓梯井裡，思忖著要不要在這裡貼一張尋人啟事。她蹬上紅漆早已磨光的木頭樓梯，非常想把那些印有父親容貌的複印紙覆蓋整座樓梯，從上到下貼滿，連兩格樓梯間的縱面都不放過。但她看到了樓梯井裡靠牆擱著那把竹梯，二十多年的油煙和塵埃像濃墨重彩，把她童年時天天攀爬的這把梯子改造成了古物，輕盈不再，往上走沒有了當做童年臥室的閣樓，往下走沒有了勤懇忙碌的父母。她曾經睡眼朦朧地踩空，順著圓潤的梯級滑下來，跌下來也好像不那麼痛，一個小女孩坐在地板上咯咯地笑；也曾經一步兩格地往上竄，想快點回到自己的小世界，畫完那隻可愛的米老鼠。原來，他們走了，竹梯卻一直這樣靠牆擺著，像個孤兒。就在那一瞬間，她的眼淚熱辣辣地滾下來，被這突如其來的懷舊打敗了，被堅韌存在的往昔的證據打敗了，一截不知通向哪裡的梯子像一截斷肢，反襯著缺場的父親不知其蹤。就在那個昏暗的樓梯井裡，父親彷彿已被默認為消逝的時代的一部分了。這既美好，又太不好了。

她意識到自己開始老了。從出生到現在，竟可以在六個小時的腳程內走完。中年就這樣突如其來地降臨了，在人生第一個家的舊址上。

她到底沒有勇氣把尋人啟事貼滿老樓。走出來，把大半瓶礦泉水倒進花圃裡，再用剪刀當鏟子去挖，硬土總算鬆動了起來，她連撬帶刨，弄出了一抔土。沒有容器，沒有多餘的塑膠袋，她便抽出一張尋人啟事，折成信封，想把那些土裝起來。可是，土屑蒙上父親的頭像時，她突然有一種不祥又不孝的預感，十分懊惱自己沒有反過來折。

無論如何，這是她搜集到的第十六份土。

當夜，她在半夜的城市叢林裡尋找父親。

高架橋下，街燈的茫茫黃色裡攪動著大卡車和公車掀動的灰塵，完全暴露在有毒的揚塵裡，而且，這彷彿是某個無人的國度，確切的說，人只能關在鐵盒子裡以遠高於步行的速度行駛，以此保持路的性質。幾乎只有她在步行，緩慢而猶疑而痲木。她要假想他習慣性的路徑，以及出其不意的路線。現在，袋裡只剩一把剪刀、零錢包、鑰匙和手機。她發現自己走到了A社區附近的大菜市場，而對面，那些漫無盡頭的高壓電線下面，是一大片綠地。

彷彿被眼前一排搖曳的小竹林所蠱惑，她不假思索地走入更深處。更遠處有高聳的高壓電塔，兩三公里外才有燈光稀疏的樓宇。沒有月色，沒有街燈，完整的一片混沌之中，她盯著跑鞋下的石板小路。這雙跑鞋已經看不出原來的顏色了，它陪她走了十幾個國家，讓她懂了一件事——如果盯著腳下的路，全世界的路都一樣。

所謂不一樣的，只是你抬起頭看到的遙遠背景。在那個時間點，她根本不知道那片綠地大到要走幾小時才能走出來，也不知道那裡面連路燈也沒有。雖然不至於一腳深一腳淺，但只能盯著一條水泥石板路往前走，有橋，橋下有石桌石椅，那應該是午後老頭們下棋的地方。因為這樣走，很可能圍著某些小花園繞行一圈，所以最費時間，然而她別無選擇，每一步都似乎朝希望邁進一點，每一步也踏破一點可能性。

再往前走，看到了小溪，人造死水圍出一片栽種著繡球花的草地，那應該是清晨老人們做太極拳或是甩手操的地方。草叢裡似乎有聲響，她用手機附帶的小電筒往裡照，發現那只是個擠擠挨挨的灌木叢，不會有人——甚至是失智的父親——把自己塞在裡面的，她懷疑自己快失去起碼的判斷力了。她把手機摁滅，亮光驟失，眼底留下詭異的光斑，近乎失明，這時竟有一種貫徹周身的放鬆感，彷彿肉體已承認這是無謂的抵抗，其意義只在於有過抵擋——「我在尋找父親，縱是如此盲目，但日後我將至少無怨無悔。」

再往前走，又見竹影搖曳，和高高天空中的高壓電線很不相襯，高能量的電流在寂靜無聲的夜裡發出吱吱的輕響。再往前走，忽見一個蹩腳的八角亭，亭廳極小，剛好鋪滿一床被褥，被子裡的人毫無聲息，毫不動彈，她躡手躡腳走過去，不想毀了流浪漢的美夢。

她累了，走了整整一天一夜，時不時忘卻了自己究竟在找什麼。就像小時候被罰抄寫，一個字寫了一百遍，就會認不出這個字，只覺得這個形狀好古怪。也許父親現在突然出現在她面前，她也不能再認出來。所有瘦削的老男人都彷彿可以是他。面前彷彿是另一個世界，和她熟稔的日常生活平行的異世界。她問自己，怎麼可能邂逅走失的父親，在這樣的夜裡，這樣的地方？在他失蹤已超過三十小時的第二個夜裡？

只聞見植物的欲望，它們也都沒有了顏色。當她終於走到綠地的另一端，在公園門口的石凳上乏累地坐下來，已經無法分辨自己在哪裡。在匈牙利小城迷路時，酒醉青年從破車裡探出頭來叫囂。在那不勒斯地下通道沒有盡頭似的白色走廊裡，白色瓷磚之間有粗陋的黑色縫隙，刺目而單調的幾何圖案在長距離裡重複綿延，讓人不知道還要走多久才能回到地面。反正不是巴黎，午夜斑斕燈光下的蒙馬特性玩具店多麼可愛啊。都不像這裡，中國沿海最大城市的原城鄉結合部的漆黑午夜。

極度虛脫中，她意識到自己沒路可走了。滿世界跑的時候，她從來不曾有這樣的想法，總覺得世界那麼大，每個城市都有無窮盡的街巷。然而所謂的家，原來這麼局限；所謂的家人，竟是可以如此遙遠而陌生。

她繼續走，直到再次看到正常的街道，那時候，疲憊徹底代替了恐懼，她一屁股坐到馬路邊上。有幾秒鐘，世界突然寂靜，因為耳鳴，恍如隔世般的無聲無息無色之感從頭到腳覆住身軀，像不可言喻的沉重的下墜，沒了呼吸，沉到了海底。突如其來的，全世界停滯，她被抽離到了真空，彷彿被什麼附體，聲音、時間、感覺一概消失。身前空蕩蕩，身後死沉沉。那一瞬間，她的上半生，他的整個一生，像順行逆行的高速列車擦身而過，轟然一聲，劈頭蓋腦，速度加倍。

那一夜，子清和父親都元氣大傷。

隔了兩夜，第三天下午，子清接到派出所的電話。

那是遠在四十五公里之外的派出所，子清從來沒有去過的區域。計程車行駛在堵車的外環線上，景色越來越陌生，夕陽的光芒一點點褪盡，消失在高架橋的右側。到達那家派出所的時候已經天黑了，在一位民警的帶領下，她走到走廊最深處的一間房，空氣裡淤積著濃重的煙味以及……另一種密度極高的躁鬱。

不足三平方米的小房間裡，父親被三名抽著菸的民警圍在角落裡，面前的那杯濃茶盛在一次性紙杯裡，顯得格外蒼白柔弱。父親的眼神是駭人的。驚恐，憤怒，疲乏，撐滿了眼底的每一條敏感的血絲，瞳孔因此顯得更黑更大，前所未有的神經質的表情。臉頰上的皺紋也彷彿被刀沿著舊紋刻到了更深層，幾乎把這張臉孔重塑了。

「確認一下，是妳父親嗎？」帶她進門的員警是個戴眼鏡的白面書生，也是這個房間裡唯一表情鬆弛的人類。「昨天半夜三點半我們接到桂香社區守夜保安的報警電話，說這位老先生在社區花園裡的池塘裡玩水，好像要洗腳，又好像是在與水面下的魚講話，一會兒很凶，一會兒又笑，保安去阻攔他，結果打了起來，就叫來民警帶人了。」

房間裡翹著二郎腿的一個中年男警把菸頭塞進當做菸缸的礦泉水瓶子，剩下的半瓶水被幾十支菸蒂染成了惡劣的黑黃色，光是看一眼都讓人反胃。「我們一看就知道是痴呆，但渾身上下也沒有身分證明，你們做家人的應該在他衣服上繡上名字，或是吊個名牌嘛！痴呆幾年啦？以前走丟過嗎？」

另外兩個稍年輕些的民警面目模糊，都很疲憊，但藏在椅子下面的四條腿都在高頻率的抖動，這讓子清越來越難受。「以前有過一次，是他自己回家的。後來出門都有人陪著的。內衣上沒有名字，外套的內襯裡是有的，褲子口袋裡也應該有寫好名字和地址的紙條。」

「沒有外套。褲子口袋裡是空的。」民警立刻做出答覆。

「褲子裡還有錢。」

「他現在會用錢嗎？」

子清登時被問住，啞口無言。

「我們讓他在這裡休息，他也不肯睡。凶得要死哦！妳爸爸以前是做領導的嗎？瞪眼睛罵人，拍桌子摔東西，我們也不能把他銬起來，對吧？所以就關上門，讓他安靜一會兒。結果一直到早上，換班了，他也沒有合過眼。帶回去好好讓他休息吧。」

子清呆立在門口，盯著那張儼然是喪心病狂的老臉，完全無法挪動眼神去應對民警的講述。她想像不出父親窮凶極惡的模樣。

「我們足足問了八個小時，當然，他講不出這兩天幹了什麼，怎麼會到了離家這麼遠的地方。自己名字也回答不出來。」

用審問的辦法，用談心的態度，用對待兒童的耐心……最後是用排除法，把最近報案走失的老人名錄拿來，用一個個名字去套他的認可。「還好妳報警報得早，如果只有二十四小時，名單不會發到我們這裡來的。」

還好。幸好。所有局外人的反應都是向善的。但唯一的局內人王世全老先生，卻堅持使用那副殺了人般的表情。對他來說，沒有任何的好。

民警把子清推到他面前，但也不期盼老人哭著撲向親人的懷抱。痴呆是六親不認的絕症。親人必須主動扮演雙份角色。子清小心翼翼地喊出爸爸的稱謂，然後是父親的全名，然後自報家門，然後，甚至報出了早已去世的母親的名字。她看到民警們有的搖搖頭，有的起身往外走，有的面露憐憫。她很想讓眼淚流下來，但覺得那樣很丟人。

幾位民警讓她辦好手續，簽了字，留了證件影本。她解釋說，父親的身分證丟了，還沒來得及補，她不想把事情搞得複雜，說是他的正牌妻子不想來也不肯給身分證原件，她害怕這樣抱怨訴苦的結果是她根本沒有法定監護權領走父親。兩位民警護送她上了計程車，以免老先生在這短短的百餘步中又動武使性子。父親沒有那樣做。她攬住他胳膊，他沒有甩開——這才是萬幸。子清坐進計程車，確認父親那邊的車門是鎖上的，再跟司機報出了地址。

這一路，沒有一個人講話。也許正是這長長的安靜，順暢無阻的夜行，舒緩了父親的神態，以至於他下了車，走進家門時，只剩了困頓和疲憊。葉阿姨迎上來，攙著他，他也彷彿突然退回到了柔弱的童年，任她帶領，任她擺布，脫下髒髒的褲子和鞋襪、髒髒的襯衫和汗衫……推進淋浴室的時候，他幾乎已回復到了往常的斯文，沒有惡聲惡語，以至子清站在玻璃門外，悵然若失，彷彿之前看到的那張臉是一場夢。

但就算是做夢，她也夢不出父親會有那樣一臉惶恐而戒備的表情。那是潛藏在人心最深處的惡的本能、攻擊的能量，是和平年代的幸福家庭裡的小孩無論如何想像不出來的。是源自極度的恐懼。

子清・三十三

「三十三歲那年，妳剁肉了嗎？」

一個月後，子清坐在午後的咖啡店裡，戴著墨鏡，晚秋的陽光讓人溫暖，可惜眼睛腫得像個沙袋。她聽到關鵬這樣問，一下子不知道該怎麼回答。明明之前一分鐘還在說離婚，怎麼突然要剁肉？她來找關鵬，是因為父親走失又找回後的一個月裡，洪老師三番五次拒絕來看望，在糖尿病重度患者看來，這一切波折都不該再與她有任何關聯，事情要想有推進，老先生還要繼續活下去，都只是他女兒的事。

「妳到底是不是上海人？這種規矩都不知道？三十三亂刀斬，過生日那天要剁三十三刀，然後把肉丟掉，把厄運都丟掉。驅邪的！」

「我沒有。沒人教我。我不算上海人。」

「我看妳就算剁了，也是把厄運留下來，好運都丟掉了。」關鵬點好菸，把打火機扔到桌上，煙熏上去，眼睛就瞇起來。「那就準備好十二年一輪苦熬吧。天注定。」

「你敢說我爸的事是厄運？」子清用手扇開煙霧，「照你的講法，洪老師這麼做只是為了等分遺產？」她根本不知道父親名下有多少股票債券、多少存款，她只知道現在住的這套房子是父親的，房產證上是父親、她和子萊的名字。「我就是想問問你，假如我找到父親有寫過遺書之類的文件，是不是可以免去離婚這檔子麻煩事？」

「首先，我不能教妳偽造遺書，教妳這種沒有生活常識的人也沒用。其次，我建議妳直接去法院。法官只會問財產分割、兒女撫養有什麼紛爭，不會問候老人家的健康的。」闞鵬掐了菸，從兜裡掏出手機，找出一個號碼，讓子清記下來。「我這個朋友辦民事案的。妳去找他。當然，妳的遺書，我就可以給妳辦公證。」

「那你給我先辦吧。我決定早點把遺書寫好。」

「三十五歲就準備這事兒？」

「我爸七十歲發病，我媽六十歲猝死。我獨身單過。喝醉酒倒在浴缸裡死掉都沒人知道，你覺得沒必要先寫個遺書嗎？」

「要不要寫一下QQ、Gmail的密碼，以便我幫妳廣為告知，接受網路祭奠？電子遺產現在很值錢的，而且沒有相關法律。」

「說是遺書，其實確切的說法是應對衰老、疾病、救治和處理身後事的原則。國外有現成的範本，在意識清晰的時候簽好名，到了關鍵時刻就能保持尊嚴地終止治療。沒有生命感的活下去，真的是沒意思。」

「妳又不是神又不是佛，下這種定義不怕遭雷劈嗎？天命有數，就算是生不如死，那也是命定的，這一世不受夠苦，下一世接著補，到時候，妳要不要再簽一個『我放棄被生下來』的聲明？」

「你信佛啦？」

「超度妳是夠用了。」

子清瞄了一眼他手腕上的串珠，黑檀鋥亮，不知戴了多久，非常油潤。「我老了肯定沒錢也沒小孩，存一點夠用的錢把自己送進老人院就好。應該是沒什麼好交代的。寫遺書也是自娛自樂，白寫。」

關鵬嘆了一聲，叫服務員買單，在等帳單的間歇裡只是用苦惱的眼神看著子清。服務員拿來帳單，他給了錢，目送服務員遠去才再開口。

「妳想過嗎，我們認識都有二十五年啦！這幾年，新朋友越來越難交，老朋友倒是越來越少聯絡。我有個大學同學，前兩個月胰腺癌走了，想想以前一起喝酒到天亮的，真的好心痛。但想想自己馬上要四十了，好像更加心痛，眼淚都要掉下來了。」關鵬還想再抽一根菸，卻發現菸盒空了，就把它捏扁。「遺書妳自己慢慢起草，不著急，沒人催稿。改天找幾個好朋友討論一下養老房要不要買在一個社區，這個事情越早做越好。妳看看妳，男人、小孩都沒有，白頭髮倒有了，筆筆直挺起來，當天線用的啊？」

關鵬順手幫她拔掉一根又短又硬又白的頭髮，彷彿是紀念品，捏在手心裡，就這麼走了。子清又續了一杯咖啡，曬著太陽。關鵬的律師事務所就在隔壁的小洋樓裡，這一帶的老房子大都改建成了咖啡館、小畫廊和工作室，其實並不太像關鵬的風格，但他的客戶大都是海歸創業的時髦人，吃定這套的。挺好玩的，靠踢足球加分才進入重點中學的關鵬成了擅長融資和併購的商務律師，而入學時排名第一的高材生王子清現在是勞保都沒得交的無業遊民。

父親這次走失，讓葉阿姨神經緊張，一舉一動都謹慎萬分。有時，葉阿姨的神經質會讓子清很心酸，覺得對不起這個憨厚耿直的安徽農婦，除了陪她多聊聊天，只能再加幾百塊工資，除此之外，她實在不知道還能怎樣表達感謝和安慰了。而她自己因為這檔事的折騰，心煩意亂，翻譯的進度又拉下不少。

坐在陽光下的咖啡館裡無所事事，她竟然有一點罪惡感。隨手翻開店裡的雜誌，看到的是大溪地旅行的精美圖片。她想，按照三年前的打算，今年大概連北極都去過了吧，畢竟，從加拿大進入北極圈易如反掌。誰猜得到，現在竟和老朋友說起了遺書和養老的事。

要說旅行之類的計畫，她倒是有過一個：去瑞士。大約半年前，她看了電影《在瑞士的日子》，英國著名女演員Julie Walters飾演一位罹患絕症的女醫生，她明白這種病會讓她沒有意識、沒有尊嚴地死去，決定申請輔助自殺組織的協助，經過縝密的諮詢、探討和溝通，她在家人的陪伴下去了瑞士，組織方按照合法的程式完成了錄影和注射，也預先安排了員警見證，圓滿了她在充沛準備的前提下告別世界的心願。這是一部根據真實事件改編的電影，之後的幾個月裡，子清就補全了相同題材的另外兩部電影作品：《死亡醫生》和《自殺遊客》，講述的都是同一個宗旨：人有選擇死亡的權利。

從一九四二年開始，輔助自殺（assisted suicides）在瑞士就是合法的了。一九九八年四十三例，二〇〇九年二百九十七例，人數逐年上升。在澳大利亞、比利時和哥倫比亞都有過不同程度和時限的合法過程。她當即跳轉到相關官網，仔細研讀申請者應該滿足哪些條件。父親顯然已經失去資格，無法在清醒的狀態下給自己做出理智的判斷，從這個意義上說，患有失憶、失智和相關併發症的人就連選擇死亡方式的權力也沒有，雖然絕症和絕症在無藥可救的層面是平等的，但父親得的這種病卻早於任何民主行動，剝奪了他的選擇權。如果一定要有個結果，那這場漫長的審讀只能是為她自己的。

半個月後，關鵬做東，辦了一次中學同學聚會，非要叫子清去。「有些人的名字我都叫不出來了，真的不想去。」她拿著電話在空蕩蕩的房間裡繞圈子，但關鵬斬釘截鐵地說「下午五點半過來接妳」，說完就掛了電話。

於是，子清出現在老同學們面前。這是他們高中畢業後的第一次大聚會。十三個人擠在大圓桌旁，每個人的手邊都放著手機，只有她的手機最古老，Nokia E72，雖然保養得很好，雖然她仍然很中意，但起碼有五個人瞄過這只手機，分別用好奇、嘲諷、憐憫、驚訝等不同口氣表達了關注。然後，人們才開始談論長相的變化：曾經的小胖妞成了白骨精，鼻梁墊高了，割了雙眼皮，在自拍照裡的嘟嘴造型儼然是九〇代，嫁了個臺灣人當起了全職太太；曾經的小帥哥有了啤酒肚，謝頂跡象明顯，手機螢幕是雙胞胎女兒的照片，逢人就秀；曾經的班長還是班長模樣，當上了黨委書記，抽紅中華，喝天之藍，新婚妻子是電視臺兒童節目的主持人……已經離婚的有兩位，除了足球小明星關鵬，還有曾經的英語課代表岳陽，在北京讀完大學後留學美國攻讀碩士，據說和一位美國富家小姐在拉斯維加斯閃婚閃離，去年，家裡人幫他報名參加電視臺的相親節目，他索性辭了猶他州的工作，回國後一門心思扎進了無休止的約會中，所以，飯局一開始，話題就不可避免地落在岳陽身上，以關鵬為首的評審團對他目前交往的三位候選人做出了苛刻的評判，每一句都能引來眾人的歡笑，包括岳陽的第一任女友盧曉靜也笑得前仰後合。但他只用一句話就把大家的注意力從自己的緋聞上移開了，「曉靜妳笑那麼開心做啥？都怪妳，妳不和我分手，哪來現在這麼多亂七八糟的事。」

曉靜坐在子清和岳陽之間，吹彈欲破的胸脯就在他倆眼皮底下，想當年在醜陋校服裡欲蓋彌彰的性感終於撥雲見日了。她骨架小，底氣足，「哎呦！你現在這麼多女朋友挑三揀四，還不謝謝我早點給你自由！」

「我看妳更自由。這一桌人，就妳和子清還沒有結婚，到底是同桌，真要好！」岳陽不失時機地向大家舉證說明，就在他回國的一年間，已在五星級酒店的大堂、老外街和酒吧街上偶遇曉靜四次，每一次她身邊的男伴都不一樣。

曉靜罵他十三點，「我是做媒體推廣的呀，很多客戶要見要陪的，我又不像你天天去約會。說起來，真正自由的人還是子清！不用朝九晚五，不跟我們這些俗人一樣賺工資，想工作就工作，不想工作就滿世界去旅行，實在太瀟灑了，這種日子結什麼婚啦。」

一時間，有人點頭，有人驚訝，有人不置可否。接下去，有人問四金醫保怎麼辦，有人問她去了多少國家花了多少錢，又有人問她做翻譯是不是很來錢。子清一一簡答，抵制著心底湧起的厭惡感。所有問題都指向錢，指向她的生活方式，帶著下意識的評判立場，貫穿著典型的中產城市人群最擅長的精明和無趣。但與此同時，她明確地知道老同學們的七嘴八舌都是善意的，哪怕是狹隘的，所以，抵觸感被壓抑後，浮上心頭竟也算一種暖意。

剛剛大學畢業決定當周遊世界的自由人的時候，她算異類，但因為年輕，就算有反對者，反對本身也會轉變為她的動力。就這樣過去了十多年，所謂的異質慢慢褪色了，她坐在滿桌菜肴面前，看著熟悉的陌生人，第一次覺得自己是和時代背道而馳了。他們才像是衝在最前線的人，曉靜從房地產公司跳到公關公司再跳進傳媒機構做自媒體行銷，關鵬自修考取律師執照，岳陽打著海歸的旗號殺了個回馬槍，包括最顯老氣的班長，包括花枝招展卻術業無功的全職太太，都知道要把自己的優勢磨尖，扎中天時地利人和的命運點。他們都不畏懼社會，反而懂得要抓牢社會能給與個體的最多利益。與此相比，她是多麼天真，多麼任性，以為逃得開體制、混跡自己選中的世界，就會有傳說中的自由。

「我是很傻的呀，玩了十年，什麼也不會，什麼也沒有。」她得出這個結論，拿起筷子夾了一塊黑胡椒牛仔骨。

「妳有的，我們沒有。我們有的，妳以後也會有的。」關鵬點上一支菸，被全職太太制止了，理由是：也許在座的女同學中間有懷孕的。關鵬二話不說，掐滅了菸，但話是繼續講完了：「其實，現在有的，以後都會沒有的。」

子清苦笑，點點頭，知道他是在暗指父親的病，但不知道在座的老同學們有多少人知道這事，自覺不要點破為好。為什麼呢？畢竟是難言的苦衷，雖不是家醜，但不合時宜。

「什麼有的沒的，頭暈！」曉靜搭茬，「不過我聽懂了，你的意思就是：做人要及時行樂。」

這一餐太冗長，話題時不時跳轉，從岳陽落入母校花園池塘到班長帶頭探險操場下的防空洞，又突然跳轉到北美和歐洲的旅行線路，每個地方都有人發表意見，陳述購物清單和價格表，從西餐到中餐，每種飲食都能挑起某個人的炫耀或厭惡，引發下一次聚會的餐館ＰＫ，繼而引申出誰在附近上班、哪裡方便停車……無休無止的話題像一顆顆火星濺出來，子清卻像一塊死硬的石頭，不可能被簡單粗暴地點亮甚或點燃。她強頭倔腦地坐在那裡，一門心思等待喜歡的菜餚，彷彿今天來這裡的目的僅僅是吃飽，她當然知道，所有話題都是她有能力參與的，但都與她無關。熱菜吃得差不多了，話鋒漸漸弱下來，所謂聚會，都會淪落到這樣的程度，大家開始看手機，約下一檔或通報家人歸時，身在曹營心在漢。

散場是以關鵬招呼買單為標誌的。大家又嘻嘻哈哈一會兒，班長忍不住擺出領導的腔調說道，那就散了吧，下次再聚！一群人魚貫而出，岳陽開車送曉靜，白骨精開車送雙胞胎爸爸和另兩個女生，別的人相繼打車或去搭地鐵，眨眼之間，飯店門口只剩下了等待代駕的關鵬、班長和子清，他們抽著菸，都是若有所思的樣子。

「我外公老年痴呆有十二年了。」班長突然對著快抽完的菸頭說起來，「最早是有一天在電梯裡被鄰居發現的。他忘記自己住在哪一層了，就不停地摁按鈕，人進人出，他卻一直不出電梯，整整大半天都沒有人發現，後來忍不住了，就在電梯裡撒尿、拉屎……他住的那棟樓有三十層，大多數人都不認識他。後來有人去叫保安，還好有個樓下和外婆一起打麻將的阿婆認出他來，把他送回家。那天晚上，我外婆哭了整整一夜。」

「後來……怎麼辦？」子清問。

班長沉默了一會兒，「是我外婆照顧他的，找了兩個保姆在家幫她。但是今年元宵節，我外婆先走了。她太累了。」

子清眼圈泛紅，卻不知道該說什麼，反而望了關鵬一眼。他噴出一團煙，好像剛剛的禁菸飯局把他憋壞了。他就是不肯看她。她突然有點厭惡這種刻意的閃躲，彷彿他們在談論的不是一種疾病而是一種罪過。

「外婆走了之後，光靠保姆也不行。我有個朋友在民政局，聽他說，上海只有一個福利院是收阿茲海默症的，我過陣子會去看看情況，如果還不錯，我可以介紹給妳。」

班長言簡意賅，然後掐滅菸頭，看了看手機，簡直像是算好時機的，手機響了，兩個代駕都到了。不出三分鐘，喝了半瓶白酒的班長大人就坐著由代駕駕駛的私家車走了，喝了五六瓶啤酒的關鵬也坐上了代駕駕駛的私家車，和子清並排坐在後座。

開出去足有三條街，子清才平靜下來，定神去看關鵬。那眼神像是在說謝謝，又像是在埋怨。但關鵬顯然不是這麼看的。他說，「不要哭出來哦，否則我會忍不住的。」

「忍不住笑我還是罵我？」

「抱抱妳。」

夏

喇嘛臺・一九六六

一九六六年的夏天，毛主席還沒有提出大風大浪之說，沒有太多人去遊松花江。他很瘦，很精幹，但還沒有學會游泳，也永遠沒機會再學了。同學們組織去太陽島野餐，每個人帶一種吃食，他沒錢，只有窟窿臺的苞米麵，那就烙餅。

餅，是在學校食堂裡做的，用掉了他從老家帶來的所有苞米麵，和完了麵，醒了半小時，他去找擀麵杖，廚子跟他講，都在廚房裡，自個兒進去找。他走進開闊的廚房，一眼就看到在案板邊的女生，矮矮胖胖的，雙手沾滿麵粉，繫了一條小藍花的白圍裙。他隔著窗戶看她捲起柔軟的麵團，用掌根壓下，刷上油，用擀麵杖滾，再細心地疊放上一張紅薯顏色的麵皮，兩張麵皮一起捲成細長的圓筒。他見她抹了抹手上的油和粉，拿起刀，下刀的模樣又乾脆又柔軟，好像生怕疼到麵團。等她把花捲放進了蒸籠，一回頭看見倚在門邊的他，就笑了，唇紅齒白。

尚慶芸。現在他已經記得住她的名字了，還有她的臉，她的聲音，甚至她的背影。

他要去拿她用過的擀麵杖，卻被她奪回來，說，你要擀餃子皮就得把油洗了。

他說，我烙餅。

什麼餅？

苞米麵餅子。

那也得洗。我來。

他看她在鋁盆裡洗，圓潤的手搓著油滑的短木棍，他看了幾秒鐘，突然害臊了，就跑到外面去，磨蹭了一會兒，把自己的麵團拿了進來。

她已經把案板收拾乾淨了。籠屜裡冒出熱騰騰的水氣來。看到他的麵，用手指戳了一下，搖搖頭，說，還要醒一會兒。

蒸氣繚繞，人熱烘烘的。她把蒸好的花捲揀出來，細白的鵝蛋臉上沁出了汗珠子。花捲一隻又一隻，喧喧軟軟，晶瑩飽滿，好看極了。他又害臊了，說，要不妳幫我，妳做得好。

苞米麵小餅下鍋了，他仍在一旁看，看她靈巧地用鏟子把麵團壓扁，鍋裡滋滋作響，香氣竄了出來，他又看她不慌不忙地舉起水瓢，彷彿在等一個確定的分秒，然後小心地倒水入鍋，蓋上蓋子。她做這一切彷彿很用心，又彷彿不經意。她和他講了幾句話，彷彿很重要，他卻彷彿根本記不住。黃澄澄的小圓餅出鍋時，下面帶了一點點棕黃色，但沒有焦，香得讓人嚥口水。

從這個夏天開始，他會跟著尚慶芸去她的表親家吃飯。半個世紀後，只有她的小表弟記得，他給的見面禮是一毛錢，夠買兩根冰棒。

但沒有人知道，有一天出校門後，他沒有往香坊的方向去，而是直奔南崗。她問，去幹麼？他笑笑，說有一個朋友在等他們。

果然是在等。在喇叭臺外的破路上站著一個中年大叔，脖子上掛著海鷗相機。他對她說，不要告訴別人，梁叔是個喇嘛。

為什麼叫喇嘛？大概是因為先民搞不清蒙古的喇嘛教和俄羅斯的東正教，一概稱呼為喇嘛。教堂也就成了喇嘛廟。

為什麼是他？兆麟公園裡是第一次見面，喇嘛臺裡第二次見面，一來二去的就成了忘年交。梁叔給他看早年拍的照片，有俄國人的肖像照，有紅軍開拔的大場面，有中央大街舔馬迭爾冰棒的小孩兒，有松花江的夕陽，還有喇嘛臺內內外外的照片。愛好攝影的信徒還講述了神蹟，虔誠，禱告，天堂和地獄。愛好精工技術的大學生幫忙拆裝了一臺老舊的相機，即使什麼正事兒不幹，在信徒的小屋裡也有很多消遣讓他著迷，老舊的俄文雜誌比老照片更有看頭，紅燈泡點亮的暗房裡妙趣橫生，用象牙框的高倍望遠鏡看造反派鬧事的場面頗有些隔岸觀火的感覺。照相機和望遠鏡，都是小小的儀器，都能製造置身事外的錯覺。

他對她說，這個人很有意思，聽他講故事，能知道很多事兒。

她只問了一句，他沒有家人嗎？

沒有。就算有，也不在哈爾濱。

梁叔笑咪咪的，二話不說就拿鏡頭對著她，跟著她，快門喀嚓喀嚓地響，看她慌了神，紅了臉，勉強擺定姿勢，攝影師才哈哈大笑，說，習慣了才好，我還沒裝膠捲呢。裝好膠捲就是來真格兒的了。她去過照相館，聽過好多次攝影師蒙在黑布裡喊「笑一笑！好，不許動！」現在沒了口令，還真是不知所措。她不要拍了，讓他獨自拍。他已經當慣了攝影師的模特，泰然又自然地照了幾張，然後還是硬要拉上她。

他說，我想和妳合個影。

梁叔退到一丈開外，好像在等他們說完悄悄話以達成一致，其實是在取景。取景框裡，兩個人面對面，都帶著羞澀，連鏡頭都感覺到了，戀愛真是迷人，便又追蹤夕陽的動向，再左右橫踱，調整洋蔥頭和他們的關係。梁叔用腳尖在路面磕出一個小坑兒，然後飛快地跑過去，二話不說就把他倆的手拉在一起。他說，擺好這個姿勢，你看著她的眼睛，妳看著他的眼睛，不要動。然後飛快地跑回小坑兒邊，在取景框裡看到他們先是不知所措地僵硬著，目光躲閃一陣，然後互相凝視，漸漸有了想笑的表情，牽著的手一直沒有鬆動，好，就是現在，他喀嚓按下了快門，但沒告訴他們。攝影師壞壞地貓著腰，假裝還在那裡拍，還在等一個確定的分秒，依然在取景框裡偷看一對戀人在自己的擺布下直面對方的誠意和尷尬和激動和羞澀和不敢動彈的憨傻，看到他自己也忍不住，終於大笑著放下相機。

同學們，你們已經自由啦！

他們歡笑的時候當然不會知道，就在那之後的一天或一週，喇嘛臺就會被夷為平地。而他們的自由也岌岌可危了。

回程・二〇一三

第一個西瓜炸裂的時候，子清所坐的航班在哈爾濱太平國際機場降落。

還有一種可能是，父親的記憶迴光返照的時候，子清安全降落了。當然，胖阿姨說得很明白，父親只是在某一分鐘裡突然意識到自己是誰，並慌亂地問道，這是哪裡，我還在上海嗎？護工們歡笑著回答這是上海，他安定下來，眨眼間又回到了不聞不問不痛不癢不知不識的失憶態。也許那只是一次巧合。

最近一次探望時，他把褲腳堆疊，像是在玩七巧板，或是他頭腦中浮現出的機械體。實在很難拼湊時，他利索地把兩隻手塞進腰間，抬起屁股，把褲子褪到了腳踝，生殖器輕微搖晃，露出毛髮枯蒼。子清不露聲色地幫他把褲子拉起來。護工們遠遠望著，知道不用她們幫忙。

習慣，就像塵埃落定。父親在新環境裡平和下來，子清也在新版圖裡遊刃有餘了。他早起不賴床，吃飯不遲到，洗澡不掙扎，吃藥不反抗，身體不出毛病。她出門前不再猶豫，地鐵上處之泰然，走進福利院大門時不再傷感，沉默陪伴父親時不再尷尬，和護工們交談時能接受玩笑。就連她的分身Zero小姐也能盡量守時地出現在情人旅店裡，子清以為Zero只是衝動一時，真的沒想到，連她也按部就班了。

生活漸漸定型，節奏趨於穩定，但子清最怕的就是按部就班的感覺。從熟稔到沉悶到疲乏到厭倦，最終落入難以自拔的臨界點，那就像是被生活綁架了。

那天，Zero和Jack都懶洋洋的，他埋怨她不主動，她怪他要求太多。兩個人沉默地躺在床上，他枕著她的肚子，像是一座不言自明的山巒鬱鬱寡歡。她想，兩個不相愛的人定期性交，怎麼會至今還沒生厭呢。情欲是不可預知的火，一旦約定了時間地點，就免不了偽飾和模仿、配合或討好，最好的結果不過是巧合：兩個人天然迸發的情欲恰巧在那個時間地點碰撞到了。她想，他一定也在想，為什麼還要見面呢。習慣，真是太可怕了。

「不見面了吧，以後。」她就這麼輕飄飄地說出來了。

東北之行，就是她在那天晚上決定的。她想離開。她不確定這是不是一種逃離的本能。

當然，沒有電話號碼，沒有地址，只有這一年半載子清努力回憶和整理的老照片可供參考，並將有特殊意義的照片翻拍存檔到電腦裡。她只記得，母親的親戚都在哈爾濱，父親的老家在窟窿臺。

出發之前，有一場颱風在半夜登陸，子清躺在床上聽到各種聲音，耐不住了，從床上爬起來，在不開燈的房間裡默默走一圈，假裝檢驗窗戶關緊，看看陽臺漏水是否嚴重。路燈總是在那裡，劇烈晃動的樹葉來不及遮掩，路燈就像鬼戲劇場裡的燈，閃去閃回。就著那燈光，看到綠化帶裡招搖的樹，簡直分不清是枝葉煽動了天雨地風，還是漩渦雲雨捲著枝葉嚎叫。每一葉都翻出淡色的背面，每一枝都韌性十足。她想，枝葉竟是長得那麼牢固呀！如果，記憶盤根錯節，也能如此牢固，該多好。

很久沒有離開上海了，一旦要出發，子清的每個毛孔裡都充滿了熱力。既然睡不著，不如幹點什麼。開燈，搬來家族相冊和所有來不及收進相冊裡的照片，全部攤在地板上。無需查驗相片右下角慣常會有的日期，僅僅看父母的容貌、自己和姐姐的身高，她就能排出一條清晰的時間線。她驚訝的是，自己竟然到這時候才想起來做這件事。或許因為照片繁多——父母每次出差，都會帶回一摞單位印製的留念照，數不清的合影上有數不清的陌生人。或許是因為，這太像父母雙亡之後才做的事，太像收拾遺物。這事情遲早要來，只不過，她故意拖延讓這場景發生。

一個人旅行，終究是她最拿手的事情。裝備依然精簡，得益於常年旅行的習慣。下飛機後直奔預訂好的連鎖酒店，地點靠近父母昔日的大學。進房間後，照例先沖澡再上網，頭髮乾透的時候出去吃飯。一個人吃一大碗麵的時候，她突然意識到，從上海到哈爾濱所耗費的時間不比斜穿往返上海城區去看父親多多少。快速移動，快速遺忘，快速厭倦，快速懷念，這是她的世界。而對於父親，從哈爾濱到上海曾經需要幾天幾夜，鐵路蜿蜒如華麗麗的人生分割線，第一次遠行的終點站即人生的終點站。

第一天。一大早。

子清步行到酒店旁的大學，她已在網上查詢到校友辦的具體地址，直接找到那棟樓，直接上到二十樓，辦公室的標牌很顯眼。她湊近坐在門口穿粉色T恤的眼鏡男，打過招呼，直截了當地說，「我想找幾十年前的老校友資料。」

「有介紹信嗎？」

「沒有。但我帶了一張一九六六年畢業班同學在天安門的合影，我父母的臉都拍得很清楚。」

「你到底要找什麼資料？」

「我母親已經不在了，父親得了病，什麼都不記得，和老朋友的聯繫都沒了。我也不知道要找什麼，比如，和我父母關係最好的同學現在在哪裡？最好能有些具體的聯繫方式。」

「那可有點難度。兩三個學院合併到這所大學也不過是一九九五年的事，不是所有資料都入檔案的，之後才成立了校友辦，這幾十年前的事恐怕幫不上忙。要不然，你去找找檔案館負責人吧。照理說，沒有介紹信是不能進去查檔案的……不過妳這事發自孝心，也沒理由為難妳。」說著就起身，要帶她去找人。

子清跟著眼鏡男出了門，電梯等了好久都沒來，兩人沉默下來就有點尷尬，她又說，「孝心談不上，我只是好奇。有一位老同學還是我爸媽的介紹人呢，小時候跟他們回東北見過一次。要是能找到，老同學們說不定還能見上一面。」

「還沒問呢，妳這是打哪兒來的呀？」

「昨天從上海飛來的。他們畢業後分配到了上海。」

「啊！那應該有希望找到資料。那時候，能分配到上海的學生很少啊！必須是條件很好的學生。他們是分配前就談戀愛了嗎？哎呀，那說明他們更有本事了，肯定搞定了老師。情侶分配到一起可不容易，簡直是福利啊！」

兩人進了電梯，又出了電梯，在雨後散發清新氣息的校園裡走了幾分鐘，進了圖書館。眼鏡男讓子清在大廳裡等候，自己跑去辦公室找負責人，沒幾分鐘就帶來一位年長些的藍T恤眼鏡男。粉T男當著藍T男的面，三言兩句把子清的要求講了一遍，又用期待的眼神看著子清，她心領神會：自己也要爭取一下，父親失憶的徹底、母親去世的突然、親朋好友都失聯，這些就是她的介紹信，她不能勉強人家在手續不全的前提下允許她查看檔案。

圖書館是棟老樓，四周牆壁所用的灰綠色大理石深淺不一，最亮眼的裝飾物就是靠牆壁擺放的兩面鏡子，鏡面上方的紅漆字已經斑駁了：慶祝理工大學建校五十週年，下方的落款倒是很清楚：二〇〇〇年九月六日。兩面鏡子並排放著，此刻映照出三人，總共六個人影，都站著不動。子清講完了該講的話。藍T的身影迅速走開，又很快回來，拿著一塊不鏽鋼鑰匙板。

檔案館在地下室，一道捲簾門和一道鐵柵門把它和樓梯、和圖書館分隔開。進了門，便能看到一扇又一扇藍綠色的鐵門排在無人的走廊裡。藍T男步子很快，動作俐落，子清還沒跟上去，他已經打開了一扇門，等子清三步併作兩步趕上來時，日光燈才跳亮。藍T男囑咐粉T男在門口陪著子清，自己轉身消失在密密排列的櫃列中了。

藍色的溫濕度表盤，兩根指標交叉，都落在適宜的刻度上。原木色的卡片櫃。軍綠色的檔案櫃。裱在大相框裡的檔案櫃方位圖。子清只能看到這些，但能聽到鑰匙的響動，然後是一段奇特的安靜，她很想聽到脆弱的紙張發出微妙的迴響，但什麼聲響都沒有。粉T男乾咳了一下。

「妳父母到底是幾幾年畢業的？」突然，藍T男不知從哪裡冒出了一句。

「老實說，我不確定。那幾年鬧文革嘛，我只知道他們六二年進大學，六八年底或六九年初分配到上海工作。」

「那就沒辦法了。」

子清索性往裡走，也不知走過了幾排櫃子，看到在兩排櫃子的夾縫盡頭的藍T男，她允許自己焦急地問「到底怎麼回事？」，焦急得就像被騙的人剛剛發現真相是不可得的。

一直很嚴肅的藍T男並沒有喝令她走出去。他的手裡攤著一卷泛黃的表格紙，任憑子清走到近前也不遮掩。「這上面全是遼寧學籍的入學生，但不分院系。我翻了幾頁也沒有看到妳父母的名字。」

「怎麼可能？他們肯定是這所大學畢業的，這不會出錯的，有照片為證。」

「我也不太明白。」藍T男又把後面幾冊資料翻開看，過了一會兒，他斬釘截鐵地說道，「六七年和六八年完全沒有資料。這個可以確定了。以前沒機會查看這些，倒是真的沒發現。照妳的說法，他們六二年入學，那麼，看起來，本該畢業的時候是停課狀態，沒人給他們畢業分配，一拖拖到六八年，甚至六九年。但我也不明白，為什麼那幾屆學生連入學紀錄都沒有。好像……老師的資料也不全。」

「那些年夠亂的。」粉T男也跟進來了，三個人湊在幾張仿宋體手寫表格前，也不知道各自在看什麼。

「你們校友辦有什麼資料嗎？」藍T男問粉T男。

「老師的也沒有嗎？」子清也問。

「那麼久以前的……真沒有。那時候的老師，現在都不在了吧。老實說，除了那些有名望的畢業生，我們只能靠校友自報家門，沒別的辦法找到以前的老師和學生，大家也沒有義務把每一次變動都告訴校友會。」

子清感覺得到，藍T男特意等待了一下。他完全可以公事公辦地立刻把資料放回櫃子，鎖門走人，但他只是把那些老紙張捧在手裡，像是在等待子清宣布放棄。於是，她嘆了一口氣，點點頭。

關燈。拉下捲簾門。三人一起離開了檔案館。回到圖書館大廳，六個身影再次映照在兩面鏡子裡。「沒幫上忙，不好意思」，兩位眼鏡男不約而同地抬起右手推了推眼鏡，在事務性的表情之下浮現出一點稚氣，這讓子清笑起來，感謝他們，然後目送他們分頭離去。

探訪母校的整個過程不超過半小時，看似一無所獲，卻耐人尋味。好像去了異國，或是平行時空。講的是，聽不懂的母語；說的是，不真實的真實。

那天下午，子清去索菲亞教堂餵鴿子。

倒不是因為她太想回歸遊客的身分，真正的動因是一張老照片。那個年代特有的五吋底片同等大小的小照片，不起眼的夾在一本黑硬紙、夾透明襯紙的老相冊裡，那幾頁，都是父母大學時代的照片：剪著劉胡蘭短髮的女生合影、男生女生在天安門前的大合影、不知何處的泛舟……照片上的學生時代是那麼輕鬆、樸素。父親的留影明顯比母親的多。父母兩人的照片也不多，譬如一張是在某個大觀園式的古庭院裡照的，一前一後的站著，中規中矩，背後的月亮門旁掛著「聽毛主席的話」的行書字聯。

但子清只對這張別致的小尺寸黑白合影照情有獨鍾。別致，是因為它暗示著攝影者和其他照片的攝影者有所不同，雖然很小，但在放大鏡下依然看得清楚，他們的笑容和別的照片裡也不一樣，似乎在這個人面前，無需遮掩他們的親暱關係，他們面對面站立著，拍的是半身側影，分不出顏色的襯衫也分不出男式女式，視線落在對方的眼睛，雙手牽住對方的雙手，而他們的背景也與眾不同——高高聳立的尖頂教堂，洋蔥頭形狀的尖頂在天際線的中心點上，為這個畫面帶去端莊的平衡感。這分明由攝影師擺拍的作品，否則，他們不會那麼準確地站在教堂的兩側，拉攏成弧形的手臂也不會那麼準確地和教堂圓頂形成鏡像的對照。照片應該是在勉強的條件下沖印的，子清越看越覺得，若有合適的條件放大沖印，這張照片應該擁有美妙的光影層次。

確認了照片背面沒有留字，子清在翻拍時盡可能把它放大。如果能找到照片的拍攝者，她想，父母從沒講過的青春故事大概就會有眉目。小時候當然問過，而父親總是含糊地答，同學介紹認識，確立戀愛關係，一起分配到上海，就是這麼回事兒。

「就是這麼回事兒」——父親幾十年的口頭禪，帶著不容置疑的口吻，蓋棺定論的架勢。

子清不是第一次來哈爾濱，小學時全家回老家過年，就是在哈爾濱轉的車，順路看望了母親的眾多表親——那快活的一家人姓賀，大大咧咧，記憶中只有熱鬧，上一輩人可以隨時敘舊，無需附注，小孩子去聽只能是一頭霧水，不如和別的小孩子一起瘋玩，堆一個雪人，吃一串冰糖葫蘆。

一座城市再著名，若不是獨自遊走，子清就會對這城市無感。諸如巴黎、布拉格、都柏林、柏林、紐約這些城市，子清都喜歡拿一份地圖，沿著河岸走，沿著地鐵上上下下，漫無目的，行走本身就是瀏覽，無所謂迷路。不管跟隨父母還是同事，只要有人接送，有人帶領，做好一切安排，她就會木木然失去方向感，好像隨時隨地都在迷路。要是目標明確，有地址有電話，要她去辦事，她就傾向於兩點一線，選取最短路線，選用最快交通方式，那種感覺就是天下大同。有好幾次，她為此和奧托吵架，因為她想快點完成任務，省下時間去暴走、去迷路，而在奧托想來，任務本身就該在迷路中完成。

子清的人生，至今為止，走的是有計畫的無序之路，這是在意識到自己有能力攪亂秩序的青春期時由她本人決定的，並毫無意外地導致了父母的極度反對。得知她畢業後不想找工作，他們陷入了壓抑的沉默，他們知道所有說服她的理由都是她熟知並免疫的，他們不知道用什麼辦法去阻止她，結果便是他們表現出了一種默許，並非溫婉而豁達的默許，而是中國知識分子模稜兩可的默許，若有火爆的工人性格就會爆發為強烈的不允許，若有豁達開明的聖賢性格，這種沉默就不會那麼讓人難堪。父母的默許，實質是一種不情願的順從、夾帶著對未來的不確定、對船到橋頭自然直之類的世俗真理的期待……是愛、信賴、縱容和失望的混合表情。父親倒是吩咐了一句，「妳要寫什麼、拍什麼都可以，但千萬不要碰政治。文藝這玩意兒，不好搞。」但母親陷入了徹底的沉默，與她的冷戰延續到生命的終結。後來她才知道，母親早已為她安排了一家大型國企辦公室高管秘書的職位，有很多出國培訓、分派到外國工作的機會，薪水的起點比其他外企單位高一倍，還享受公務員級別的福利待遇，最妙的是，那家交通樞紐單位的電子顯示幕是母親親自監督研製開發的專案，恰是子清每次旅行時都會仰頭矚目的物件。剛剛畢業的子清只是認定，從出生就讓他們失望的自己，不過是要開始決定自己的命運了。

現在，她走在這座父母相識、她生命起始的城市，只覺得這地方缺乏顯而易見的美。缺乏和她記憶勾連的媒介。對父母的一生來說，只有兩個城市是重要的，致命的重要：上海，哈爾濱。他們靠讀書告別了東北鄉村，來到這座被譽為「東方小巴黎」的大城市，第一次見識到大學、教堂和愛情，也在這裡經歷了紅色造反團的打砸搶，和所有人一樣被延誤了畢業……但她現在還能看到什麼？沒有父母的指引，這只是一座陌生的城，充滿了司空見慣的車輛、醜陋的現代建築、千篇一律的飯店招牌……就算她停在索菲亞教堂前細細打量，也沒有感到絲毫的激動。一切都像是新的，消息被刷新，樓體被翻新，平滑如鏡的大理石磚廣場毫無疑問是不久前新鋪的。更讓她洩氣的是，這個綠色的大洋蔥頭顯然不是那張照片中的教堂頂，伴隨它的是一高兩矮、分立三側的綠色尖頂，而不是簇擁在秀頎尖頂下的三個緊湊的小洋蔥頂。相比於照片上的教堂清麗傾斜的屋頂，索菲亞教堂拜占庭風格的紅磚立面、套疊的拱券長窗顯得繁麗且持重。索菲亞無疑是美麗的，只是對她來說不夠親切。

她繞了教堂一圈，鴿子也繞了她一圈。所以她停下來買了一包鳥食，還沒灑出去，鴿子就撲向她的手，啄食的啄食，啄不到食的就啄她，她想甩開牠們，又想護住自己的腦袋，結果招惹更多的鴿子往她的頭頂衝撞，有力的翅膀拍出強健輕快的節奏，撩動她的齊肩黑髮，吹來生猛的氣息。她又氣又好笑，她忍不住像烏鴉一樣吼叫起來，啊——！啊——！啊——！越叫越爽，索性扯開嗓子，不加保留，讓驚叫變了性質，從聲帶推進到肺腑再逼進丹田，打通一條被日常束縛所阻隔的脈絡，從想哭到想罵到想爆炸，好像要把體內積壓已久的惡靈吼出去，啊——啊！喊到聲嘶力竭，喊到鴿子都嚇跑了大半，她聽得出自己音質的變化，到最後，分明是卯足了全身氣力要把藏到骨子裡的怨氣、怒氣、辛酸、無奈……全都傾瀉出去。紅眼睛灰羽毛肉鼓鼓的鴿子很委屈地退避三舍，牠們或許也聽得出像子彈一樣連發的情緒。

如果你也曾這樣聲嘶力竭地喊叫過，或是在天臺，或是在山頂，或是在深夜的地鐵通道裡，你也會明白，這是一件多爽的事！吼完，子清深吸一口氣，再暢快地呼出去，這時候，她才意識到周圍的人匆匆散去，有人嗤笑，有人訝異，肯定是把自己當做神經病了吧。她抿嘴而笑，悠然環顧四周，彷彿在目送各種被她攪亂的秩序回歸正常。但有一個人紋絲不動——

他精瘦的軀幹上掛著一件紅色T恤，胸前有一顆黃色的星星，乍一眼看去，掩映在茂密樹影下，她還以為他披著國旗呢。這位老者及其所有的一切都破舊，但很精神。他盤坐在地上，面前攤著一塊暗紅色的棉布，布面上攤放著一些老玩意兒，鼻煙壺，紙扇，捲了角兒的舊雜誌，缺了一塊鏡片的望遠鏡，指針顫抖的指南針……他叼著一根菸，一星紅光反襯出黢黑的臉龐和手指；另一隻手撚轉著一串泛黃油亮的佛珠。一隻眼睛瞎了，白濛濛的凝結不動；另一隻眼睛犀利地盯著她看，但並不嚇人，因為他嘴角的皺紋堆積出一個慣性的笑容，有點玩世不恭的那種笑，那種見過世面也知道天光下沒有新鮮事的笑。子清也不甘示弱地從上到下打量他，十幾秒過去，他們都沒有移開目光，也沒有淡去笑容，她就朝他點了點頭。

他卻搖了搖頭，彷彿在說，沒用。

她走過去，低頭去看那些老貨色，發現望遠鏡下面壓了一張字條，白紙黑字，寫的是：「老兵得病，無力求醫，珍藏舊物，求有緣人，有情無價，多謝贊助。」她拿起紙扇，刷的抖開，扇面上寫的是一段草書，毛澤東，沁園春雪。放下。鼻煙壺看起來很精緻，但很髒，她不想碰。老雜誌，竟然是俄語的，封面是手繪插圖，她饒有興趣地拿起來看，內頁也全是俄語的，有芭蕾舞劇照，服裝繁瑣，頭飾誇張，但照片和印刷不夠好，什麼也看不清楚，還有大鬍子俄國人的人像照，文章看起來像是一篇採訪報導。

「解放前的。」老人開口了。

「大爺，你看得懂嗎？給我說說？」子清問，老人又搖了搖頭，掐了菸，又點上一根，漠然地抽，並不理睬面前這個好奇的女人。好像在等她走，又好像在等她買。子清不是不明白，殘疾的老兵並不是真賣稀世骨董，她可以留下一些錢，帶走一樣微不足道的東西，在體諒尊嚴的前提下，買賣可以代替乞討和施捨的關係。她還可以多說幾句話，陪一個枯坐在雨後教堂邊的老人講講往事，用發自真心的好奇取代微薄的慈善心。父親的失憶，帶給她這樣一種後遺症，看到臉上寫著滄桑的老人就忍不住去想他們經歷了什麼，他們記住了什麼，甚至忘記了什麼。雖然記住的片段或瞬間或許已經預謀了未來的遺忘，雖然絕症會插手，微不足道的個體生命不堪一擊，但個體所在的整體不會輕易褪為空白，哪怕斑駁也好，哪怕記憶只是碎片。

「大爺，解放前的這些雜誌您怎麼保存下來的？值錢了。」子清自顧自地埋頭看，抬頭問，老人不回答，她就接著問。「這是在哈爾濱做的雜誌還是在俄國做的呀？您知道嗎？瞧這個大樂隊，裡面有中國人呢。」

「當然有。哈爾濱以前有俄國人教的音樂學院。這是在馬迭爾影劇院拍的，放洋片兒。」老人也多看了幾眼那一頁的照片，扶著大提琴的是禿頂的俄國人，拉小提琴的則是西裝筆挺的中國人，背景裡還有兩個中國姑娘捧著花束。「妳往後看……再翻，再翻，好了，就這兒，這是太陽島上的遊艇俱樂部，瞧那些俄國女人的裙子，好看吧！」

「好看。貼身，大花，配太陽帽，高跟涼鞋，真時髦！」子清真有幾分驚訝。

「東方小巴黎！不是吹的。」

「大爺，您貴庚？」子清拿起下一本雜誌，卻發現是八十年代的《大眾電影》，原來，俄文雜誌總共就兩本，攤在最上面。

「八十多啦。」

「那您參軍的時候，打的是日本人？」

「打。誰都打。土匪也打。中國人也打。日本人也打。大冬天的，連鞋都沒有啊，就那麼打。」

「那您也算抗日英雄啦。」

「咳，活下來就好，管他英雄狗熊。」

「這個望遠鏡怎麼賣？」

「二毛子的東西，象牙的！好東西。」

「您收來的？」

「咳，收啥呀！死人屋裡撿的。」老人掐滅菸，沒再點，手在汗衫上蹭了蹭，把那只小巧的望遠鏡拿了起來，「閨女，妳挺會挑。這個玩意兒有點典故。那個二毛子，算是我發小兒，一個院兒裡長大的。他爹是俄國人，他媽是山東人，那家人逃難來了黑龍江，就留下來造鐵路。那個二毛子啊，長得真好看，他爹比他媽大整整三十多歲，唉，生下的那孩子長得真好看，眼睫毛長得呀，呼啦呼啦的。這是他爹留給他的玩意兒。日本人來了，俄國人走了，猶太人來了，共產黨來了，國民黨走了，然後蘇聯人也走了……也不知道他死在了誰手裡，年輕輕的，死的時候頭髮都還是金燦燦的，胸口一朵大血花……」

「那您還賣？留著紀念吧。」

「留啥呀！我也快死了。」

「留給兒孫啊！」

老人把玩夠了，放下望遠鏡，又點起一根菸。「誰要？破東爛西。養兒不孝，不如都扔去餵狗，可惜這東西連狗都不要聞。」

子清無言以對，拿出五十元，要帶走這件。老人不肯收錢，說太多。兩人推來推去三個回合，老人又拿起那兩本俄文雜誌，塞到她懷裡，這才收下那張鈔票。

像是要躲避什麼似的，子清一轉身就衝進了教堂，進去才發現，教堂裡沒有人做禮拜，已改成了建築博物館。就是這麼出乎預料的，她在穹頂下的陰涼展廳裡走過一張張歐式、猶太式、俄式建築的老照片，突然看到了聖・尼古拉教堂的舊照。被年輕時代的父母四手攏住的東正教堂原本矗立在圓形環路的大花壇裡，環路支引出四條寬闊的大路。如此看來，攝影師是讓他們站在正門前的大路上，讓那只矜持的小洋蔥頭遠遠地成為背景。

一九〇〇年落成的這座教堂是遠東地區最大的東正教堂。它並不是因為沙皇尼古拉二世才得名，而是用了聖徒尼古拉之名。每個城市都該有主保聖徒，上世紀的哈爾濱就是在聖人尼古拉的庇護之下。地址，特意選定火車站對面的高地，風水師說這兒是龍脊所在。木材，特意選定加拿大紅松，不遠萬里穿越太平洋送到哈爾濱。藍圖，由俄羅斯設計師完成，八面玲瓏，整棟建築全木製造，沒有用到一顆釘子。聖像，在俄羅斯完成，符合古俄聖像原則。玻璃，紅黃綠嵌合出宗教感的幾何形，在大廳裡投下五彩光斑。水晶枝形燭臺，從高聳的尖頂垂下，照亮信徒的安寧禱告。大鐘，共有七座，傍晚六時準時敲響，哈爾濱人都聽得到。

子清的父母也聽得到。至少，在一九六六年教堂被紅衛兵推倒之前，他們應該每天都聽得到。那一天一夜，教堂裡的每一對榫頭都在掙扎，被人力扭曲還不足以讓它們瓦解，隨之而來的拖拉機發動野蠻的全力，它們仍會執拗地回彈到原位，卡在它們應該堅守的位置。紅衛兵們把經書和聖像堆在圓形花壇裡的草坪上，先用火燒盡這些四舊迷信的糟粕，再讓三人爬上洋蔥頭的尖頂，套上繩索，讓地面上的人群和一棟漂亮的建築物角鬥。一對榫頭脫開，所有榫頭脫開，脫落崩毀的木頭發出哭泣般的慘烈巨響。

第二天。一大早。

子清直奔香坊區的派出所。她對計程車司機說，隨便找一個就行。反正，親舅、表舅的名字她都是知道的，少時在家信上看到的地址也確實是香坊區，不會有錯。子清這一代人，讀書時代還是講求書法的，小學時練毛筆字，臨摹的是歐陽詢；中學時代練的是鋼筆行楷，據說高考時字跡漂亮的作文會得高分。在對書法饒有興趣的那些年裡，父親曾讓她以聽寫的方式代筆拜年家書，寫好草稿再謄清，信封也是子清寫的。

於是，子清行雲流水地在民警的筆記本上用楷體寫下幾個名字，把昨天講過的來龍去脈再講一遍，增添更多傷感的情緒，補充更多姐妹倆常年在外國的事實，她不僅帶上自己的身分證、還有姐姐的綠卡影本和母親的死亡證明書。因為母親去世已有十年，和母親娘家的人失聯更能讓人同情和理解，她從民警的表情裡看到自己聲情並茂，那絕對沒有假裝的成分，倒有幾分祥林嫂的傾向。無論如何，這是她有生以來第一次完整地傾訴這些事，雖然是對著陌生人——或許正是因為對著陌生人，才能講得那樣誠懇而動情。

穿著制服的民警坐在日光燈照亮的老房子裡，不知道牆面有多少年沒清理了，錦旗、表格、證書……貼得層層疊疊，大方木桌油膩膩的，玻璃臺板下壓著更多層疊不清的名片、紙片、發票、收據……在這位面容嚴肅的老民警後面，子清能看到另一個房間，脫掉上身制服的幾個男人埋頭吃著不鏽鋼飯盆裡的速食麵，他們的身後，子清還能看到一只電爐、一把筷子和幾只碗。吃完麵的男人把菸頭直接扔在碗裡。他們靜悄悄的，沒人說話，都在聽。

老民警耐心地聽她講完，轉身叫來一個年輕人，他還在撩碗裡的麵條，一邊點頭一邊應聲，立刻放下筷子走了過來。他說，「跟我來，我都聽明白了。」

電腦在另一間屋子裡，設施依然很陳舊，子清已經很久沒見到這種尺寸的電腦了，就像大學時代母親給她攢的第一臺ＰＣ，髒兮兮的鍵盤都快看不清字母了，不比小鎮網吧裡的電腦更乾淨。年輕的民警輸入子清舅舅的名字，問她，「大約多大歲數？有幾個重名的，妳要過來認臉。」

舅舅也該七十了吧。第三份名單跳出來時，她一眼就認出了滿頭白髮的老人。

「戶口遷進又遷出了。現在在哪裡，我們這裡沒有紀錄。要不然妳記下他兒子和女兒的戶口所在地，都不在哈爾濱了。」

子清一口氣寫下四五條地址，民警又開始輸入第二個名字，是子清母親的姑媽的二兒子。

「這個重名更多了，妳慢慢認。」

子清胸有成竹，像一個好學生複習完備，不怕臨時測驗。老照片中和哈爾濱有關的照片她都仔細看過，有些是在照相館裡拍的，有些是在松花江畔拍的，雖然她搞不太清楚賀家六個兄弟姐妹誰是誰，但有幾張臉是記得住的。

她一張一張地看，老民警在一旁問，「多少年沒見了？」

「我媽去世時，只有我親舅去上海參加了追悼會。表舅們都忙，或是當時不在哈爾濱，沒聯繫上。這個表舅，我只是小時候見過一次。」

「那都多少年了？二十多年？妳也不怕人家不認妳？」

豈止二十多年！「不會的。賀家舅舅和我父母關係挺好的，我父母讀大學那些年都在哈爾濱，我外婆死得早，有一陣子我外公帶著我舅舅回鄉下種地去了，我媽留在哈爾濱，和她姑媽特別親，和姑媽家的孩子一起玩兒。後來，有兩個表舅跑銷售，八幾年的時候還來過一兩次上海。我記得很清楚，都長得很帥。」

年輕時的帥氣是不會保留在戶籍資料裡的。好不容易把名單看完，竟然沒找到一個臉熟的。子清很納悶。小民警又開始輸入第三個名字，是賀家的老三。小民警俐落地敲起鍵盤，然後樂了，「這個好！才三個重名的。」然而，沒有一個是子清的三舅。

「應該是妳把名字記錯了。不過呢，這些年要找個人，沒有電話號碼就可能找不到，戶口不作數，想搬哪兒就哪兒，能買房就買房。再往下看。」

最後一個是賀家的大女兒，名玉環。這名字更普遍，重名的人更多，但看到第十幾份的時候，子清叫停了，對著報名照上的那張臉琢磨了很久，印象中、老照片裡的大姨還是個愛笑的姑娘，不笑的時候很俊俏，笑起來倒有點卡通人物式的喜感，但這張面孔是真的蒼老了。她點了頭，「這個應該是我表姨。」

「城鐵大院的啊！」小民警說，「那一片拆遷搞了好久。」

「還沒拆完，不過都搬空了。」老民警說。

「那這地址肯定不對啊！」小民警手腳快，直接轉到配偶那頁，發現地址有所不同，「她老公的更靠譜。快記下！」子清趕緊記下這兩條地址。

事情就算辦完了。除了感謝，沒有什麼要說了。小民警得意洋洋地把子清送出門外，還給她指了路。老民警若有所思地站在門裡，只說了一句，「祝妳順利！」

那天下午……事情就是從那天下午開始變調的。從子清的清唱變成賀家大合唱，就好比，從感傷的民謠變成喜慶的民族樂，從有秩序的巴赫賦格變成了即興的舞曲串燒。子清長久以來的清冷世界彷彿突然被劈開了，湧現了另一個世界的熱鬧非凡。

子清猶猶豫豫地走進一個長方形的院落，爬到三號樓的頂樓六層，還沒敲響記錄在案的表姨夫家的地址，就已經聽到門裡面傳出大呼小叫，帶著哈爾濱口音的清亮高亢的女聲，帶著不屈不撓意志力的孩童哭叫，從鐵門框的縫隙、水泥牆的孔隙裡蠻橫地衝出來，充斥了堆滿舊自行車、破籃子、紅磚頭和鐵皮箱的老樓道，彷彿要占據無形空間的每一個分子，奇特的是，這讓她突然有了一種歸屬感，彷彿那霸道的聲響也不由分說地霸占了她，彷彿生活本身不由分說地抹煞幻想或一切猜想。

她想起來了！八歲時的寒冬臘月，外面下著雪，母親和父親牽著她的手，就站在這個位置，他們氣喘吁吁的——不只是因為爬樓，更因為後面跟著一大幫人，賀家三兄弟拖家帶口集體出動，將近二十個人的隊伍霸占了整條樓梯，連說帶笑，還狠命地跺腳，把雪踢掉。他們指派她去敲響玉環的家門，但她還沒敲，門就開了，喜笑顏開的大姨迎出來，說，「早就聽見你們這幫吵鬧鬼啦！餃子都快包完了！哎呀！這閨女我抱抱……」

現在，拉開門的女人也抱著一個孩子，孩子看到陌生人，哭喊收斂成了抽泣，粉圓的臉蛋掛著淚珠和鼻涕，格外契合認親時悲喜交加的氣氛。「請問是玉環大姨嗎？」話一出口，子清就忍不住要笑，小時候對這個稱呼印象深刻，因為聽起來像是「玉皇大帝」。

認親不過半分鐘，無需任何驗證。玉皇大帝大手一揮，嗓子一亮，好像子清的出現是天經地義無可懷疑的日常事件。剛讓她進屋坐下，就即刻撥通座機，掩埋在玩具裡的電話線向四面八方傳出緊急通知，「大姐的小女兒從上海來啦！趕緊過來！」這消息十分鐘內就傳達到賀家諸位兄弟姐妹的耳朵裡。

成年後，子清就不曾有過如此強烈的家庭歸屬感，一家四口住在上海二十多年間，從來也沒有過親屬間的大規模密切來往，就算有紅白喜事也是父母單獨去做的事，不誇張地說，這是子清長這麼大第一次單獨會見親戚。大姨本人並不知道，她的熱情天性是顆多麼美妙有效的定心丸。呼之即來的親友團在之後的八小時內到齊，子清被這種效率驚到了。

剛從江畔游泳回來的老舅騎自行車第一個到，因為他離大姨家最近。虔信基督教的小姨第二個到，因為那天她剛好沒有教會活動。二舅和二舅媽去幼稚園接外孫女，到得有點晚，他們來之前，老舅和小姨輪番問了一些關鍵問題，得知他們的堂姐過世後，親切的堂姐夫又得了病，難免唏噓一番。但沒過多久，這兄妹倆——一個偏執狂，一個大老粗——就在蛇吃不吃土的問題抬起槓來。小姨堅稱要為子清的父親——也就是他們的大姐夫——祈禱，讓天父和聖母把病魔驅逐，老舅就問，天父為啥還要造出這種折磨人的病呢，造了還要驅，豈不是自找麻煩？小姨答，因為人類離開了無病無災、無憂無慮的伊甸園，帶著原罪來到世上。老舅再問，伊甸園為啥沒有人生病？小姨便拿出教會講師的姿態，從創世紀開始講，講到上帝懲罰誘惑亞當和夏娃的蛇永世在地上爬，永世吃土……老舅便急了，不肯再信，「蛇明明吃肉嘛，也能上樹」，還轉向子清求助，「小清妳說！你們全家都是大學生，明白人！蛇吃不吃土？上帝可不可信？病能不能靠祈禱就好了？」

子清沒有回答，而是端起小巧的攝像機：「你們對我爸說點什麼吧，我回去後放給他看，興許他還會有反應呢。」她看到鏡頭裡的兩張臉孔因為爭執不下而充滿了生動表情，因為他們各有各的虔信。

鏡頭裡的老舅黑黢黢的，大光頭，目如銅鈴，深深的酒窩，泰然自若，比眉頭緊蹙的小姨更像是伊甸園裡的人類。小時候沒趕上讀書的好時光，當了一輩子工人，退休後，渾身不舒服，到處找活幹，先給人看車庫，每個月六百塊錢，二十四小時，做一天休一天，做了兩年才認定這是太累了，轉而去住家旁邊的國營醫院裡收垃圾——把垃圾袋收拾起來，裝進新塑膠袋——每天上午、下午各幹一小時，一個月一千塊錢，他非常滿足。勞動得少了，有肚腩了，便去江邊曬太陽、釣魚、游泳，六十歲了還能把松花江游個來回……這些，全是讓他自豪的理由，所以他總是笑，不說笑話就沒法說話，不管身邊是誰，都會像是給他逗哏的搭檔。他再三確定自己上鏡不至於太醜，便開始了滔滔不絕，「大姐夫，你好呀！你還記得我嗎？你閨女代表你來哈爾濱啦！那你啥時候再來呀？上次你來的時候還住我家呢，那時候我家還沒小狗呢，貴賓犬！你下次來，我讓貴婦小狗給你逗樂！可好玩了……」

「說正經事兒呢，提狗幹啥！大姐夫，我是玉蘭，小清都跟我們說了，你病了，我很難受，也會為你向上帝祈禱，只有上帝的愛才能解救我們的生老病苦，你的女兒愛你，你的弟弟妹妹們也是愛你的，雖然這麼多年沒有見，但當年你和大姐和我們這群兄弟姐妹是多麼親啊！我們都很想你，希望你快一點康復，我願意從今天起就為你祈禱……」小姨玉蘭，性情中人，說著說著眼眶泛紅，又想說幾句上帝的好話，老舅在一旁緊著打岔，一仰臉，唾沫星子噴到她眼睛裡，她不得不停下布道來擦，他也幫著抹她的臉，兄妹倆笑成一團，子清也就放下了攝像機。

這段時間裡，大姨慈祥地懷抱孫兒，笑而不語，應該是怕吵醒了他，看他睡沉了，這才抱到隔壁的房間裡，蓋上小毯子，虛掩了房門，立刻變回了愛說愛笑的初態，剛剛旁聽了半晌，插不上話，現在可算能暢所欲言了。

「我們每年過年都要聚餐，都會想起你們家，總會有人問起，誰給上海的大姐夫打電話了嗎？這兩年沒消息了，都說電話打不通了，找不到人，我們還納悶呢！妳媽媽去世後，妳爸爸來過一次，好像是回他老家，順路來哈爾濱看我們，可惜那會兒我家裝修，否則肯定住我們家！」

子清不知道父親何時回過東北，有點心虛。嘮家常這樣的事，成年後就不曾經歷過了，此刻突然被幾個熱鬧的親戚圍著講話，更感到心虛。與父母生活的二十年裡，她沒有多少次串門的經歷，父母也不太去同事家走動，要是出門做客，必是無事不登三寶殿。此刻想來，是多麼清冷孤絕的家教啊。她是因父而來的，卻感到冥冥中是母親在指點她。

大姨一開口就停不下來，看到子清，就好像扯出了回憶的線頭。「我真想妳媽呀，記得特別清楚：每到週末，我在大院門口跳皮筋兒，遠遠就能看到妳爸妳媽走進來，好像本來牽著手呢，見到我就立馬鬆開了。妳媽每次來都給我們帶糖果，我們也就能改善伙食，所以特高興！我們家六個孩子，八口人，住兩居室，他們一來，十個人一起吃飯，可熱鬧啦！妳姑姥姥心疼妳媽，因為妳外婆走得早，妳媽十歲就當家，照顧妳外公和妳舅，又會做飯又會縫衣，真不容易！那時候我和玉蘭都小，上頭全是哥哥，成天又打又殺的，所以和妳媽媽特別親……後來呢，妳媽就把妳爸帶來了，妳爸是從小沒了爹，兩人談戀愛的時候就等於把我們家當自己家，每個週末都回來。妳說，親不親？」

「妳爸還給我們做了一臺收音機呢！大木盒子，裡面好多機關，看起來特別複雜！我們聽了好幾年，最後被哥兒幾個玩壞了！」老舅插了一句，比劃了一下收音機的尺寸。這倒提醒了子清：「我們家第一臺電視機也是我爸我媽自己做的。搞到顯像管，自己焊電路板，找木匠打的木盒子。」小學時的工人新村裡沒有幾臺電視，他們家的黑白電視一直撐到了她小學畢業。

「收音機電視機算啥？我聽說他們本來要去造原子彈的，那教科書，我看著像天書一樣，用現在的話說，妳爸妳媽就是我小時候心目中的偶像！」

「原子彈?!」子清問。這時候，她包裡的手機響起來，她想也沒想就把手機關了。

「對啊！畢業分配的時候，本來說是去造原子彈的。」老舅一臉無辜的表情，又轉向兩個妹妹求證。小姨搖搖頭，說那時她還小。大姨想了想，「是氫彈還是火箭？都有可能。那時我也才十幾歲呀，搞不太明白。不過說到畢業分配，我想起一件事，你們記得不？快畢業那會兒，大姐夫不是在革委會嘛，有一天下午，天陰沉沉的，我記得特別清楚，就感覺人心惶惶的，突然有一輛威武的吉普車開進大院，很多人都跑出去看，以為來抓人，那陣子到處抓人啊！抓到就打！結果，妳爸下車來，直奔我們家，跟我爸說了什麼，說完就走了，吉普車進來時捲起的塵土還沒散呢，又一陣塵灰地開走了。你們記得這事兒不？」老舅又無辜的搖搖頭，說，「那陣子我估計是天天野在外面，跟著二哥去打架了吧。」

「我後來問過咱爸，爸說，姐夫是冒著危險來通知他什麼的，否則不會著急開著軍用吉普就來了。那時候誰能開吉普車呀？要不是妳爸在革委會是個小頭目，根本不可能支配軍車。那陣子夠亂的，妳姑老爺的工廠也被革命得差不多停工了，今兒抓這個，明兒批鬥那個，能抄的家都抄了幾遍。咱爸沒跟我說到底是什麼事兒，妳爸前腳走，咱爸後腳也出門去了，不知道忙了啥事。但從此之後，只要提起妳爸，咱爸都要翹大拇指，說他有情有義，對我們有恩。」

「我爸……在革委會？……他會開吉普車？」子清遲疑地問道。在她的印象裡，父母從未講過文革時期自己在幹什麼，即便她問，他們也只是說，沒什麼好說的，上學，畢業，分配，上班，就這麼回事兒。

「妳爸那時可風光啦！從學校革委會提升到省政府革委會，好像是秘書還是什麼別的官職，搞不清，反正是文書類的，因為妳爸的字兒寫得漂亮，文章也寫得好。我不說了嘛——我的偶像！」

「人模樣也好！可帥了。」小姨在一旁幽幽地跟上一句。

「那我媽呢？」子清又問。有一種奇妙的恥辱感隱隱約約衝蕩了她的情緒，在哈爾濱的親人眾所周知的事實面前，她的無知似乎是不應該的，是和父母最大的一種隔閡。但她面前的這三位長輩並沒有洩露出絲毫的疑惑或不滿。

「妳媽沒去革委會。不過那時候都停課了，學校裡亂得很，分成兩派，不管你是誰，都要選擇一派，表立場，站好隊，妳媽肯定和妳爸是一個派系的。」

「他們也會去打砸搶嗎？」子清迅速腦補看過的電影和書籍，程蝶衣在火堆邊哭花的臉突然鮮明地浮現腦海，莫名讓她有了恐慌。她曾問過父母，為什麼他們不是知青，他們回答，因為他們過了知青的年紀，她就信了他們是平安無事的。

「應該不會，文書最多就是寫寫大字報……」老舅搖搖頭，好像看到了她對於父母打砸搶的形象的不能接受。「打砸搶是紅衛兵幹的，妳二舅三舅那時候也去抄過家的，但他們有規矩，要像綠林好漢，不欺負好人，專整那些歷來齷齪的壞人……當然也不能讓天津幫欺負了，人家欺負我們的時候也是要狠狠地還擊的！」

「大哥那時候不也在革委會嗎？我記得大哥有一天回家提過一句，在省政府遇到過大姐夫。」大姨突然想起來什麼，又問老舅，「大哥家的電話為什麼老是沒人接呢？」

「他每天都在書報亭！從早坐到晚，那個破攤兒也不掙啥錢，但他放不下。」

「那就晚上再打。晚上我們就去對面巷子裡那家吃，我要帶孫子，沒法在家整一桌菜給這麼多人吃啦。」

現在，子清的記憶越來越清晰了，疊印在眼前這個空間裡的畫面未必是確鑿的回憶——很多年前的那個冬夜，就是在這間屋裡，擺起一張折疊圓桌、一張小方桌，二十幾個老老少少擠在一起，餃子一籠一籠地出來，熱氣騰騰，她吃一個，就有人要她猜是什麼餡兒的……現在，在隔壁屋裡睡飽了午覺，咿咿呀呀哭起來的孩子就是那時比她還小的表弟的兒子。玉皇大帝急急忙忙趕過去，因為再不去抱起他，天就要被哭塌了。

親情的牢固，並不取決於血緣，而是共同的記憶。子清想起奧托在龐貝問過的話，不免苦笑，沒錯，每個長輩都有長達半世紀的回憶，她這一代人的長輩回憶理應涵蓋中國歷史上最重要的事件，但她一無所知，但又不是她的錯，這不只因為缺乏直接經驗或間接教材，更是因為她沒有父母的教養——對於過去的教養，口耳相傳的家族教養。這麼多年來，他們對過往的諱莫如深有時像一種自卑，對鄉村貧窮記憶的閃避，有時卻更像一種自覺的封殺，如此想來，父親沾染的這種絕症又帶上了一股主觀的隱喻性。

疑惑和想像糾纏起來。聖尼古拉教堂被摧毀的那一天一夜，父母是不是在場？是不是在草坪上聞到了經書焚燒的氣味？是不是也拉過那幾條擰成一股的繩索，親眼見到韌性十足的木頭建築執拗反彈回原位？他們約會的時候，會不會伴著傍晚六點的晚鐘聲響，或是索性相約在異國情調的洋蔥頂下？說來荒唐，這竟是子清有生以來第一次確鑿的知道：父母和文革是有直接關聯。

子清摸出手機，想給他們看看那張困擾她很久的合影，以此為契機打探一下父母和這座已消失的教堂的關聯。一開屏卻看到未接電話和幾條微信，電話是關鵬打來的，微信是Jack的留言。她抬頭一看，發現老舅和小姨又聊上了，便走到廚房陽臺上給關鵬回電話。他說廣州的case結了，最近不用出差，可以開車送她去看望父親。她謝過他，說最近在東北尋親，回上海時再聯繫。兩人匆匆講了幾句就掛了，子清覺得關鵬聽起來很疲憊，回想一下，關鵬因為那個案子去廣州忙了幾個月了，她都快有半年沒見過他了。

至於Jack的留言，當然要Zero來回覆：最近出差。

回到大房間不過十幾步路，子清卻走出了一種奇特的況味，彷彿每一步都在走近世人早已習慣的家族相處方式，一種可以謂之「家」的存在感，彷彿走近了逝去已有十年的母親。她想起半個多世紀前的母親也一定有這樣的感覺，在賀家人的吵吵鬧鬧中覺得窩心又踏實，經過的老水缸蓄滿晶亮的清水，經過的走道裡堆著老老少少的用具，經過的大門隨時會被家人推開……就像現在，推門而入的二舅和子清打了個照面，準確地喊出她的名字，笑紋那麼深。隨他魚貫而入的是穿著公主裙的小女孩，女孩拉著媽媽的手，二舅媽跟在最後。

「你們怎麼這麼晚才來！」這是大姨。

「晶晶這麼高啦？」這是老舅。

「就是為了她！聽說上海來了個阿姨，硬要回家換身漂亮裙子，折騰了個把鐘頭，索性等賀洋下班一起過來。」這是二舅。

小姑娘鬼靈精怪的，一點兒不認生。子清識相，不吝美詞。一時間，屋子裡笑聲鼎沸，小孩得意，大人好久不見，說不完的話，又連連問子清父親的情況，她始終沒找到機會秀出手機裡那張父母在教堂前的照片。

「現在住福利院了？那估計出不來了，也挺好，就當在裡面養老了。」這是二舅。

「不能這麼悲觀！我們要把足夠的愛釋放出來，信上帝的瘸子都能站起來走路，信上帝的瞎子都能重見光明……」不用說，這是小姨。

「瞎扯什麼呀！姐夫現在連女兒都不認得了，還會認上帝？」這是老舅，今天他好像專門負責打斷小姨。

「他不認得不要緊，子清能信上帝就有用！還有我，還有我們教會的所有兄弟姐妹，這是見證奇蹟的機會！」小姨說著這話，緊緊盯著子清，看出她眼神的閃躲，越發懇切了，索性扭過身子，不理睬胡攪蠻纏的哥哥，只對著子清說，「妳有信仰嗎？妳知道有信仰的人是有福的嗎？妳爸爸沒有意識，但不代表他的靈魂也沒有知性，只要他的靈魂有痛苦，就需要神帶領他的靈魂走向天堂，凡人都有罪過，絕症也是罪過的一種表現。現在還來得及，就算子清妳不願意皈依，小姨也不會勉強妳，但妳要允許我帶著牧師和教友去上海給妳父親祈禱，如果福利院不允許，那就去教堂……」

「教堂是睡覺的地方嗎？」晶晶冷不丁冒出來一句，「因為食堂是吃飯的地方，總要有睡覺的地方呀！」大夥兒笑翻了，連正襟危坐的小姨也忍不住向後仰躺在床上，作投降狀。子清一邊笑一邊想，這是怎樣的一家人呀，彷彿血液裡流著歡樂的基因。子清突然領會了父親愛上母親的原因：她，以及她的家人，會讓他感受到前所未有的快樂吧。

「快六點啦，收拾一下去飯店！」大姨發話了，吩咐老舅再給大哥打電話，吩咐賀洋給晶晶爸爸打電話。子清問起大姨夫和表弟，大姨說，「早就通知好了！老段等下直接過去，今天小松值中班，來不了，就咱們這堆人，出發！」

子清記憶裡一大隊人馬在六層樓的水泥階梯上行進的畫面再現了，現在的她裹挾在隊伍裡，走出了這棟老樓，走上了涼爽的傍晚的街道，晶晶走在她邊上，很自然的牽起她的手，小龍龍也不哭鬧了，東張西望的很有精神。

賀洋比子清小兩歲，也有一張標誌性的笑臉，眼睛彎彎的，臉蛋紅撲撲的，嘴角習慣性上揚，憑著這笑容就能辨認出賀家的基因。她們當然都忘了小時候見面時的情景，也沒有詳談子清父親的病況，而是熱絡地聊起上海風物，她看過陳丹燕的《上海的風花雪月》，子清便講起法租界的小洋樓，然後撇清風花雪月和自己的關係，「我爸我媽去上海，和那些百年風情完全沒有關係。」

一進飯店，子清就看到一個精幹的中年男子朝他們迎上來，聽二舅叫他老段，就知道這是大姨夫。不是一家人，不進一家門，大姨夫也有不輸給這些表舅們的深刻笑紋，所以，當酒過三巡，他第一個落下淚時，子清反倒大吃一驚。

追溯起來，父親竟是和這位賀家女婿緣分最深。老段服完兵役當上職業司機，和玉皇大帝是小學同學，青梅竹馬，一追十多年，結婚後又開了十多年的計程車，再進了某單位當領導的私人司機，子清的父親每次來哈爾濱，老段都負責接送，就連要去鄰鎮看望亡妻的娘家人、去哈爾濱郊外看望自家二哥，老段都願意開車送他去，因而比旁人更知道一些瑣事，當日聽聞大姐夫已是不治之身，只能荒度餘生，六親不能認，有根不能歸，冷熱不能知，四面八方十位數字一概不能識，走失了兩次不說，還失了兩位夫人，一時間感慨萬分，熱淚滾滾而出。

他說，「妳爸爸最愛聊國際情勢、國內政局，我也愛聽。妳奶奶病重那次，他和妳媽回老家前，挺得意的告訴我說，他託人買了認購券。用一大捆現金買的，怕帶出門危險，特意藏在不鏽鋼飯盒裡，揣在書包裡！我問那是啥玩意兒，他說以後就是錢，大錢。我這才曉得世界上有股票這東西。後來我就買了！我聽他的話，絕對沒錯。賺到一筆錢，我買了咱家第一輛車。等他再來時，就開著小奧拓去接他，我覺得倍兒有面子。可他那次不太高興，據說有個老同學邀請他加入什麼企業，他不肯，和老同學吵了一架。」

子清問，「在哈爾濱的老同學？是不是姓劉？」

「沒錯！那個劉大哥也挺厲害，有技術，有膽量，開了一家航空配件工廠，自行研製開發，借用的是美國技術……具體的，妳爸倒是說了點，航空航太科技之類的，但我榆木腦袋記不住。我估摸著，劉大哥當年肯定幫了妳爸什麼事兒，現在開工廠了，想讓妳爸牽線搭橋，把產品推到上海去，結果妳爸不樂意。劉大哥又使出第二招，勸妳爸回東北，跟著他做生意，賺大錢，別在公家單位憋屈了，妳爸還是不樂意。妳爸說，無論怎樣還是上海好。劉大哥不知道說了什麼，妳爸就火了，從劉大哥家出來時，臉孔漲得通紅，可嚇人呢！我第一次見他有那種表情——他一直都是笑呵呵的，衣服穿得筆挺，乾乾淨淨，斯斯文文——可那天，感覺像是變了一個人，那劉大哥也追出來，喊他，說過去的事就過去了唄！咱們以後還有好日子呢！世全你回來！」

「大姐夫會發火？」老舅插了一句。這時候吃得七七八八了，光在喝酒，龍龍又睏了，在大姨懷裡睡起來。晶晶開始玩兒媽媽的 iPad，一聲不吭。沒有女眷私聊。大家都在聽老段講。

「人嘛！誰都有不開心的時候。我倒覺得大姐夫發火很好，以前我總覺得他是高級知識分子，知書達理，好在不嫌棄我們這些粗人，但那天過後，我相信他也是性情中人，反倒覺得更可親了。又過了幾年，妳奶奶走了，他辦完喪事，還是從哈爾濱回的上海，那次喝多了，就我們哥倆兒，在半夜的廚房裡，妳爸說，老媽這一輩子竟然熬到八十多歲，真不容易，四十歲就守寡，七十歲還敢自己坐兩天火車去上海看你們，回來時竟然背著三座555大鐘，要送給三個願意幫她端屎端尿的兒女。妳爸說，沒辦法，兒女再多，老了死了還是自個兒的事，靠這個靠那個，靠出一堆恩怨來。我問他，老太太當年是不是特別疼你呀，最有出息的兒子。他搖搖頭，嘆口氣說，沒用，我也沒用，上海是那麼好混的嗎？在哪兒都不好混，機械部也要整改，部門自負盈虧，每天規規矩矩上班，也沒多少錢，買套房子就掏空了儲蓄，一把年紀了還得繼續攢錢，兩個女兒都靠不住……嘮啊嘮啊，反正喝多了，隨便說，我不知道那時候他經歷了什麼事，反正，感覺不順心，第一次覺得他有點老了。」

子清默默心算，奶奶去世時她讀中學，叛逆期開始；也不知道子萊當時有沒有決定遠嫁海外；但她記得，那時候是母親的自動化部門進入風生水起的階段，父親所在的機械實驗部門漸漸成了冷門地，因為飯桌上會開玩笑，說要買什麼大物件就得指望母親的獎金了。

「剛才你們說，大姐夫以後不太可能回東北了，我心裡難受啊……那樣一個人，去過那麼多地方，知道那麼多事，到頭來卻是像傻子一樣困在一堆傻老頭裡，哪兒也不能去，連街口跳殭屍舞的大媽都不如，這事兒越想越覺得……老天爺你夠狠啊！你三舅在營口工廠裡上班，來不了，要是他在，肯定會告訴你，他跑銷售那幾年，出差去上海，聽妳爸妳媽說出差去兵馬俑、雨花臺、長江三峽、西雙版納、東京、新加坡……把他給羨慕的呀！老跟我們說，這是多麼幸福的生活啊！可是為什麼不能讓他們幸福地終老呢？」

「啊呀！想起來了——咱們忘了給大哥打電話了！」圓桌另一邊的二舅魯莽地跳起來，掏出褲兜裡的手機。

「人這一輩子，有多少選擇呀？每一次選擇都是煎熬，但真的沒法選，老天爺給你的福，享用完了就是完了，老天爺不給你的，你選也白選。妳爸現在什麼都不用選了，也好，解脫！」

「我這手機咋回事兒呢？怎麼找不到大哥的電話呢？我也要痴呆了……」二舅喃喃自語，二舅媽二話不說朝他的腦袋拍了一下。

「就是說，這個病不痛不癢，和別的病不太一樣，是不？」老舅問。

「難說。也可能是痛了癢了但說不出，不過眨眼間就忘了。」子清答。

「我心裡難受啊……誰知道上次見面就是最後一次見面呢，人生啊，見一次少一次。」

「現在還能自個兒大小便不？」老舅又問。

「哎！你們誰有大哥電話？我這只手機裡沒存……」二舅又愣頭愣腦地喊起來，二舅媽又拍了一下他的大腿，忍不住低吼一句，「誰都有！就你沒有！」

「……妳知道妳爸爸最後一次來哈爾濱，我沒去送他，這麼多年唯一的一次，是為啥？」

場面有點亂。子清聽到每個人都在說話，她在回答老舅的問題，「有時候會出問題，好像不知道廁所在哪裡，或是進了廁所也不知道應該尿在馬桶裡……對，要隨時換褲子，或是用尿片……」直到胳膊被老段拽住了，才發現漏聽了大姨夫的提問。

「我不知道那是最後一次送他呀……我不知道呀，否則我從床上爬起來都要去啊！那天我沒法開車，因為我當時害怕自己眼睛瞎了，怕得跟孫子似的！」他開始越來越狠地罵自己，眼淚就是這時湧出來的。

大姨趕忙和子清解釋，「幾年前妳大姨夫被診斷出青光眼，動了一次手術，效果不理想，偏巧妳爸來，那時候妳媽已經去世好幾年了，妳爸說來就來，說走就走，就在我家待了一下午，晚上就坐飛機走了！」

「其實有什麼好怕的。該看的都看過了。看不到的都是不該看的。動過第二次手術，這不就好了，小事兒，但我沒種，怕得很……」老段說到這兒，大姨搶下他面前的酒杯，說，「妳大姨夫平日開車不喝酒，所以一沾酒就醉，醉了就多話。」

子清卻垂下眼簾琢磨起來，幾年前？她怎麼不知道父親閃回過哈爾濱？莫非那已是一次莫名其妙的病中出走？

「得了！得了！我來打！」那邊廂，老舅本打算把號碼報給二舅，怎麼報都少一個數字，這才想起來，完全可以自己撥打大哥的電話，電話一通，聲調驟升一個key，分貝膨脹到兩個係數，瞬間打敗滿席喧囂，只聽他用喊的連問三遍，「我大哥在嗎？那誰……妳爸在嗎？」電話那頭顯然放下了，去叫人，趁著這檔口，老舅故意壓低聲音跟大夥兒說，「我把侄女的名兒給忘了，咋一下子就想不起來了呢！……啊，大哥，我是德林。慶芸大姐的閨女從上海來了……不是，那個是老大，老二沒出國……出過嗎？我不知道啊……不是回國探親，是大姐夫病了……是，挺嚴重……不，不用我們過去……是想叫你來吃飯，打你家電話一天都沒人接……嗯……好……明白了。」掛了電話，大夥兒都很安靜，老舅又自然地放低音量，放鬆聲調，「大哥都快睡了，這才幾點呀！他說他每天都要去看書攤兒，跑不開，子清可以明兒上午去他家，吃完中飯再走。」

老段點起菸，眼睛還是紅紅的，「明兒上午我送子清去。」

這時已近夜裡十點，兩個孩子都睏得東倒西歪了，大夥兒便要散，但也不是立刻散，他們得知子清住的是連鎖酒店，當即駁回：家人必須住家裡，看來看去，賀洋小倆口剛買的房子最合適，有空房，最乾淨。再決定明天下午去江沿兒、太陽島，要確保子清像哈爾濱人一樣玩個夠。

第三天，一大早。

老段一覺酒醒，買了早點，開車到酒店，搶先結了帳，這才去自助餐廳找到正在喝咖啡的子清，一瞥桌上的黃油麵包，很有底氣地把熱騰騰的煎餅包子油條擱在她面前，吃得子清都打嗝了。

老段和子清有說有笑出了酒店，驚訝地發現二舅已經等在車邊。他說，「我不放心。」

「怕我招待不周啊？」老段捶了他一下，兩人咯咯的笑，簡直像初中男生。

子清以為他們還會講些父親的點滴往事，但沒有。出乎意料的是，昨天幾乎沒怎麼講話的二舅講了整整一路，講的都是大舅的奇聞異事，好像醞釀了一晚上，不得不一吐為快。因為子清馬上要見到這個怪人了。他怕她見怪，怕她誤解，因為他不用問就知道，子清的父母無論如何都不會告訴她這些的，正是這種不足為外人道的瑣事決定了家族內外之分。高峰時段壅堵的紅旗大道上，子清從前一天的亢奮情緒裡冷靜下來，領悟了兩點：第一，她是跑到別人家裡打探自家歷史了，她攪起的不只是失憶的父親的回憶，還有別人家老一輩的心結；第二，大表舅和父母之間肯定有著一言難盡的關係。

二舅是個口無遮攔的人，講到精彩之處，還忍不住在老段急剎車的時候把頭伸出車窗去痛罵闖紅燈的摩托車手。子清只知道他是從教育系統退休的，但不清楚他是後勤主任，每天在學校的時間不如在外交際的時間多，中午就開喝，常常帶著酒氣回學校，很少授課，難得代課也只是坐鎮全員自習。幹得好好的，非要辭職，因為某天難得出席運動會，看到一個臭小子欺負女同學，二話不說，一巴掌呼了上去。很多年前他也打過一次淘氣作亂的男生，那時候的家長感謝他，但這一次，打的是機關領導的寶貝兒子，校方壓力大，迫他上門道歉，他認定自己沒做錯，「現在的龜孫子越來越不服管教了」，當即宣布「老子不幹了」。

原來，賀家的幾個兄弟姐妹從小就和大哥賀德利不太親近，出去撒野、在家撒嬌時都以二哥為頭領。隨著第二代當家、第三代出生，第一代人的兄弟情就更淡了。當然，不喜歡也是有理由的，譬如，他會在除夕夜的團圓飯桌上呵斥幾個弟弟喝起酒來沒完沒了沒節制，酒品難看，言語粗鄙，甚而搬出紂王斷骨驗髓的典故，為了加強長兄猶父的語氣，強調自己是父母精血最旺的時候生下的，必定是兄弟幾個中基因最好、「骨髓皆盈」的成功案例；再從基因學講到養生學，把一桌滿嘴流油的老老少少講得胃口全無，美食都被剖析成了垃圾；最後還不忘調侃明星，說劉德華看起來保養得好，五十歲才生子，精子品質肯定不高，他才不稀罕誇他。諸如此類的小事不勝枚舉，他沒有誇過誰，偶有玩笑，但多是批評，雖說出於好心，被指點的弟妹不至於當面頂嘴、吵架，但畢竟都年過半百，大家就少了往來。尋常日子能多一點歡樂就好，何必自討沒趣？這是歡樂基因超多的兄弟姐妹們的合理避讓，符合他們的生活準則：掃興的人和事，盡量不要碰。

「妳大舅是讀書的好材料，比妳爹媽還厲害，本省第一名的高中畢業生，本該去做大官的，可惜時運不濟，但他不像別人那樣隨遇而安，他太正氣，太清高，太聰明，總覺得自己是對的，別人是錯的，看誰都不順眼，擱在哪個朝代都不會有鴻運，也容易招小人嫉恨，那，惹不起還躲不起嗎，所以他就變得很孤僻……唉，時代變啦，他看不起的人也能活得挺好，比他更滋潤，他心裡就更不平衡。其實我也不平衡，我也看不慣很多事很多人，但在家就要說說笑笑嘛，否則活著還有啥意思？可他一開口，大家夥兒就會覺得很沉重，什麼笑話都不好意思說了，說了也不好笑了，他就有那種能耐。」

子清默默聆聽，心想，如此說來，父親顯然不是掃興的人嘍？這些年來，父母給賀家弟妹帶去了很多歡樂，那是她或子萊無論怎樣追索都得不到的。六十年代，賀家的小兄弟們還小，和大哥幾乎沒什麼交集。二舅十五歲就跟著第一批紅衛兵鬧串聯，去了蘭州；十七歲長征，走了一個月，花了三十塊錢，走到了北京，在天安門廣場上見到了遙遠又遙遠的、比毛主席胸章還小的毛主席本人，回到哈爾濱經歷了武鬥的高潮，之後就下鄉去了。文革後在教育系統一待三十多年，改革開放的商機也算領略到了，校辦三產紅火過一陣子，送禮的人絡繹不絕，也確實賺到了錢，日子挺好過。獨生女兒賀洋沒有讀大學，考出了會計證書，找到了穩定的工作，再找到了穩定的老公，生下晶晶後，闔家歡樂，無憂無愁。二舅退休後，在海南買了度假房，每年冬天去住幾個月，曬太陽，釣魚，游泳，完全不覺得自己是六十多歲的老頭兒，去年還在多礁石的海邊猛追螃蟹，結果崴了腳！子清覺得好笑，三個紅燈前還在說大舅的事，現在倒把他自己的事歸攏齊了，這無軌電車開得又快又好，最後還能繞回主題：「我這輩子沒少折騰，老了倒也精神。除了德利，我們哥兒幾個每年都去松花江游泳呢！我覺得吧，妳爸在上海過上了好日子，安逸歸安逸，但身邊沒有熱鬧的伴兒，才得了個富貴病。」

老段手握方向盤，熟練地倒車，熄火，拔出鑰匙前幽幽地說了一句，「課前預習做完了嗎？」這次是二舅去捶老段。

有了這樣充分的心理準備，子清收斂了昨天那種沒心沒肺的笑容，換上了嚴肅的表情，但也即刻想到，自己空著手拜見德利大人實在太失禮。雖然兩個大男人死命攔著她，她還是拿出在上海地鐵擠出人群的功夫，衝向一個水果店，指著最貴的幾枚進口水果，掏出了錢包。雖說在上海沒有一家親戚要她串門，但父母從小就告誡她，空手作客最討人厭。

大舅家的家具全是深色紅木，體面但也沉鬱，綠色植物恰到好處，生機是有的，但她總覺得有塑膠仿製品的感覺。和黑黢黢的二舅和大姨夫相比，大舅是百分百的白面書生，有一張天生憂鬱的面孔，也許是主動邊緣化的人生產物。

大紅袍入壺，大舅洗完一道茶後，不慌不忙地給每個人斟滿一杯茶。大舅和子清一問一答，旁人寥寥寒暄，主客有分。子清便曉得，這位長輩和另幾個賀家兄妹截然不同——哪怕三十年間僅僅見過三兩次也能一見如故。當他終於問及父親的病況時，她就從包裡拿出了iPad，裡面已備份了父親和親朋好友們的影像資料。她需要掌握對話的走向，加快對話的速度。

她先給他看上個月在福利院裡拍攝的一段畫面。穿著天藍色珊瑚絨休閒開衫的父親對著鏡頭恬淡地抿嘴微笑，背景中，和他同屋的啞巴遠遠地觀望著他，身穿淡藍色制服的女護工們倚在窗邊聊著天，時不時去扶一個顫巍巍的老人，或是制止連續用手掌拍桌面的老人，但父親沒有動，上眼皮的褶子厚厚的堆積著，遮住了大半視線，含糊的瞳孔幾乎一動不動，但他的嘴角帶笑，且這笑紋也一動不動。這是一段讓人傷感的影像，父親把自己坐成了一幅肖像，任憑身後他人頻頻閃動。他是動感世間中的凝固者。

短短一分鐘影像，大舅一言不發，面色沉沉。

子清開始播放第二段畫面。穿著薑黃色運動套衫的父親邁著穩定但虛弱的步伐，在走廊裡漫無目的地走著，拐角處，盲人正摸索著沿牆護欄往這邊走來。他們本可以錯開的，但父親沒有讓開，盲者更不會讓。父親的右肩蹭著盲者的左肩，兩人都愣了幾秒，當盲者用另一隻手來摸索父親的左臂、左肩、左耳時，父親乾脆俐落地把他的手推開了。盲人呼喝起來，他的一貫招數就是在感覺受阻時提高音量，他似乎還有一點耳聾，也不會說話，但他在抗議的時候你決不會誤解或忽視他。此時的父親呢，心也是盲的，神智也是聾啞的了，於是，旗鼓相當的兩人很快推搡起來，誰也不讓誰。外人會覺得很好笑，那麼寬的走廊，兩人非要搶對方腳下的路。胖阿姨一路小跑出現在鏡頭裡，大嗓門說起話來，不對盲人說，只對子清的父親說，因為她知道子清在錄影。「老王聽話！來！往這裡走！跟阿姨走，這裡很寬敞，很好走的——」拉開了父親，又轉頭對執鏡的子清說，「還好我來得及時，打起來就糟糕了。妳爸爸上次給了他一拳呢，打在臉上，那天小黃值班，隔一米就沒來得及止住他，小黃說，老王出拳又快又狠，是不是練過呀？」她把父親送進了房間，又跑到子清面前，把袖口拉到肩膀，露出上臂，「妳看，三個月前被他咬的那口，瘀青還沒消呢。」鏡頭推進，變成特寫，瘀青依然保持著一張嘴巴的形狀，牙齒用力的地方，青黑的痕跡更重些，別的地方只剩了些黃紫色的血筋，鏡頭再推進，在放大到極點的黃紫色中結束。

這段看完，二舅嘖了一聲，大姨夫唉了一聲，大舅問，「這是什麼時候的事？」

「去年。剛進福利院不久，有點不習慣。他咬人是因為護工要給他洗澡，要脫衣服，他不肯，護工按照規章辦事，就拉住他的雙手，他就咬了。後來護工們也知道了，他是要哄的，不能來硬的。」

「他沒有意識。」陳述句，而非疑問句。

「完全沒有咬人或打人的意識，像是本能的條件反射。」

大舅沒有再說什麼。遲疑了一會兒，嘴角露出一絲苦澀的扭曲的線條，被子清看在眼裡。他再問，「還有嗎？」

「有。還拍了些他房間裡的設施、樓下的花園和花房、每天晚飯的伙食……」

「那就不看了。看了不舒服。」大舅說完，揉了揉眼眉。「人都是要老的。但老了沒有意識，就難保尊嚴，這是最慘痛的老法。」

三位來客都陷入了沉默。但子清不甘心。她把iPad轉向自己，彷彿不打算給他看了，手指卻仍在滑動、點擊，兀自說起來，「我這次來哈爾濱是很冒昧的。老實說，我已經沒有老家親戚的聯絡方式了，沒有通訊錄，沒有舊信件，要麼被他丟掉了，撕掉了，要麼他根本沒有記下來，重要的事情都是用腦子去記的。我只知道，他很難出行了，離不開上海了，所以就當是替他來向大家道別，趁現在還來得及。」說到這裡，她點開了那張最神祕的合影，把父母背後的教堂放大，讓所有人不用側目或靠近就看得到。「好多事，他們以前不說，我們也不知道要問。像這樣的畫面，我就完全無法理解，也不知道現在還可以問誰。」

二舅好奇地湊過來，「這是喇嘛臺呀！妳別動，我瞅瞅……這照得挺有意思。」

「我特別想知道，這是誰拍的，是什麼時候拍的。」子清讓畫面停留了幾秒鐘，又彷彿不經意地往後翻，便是一群衣著、髮型都相仿的年輕學生在天安門前的大合影。「小時候不懂事，只當一切是天經地義。現在才發覺，他們如何結婚，如何到了上海……這些事對我和姐姐來說仍然是個謎。」

「現在的年輕人不會去追問這些，只知道賺錢，吃喝玩樂。」大舅漠然應聲，又添了一圈茶。

「只是我追問得太晚罷了。」子清也淡淡地跟上一句，去拿茶碗，順手把iPad遞給二舅。

「問得太早也問不出什麼。過去的事就好比一場戲，時代大戲。我們都是跑龍套的。」大舅一邊說，一邊往茶壺裡倒熱水。

二舅的眼光沒離開過老照片，再翻幾頁，赫然見到一張照相館裡拍的合影，七八個年輕人眉目清秀，排列整齊，大舅和子清的父親出現在後排，前排右二的女生便是子清的母親。「咦，有大哥呀！老照片真好啊，年份都寫在邊角上——你看：一九六七年，造反有理！」

「這是大舅嗎？我之前都沒注意到……大舅，您和我爸媽也是同學嗎？」子清有點驚訝。

「不是。我比妳媽小四歲。我沒有上大學。」

「大哥，你不是也收了好多老照片嗎？拿出來看看唄，子清大老遠來的。」

「沒什麼好看的。」

「看看唄！照片收著又不是為了攢灰，也不會天天有人想看，難得的好機會，我們也跟你一起敘敘舊嘛，我也沒見過呢！」老段放下茶杯，興致勃勃的樣子。子清用眼角瞥到大舅的眼光掃向那張照片，又堅決地移回視線。老段果然瞭解這家人，知道打鐵要趁熱，「我聽玉環說過，大哥的老東西都攢得齊齊整整，收在一只箱子裡，搬家的時候只肯自己搬，不許別人動！我就一直很好奇……」

「因為那些東西有歷史意義，有教育價值，要好好保存。」大舅很不客氣地打斷老段的話，蓋上茶壺蓋兒，轉而凝視子清，「回頭去想，那真像一場戲，但和妳爸相比，我入戲太深，出戲太慢。他可好！說入戲就入戲，叫他幹啥就幹啥，哪怕心裡一百個不樂意，說出戲就能出戲，眨眼忘個精光！現在他什麼都不明白了，我相信這就是他希望的結果。妳懂不懂？有些人，有些事，你根本不想去記住，結果假戲真做，真的忘光了！」

在大舅想來，父親的失憶簡直是必然的。這讓三個來客陷入沉默，但這沉默的質地和先前已有不同，已經看得到沉默裡燃起了火，有了讓人呼吸急促的熱度。子清想，不如就此打破，問到底。

「老實說，大舅的話，我聽不懂。他們到上海之前的事情，真的沒怎麼說過，我一無所知，昨天在大姨家才頭一回知道，我爸當年是在革委會裡當秘書的。」

「剛剛那張照片，是我們知青隊返鄉前的留影，是妳媽提議，妳爸付的錢，我記得很清楚。本來說好是我們三人去照相館，但那天知青隊剛好臨時開會，一大幫人都來了，妳爸妳媽就說，那就一起照，第二天就要戴上大紅花坐卡車下農村了，再不照沒機會了。」大舅嘆了一口氣，巴掌拍在膝頭，好像下了很大的決心，「好吧，就讓你們看看吧，那張照片，我也有一張，我不知道妳父母還留著它，不過他們看到了也不會多想，但我留著它是有深意的。」

他起身進了屋，不出五分鐘，就捧著兩本黑色硬面抄回到了客廳，正襟危坐，翻開褪色的封面，露出「保管帳」的字樣，原來是本自帶藍線表格的帳本，照片都端正地貼在空白頁上。每翻一頁，子清都能瞥到照片的上方、下方和頁邊都有字跡，有的是密密麻麻的蠅頭小字，有的是題眉式的楷體大字。他很快找到了那張照片，把那一頁攤放在子清面前。左頁的照片上有「哈十一中歡送初高中畢業生首批下鄉務農同學留影紀念（1965.9.3）」的字樣，照片上的年輕人胸戴大紅花，但沒有子清的父母。右頁照片才是子清 iPad 上的那張，照片上的印刷體寫的卻是「立志耕耘」，但在紙頁上，像橫批一樣寫在兩張照片上的是遒勁的藍色鋼筆字：「步入歧途！悔！悔！悔！」

「說起六五年我下鄉，還得從妳媽媽的一句話開始。高中畢業保送，全校就我一個人，我是班長，成績全班第一，我爸是軍級幹部，月工資一百四十元——那時候毛主席才四百塊，我覺得保送我去人民大學是理所當然的，就拿回表格來寫。父親：黨員，軍用品製造廠廠長。剛好妳媽媽週末來我家吃飯，瞅著我填表格，就說，這樣寫恐怕不好吧。原來，六一年到六四年四清運動，我爸已被開除黨籍了！連降三級，下放車間勞動，就因為他在自然災害期間點頭應允手下人用鋼材去換了大白菜和肉，數量並不大，解了燃眉之急，工人和家屬們都是交口稱讚的，但當時來說，那確實是違法的，雖然經手的都是群眾，但罪名就得廠長擔著。可我怎麼會知道？聽妳媽這麼說，才想到我爸上班時開始帶飯盒了，以前從來不帶的，可見爸媽都瞞著我。時局的事，小孩子不會敏感。那張表格擱在桌上，我愣了半天，到最後，一咬牙，什麼都沒寫！我年輕氣盛，跑去問我爸，確證大表姐說的是實情。這下好了，心如死水。問題嚴重得照實寫，那寫了也白寫，人大的政審不可能通過，那些軍事院校、省重點大學……也都沒戲。我一個也沒填。高中畢業就下鄉了。」

子清往後翻一頁，一九六六年北京天安門留影，大舅稚氣未脫的面容十分拘謹，右手低低地托捧紅寶書。

「六六年我從知青點回到哈爾濱，一看，好嘛，全亂套了。文革剛開始，滿城大字報，學校也不上課了。學校之前答應我，下鄉一年就把我調回來當校團委書記，可我回去一看，老師都在挨鬥呢！我去問，我都離校了，還能當紅衛兵嗎？校方說，你想當就給你袖標，沒問題。我們十個知青就領了十個袖標，我又領著四五人去北京串聯。臨走前，我爸給了十塊錢，但串聯根本不花錢，坐車、住店、吃飯都不花，連去公園玩兒都不用買門票，待了一個多月還剩七八塊錢，就買了些柿子、香蕉之類的零嘴。就這麼著，我待了五六十天。」

一九六六年十一月二十六日，毛主席第八次接見，大舅記憶猶新。當時他們都聚在農墾部南三樓，全國的下鄉知青的遭遇都被集中起來，他領導吉林、遼寧和黑龍江的插隊知青，被推選為東北大區的領導。「我們的知青點挺正經的，不像南方知青受到很多迫害。我是想進步，否則，不會頭一批下鄉，也不會組織知青們給周總理寫信，我們一共寫了八封，我獨自寫了三封，第一封信沒回音，寫第二封，還沒回音，寫第三封！寫的是我們的觀察、體會和質疑，總結了很多現實存在的問題，想和領導人討論：知青到底應不應該接受沒知識的農夫的教育？三封信過後，周總理的秘書接見了我們，說的是：返回老家去，就地鬧革命！但那……也就是半年多的時間，風風火火，不了了之。」大冬天的，田林封凍，回知青點也沒啥意思，他們就暫時留在哈爾濱，成立了黑龍江省下鄉知識青年紅色造反團，繼而占領了哈爾濱各個區的知青辦，拿到了省知青辦的鑰匙，也有了檔案櫃的鑰匙，成了當時的負責人，主要宣傳的內容還是聽毛主席的話。身邊還有兩個衛兵寸步不離，按現在的話說就是保鏢。找省長要錢也很方便，一去就能拿到兩千塊。「那時候的兩千塊錢不得了哇，但我們沒貪汙，全買了油印機、紙張等耗材，自己沒撈到一分錢。」

「也要我簽文件。別的還好，但有一件事，我獨獨是後悔過的。那是六七年一月，哈爾濱市一部分知青在年初一、初二到了兵團，都後悔了，聯繫知青辦要返城，這一百二十多人的返城文件讓我簽字，我能簽嗎？不能。但後來我後悔了，後悔沒讓他們回來。開批鬥會也有我們的份兒，但批鬥的時候打斷了誰的腿，我們也會給他個板凳坐著，不會不講人性。我也不贊同批鬥的時候用惡劣的招數，看到被打傷的人入獄，我是會去照顧的。後來的人把這時候的事概括為一月風暴，二月逆流，說我們奪了權，一共二十四人，我排名第八。妳知道毛遠新嗎？毛主席的親侄子，當年在哈軍工念書，快畢業了。開會時，我倆挨著坐。每天都開會，討論人民日報社論原稿，根據個人領域的專長談心得，談修改意見，經過一致同意，就能發表了。唉，時過境遷啊……回想毛遠新，我也覺得可嘆，那是毛主席的親侄子啊，文革結束後被關押了十多年。我們走得早，走對了。」

一九六七年開春，賀德林決定終止三四個月的造反團，再次返鄉。和反覆不定的局勢相比，農村顯得前所未有的單純。「長期在城市待著就是吃閒飯，也沒收入，所以我提議：根基還是在農村。造反團解散時，就照了張相，寫上『立志耕耘』——對，就是妳剛剛給我們看的那張相片。這是我自己決定的。知道我們要解散返鄉，市委想挽留，我不肯，他們也沒辦法，只能派人來查查帳，收走鑰匙，就這樣結束了。後來，毛遠新當上了革委會副主任，再後來，瀋陽軍區政委。」

再往後翻一頁，推進兩年，子清看到父母和大舅的三人留影，藍色筆跡工整地寫著「一九六八年送姐姐姐夫去上海」。

「其實，從六五年到六八年我和妳父母就基本沒有交往了。我印象最深刻的是六五年妳媽媽的那句話，還有妳爸爸六七年的那句話——他是學生代表，是奪權後的臨時革委會秘書，我在政府大樓裡的走廊裡和他打了個招呼，他停下來對我說：別下鄉了，留下來吧，前途總是在城市裡的。」

「大姐夫是去革委會開會的吧？」老段問。

「還輪不到他開會，頂多就是去拿材料。」

「奪權……是說他當時算進步分子嗎？」子清沒管住嘴巴，流露出調侃的語氣。

大舅的表情突然僵硬了，子清意識自己的不妥當。一秒遲疑，他端起茶杯喝了一口，「到後來，兩派相爭，誰也不能憑一己之力去改變什麼了。我當時還覺得自己退出鬥爭，回歸鄉野，才算是進步呢。我走的時候，心情複雜到極點，很痛苦，怎麼選都不是我想要的。相比之下，妳父親……他根本沒什麼造反的激情，但他還是可以得到他想要的結果。」

兩派之爭，發端於浪漫理想主義的死忠者。死忠者充滿無產階級的偉大夢想，也忠於領導人，那種虔信是對美好未來的部分折射，並沒有愚忠的嫌疑。反對死忠者的人，和死忠者並無本質上的不同，也有激情壯志，也期待美好未來，但因為死忠派挺先站出，致使權力暫時掌握在他們手中，奪取權力和利益就成了反對派的最強大動因。凡事不缺理由，理由決定主題先行，而意識形態理論總能催化出愛恨分明的絕對取捨，人人都要表決心，有人模擬的是激進，有人只擅長順從。年少時的信念和荷爾蒙一樣旺盛。這便注定假戲真做，敲鑼打鼓、拉開戲幕就能集體入戲，且必然鬥得如火如荼，因為道具只是一具肉身，拚的是唯一的一輩子。時代大戲裡，撒謊者在謊言中催眠了自己，假作真時真亦假；扮演瘋子的人太入戲，最後真的瘋了。

聆聽的時候，子清沒有凝視他的眼，怕他的眼神，不如閃避，去凝望光斑催眠般的游移，讓他自言自語一般盡情地講。夏天的陽光照進了陽臺，幾株綠植的葉片微微顫動，光斑也晃動。一種迷離的氣氛蕩漾在這個房間裡，四個人的視線各有落點，沒有交集，但也沒有各懷心事的距離感，反倒像在霧裡渡河，並不知道有同伴前往同一個時空位置。

子清的頭腦裡自動出現另一個畫面：陽光經過稜鏡，出現七種顏色，但一旦進入賭局或沙場，你只能選定一種顏色作自己的旗幟，所謂立場不過是這麼回事兒。這畫面，配上大舅蒼涼的陳詞，應該不會有錯。

「激進的前提是先有知識，再有認識。那些衝在最前面的人，有誰好好讀過馬克思、恩格斯的書？有人好好想過蘇修為何是錯的？只知道表決心，胡鬧！漠然而盲從才是反動。」

表過決心，權力拉鋸，鬥爭進入白熱化時，雙方卻都已忘卻初衷。牢記初衷的人反倒會先敗下陣來。牢記恥辱的人也是。中庸者會說他們拿得起，放不下，然後呵呵一笑，模仿那些個神仙道人，擺出一副笑看雲卷雲舒的豁達姿態，然後就真的忘了個精光。這種忘性，烙定在五味雜陳的人心裡，又將在鬥爭告終後赫然顯現，表現為雙方都好像忘卻了曾經不共戴天。這種忘性，出現在人類歷史中的每一個階段，每一個國家，每一代人，每一對父母，每一個孩子中間。所以他說，「如果有人忘了一切，搞不好，就是因為這種忘性太深刻了吧。」

「我的人生是在個人理想和時代悲劇的夾縫裡完成的。文革之後，我的信條就沒有變過：獨善其身，安家樂業。」這些話，彷彿已經在心胸裡醞釀了許多年，隨時都可以字正腔圓的講出來。

終於，子清從交織的線索中釐清了這位老人的故事。高材生憤而投身組建第一批下鄉知青隊，又在文革進入白熱化的當口急流勇退，率先意識到這條路是走偏了。文革結束後，他沒有學歷，也不想再擠破頭去高考，年紀輕輕，心卻已經累了，眼也濁了，看到的世界是不可靠的。索性結婚，安家在東北的小縣城裡。八十年代，他在農場供銷社工作，經常去蘇聯進貨，蘇聯人嘲笑中國人做的羽絨服是用稻梗騙人的，他覺得憋屈。後來索性不做供銷了，因為怕被人說有問題——受賄也不是，不受也不是。九十年代，他回哈爾濱開書店，求清淨，在書堆裡自學電腦，每天開店先開電腦，看國家大事，一大摞參考書被小兔崽子偷了都不知道。進入二十一世紀，書店開不下去了，就盤下一個醫院門口的小書攤，賣得出去大都是《讀者文摘》，每天還是先開電腦看國際新聞，但有了新愛好：追韓劇。外人都說賀家大哥很不幸，他用清高正直的姿態主動斷絕了一次又一次光明前途，時代和家世將他推上浪尖，他卻每一次先行撤退，主動躲開是非。昔日的高姿態總被人嗤笑為「不識時務」，錯過了每一個發家致富的機會，當年的高考狀元混得還不如每天打架的弟弟。

失意者的話到此為止，再無餘地談論失憶者。

大舅只是輕描淡寫的提到，自己目睹過王世全參加批鬥會的情形。既是秘書，當然要在現場，還要把所有殘暴的事情看在眼裡，必要時也要動動手。也見過王世全開吉普車，輔座坐的是他的好朋友劉春，後座是革委會的小頭目。

「至於妳父母是怎麼去上海的，我多少也猜得到。妳媽媽和我一樣，會被我父親那事兒牽連。也許是因為妳媽媽在資料裡填上了我們家的資訊，導致她的政審沒有通過；也可能是故意沒寫，但被人舉報了；妳爸爸也免不了惹到誰。總之，他倆想同時分到最好的單位，那是不可能的。當時風頭最健的是哈工大，畢業生大都分配到西北、西南的原子彈、雷達等等軍工單位，妳父母成績很優秀，妳爸又在保守派的領導層，進入第一批分配是沒有問題的。」

「也就是說，我父母是那場運動的既得利益者？」子清問。

「在當時，他們肯定不這樣想，而是覺得自己是受害者。」大舅又嫌茶過五巡沒了味道，索性倒掉老茶葉，拿出了一包新茶。「我估計，上海，已經是第三、甚至第四批分配的方向了。」

「那時候，去上海不是優等生才有的機會嗎？」

「上海是好，但肯定沒有國防軍工單位好啊。毛遠新本來也是要去製造導彈的國防研究所的。畢業分配講求的是事業發展機會，個人前途，不只是貪圖分到山清水秀或是紙醉金迷的地方。上海再好，機械工業發展的前途也不見得好。」

「而且遠。」

「對。從黑龍江到上海，中間這段路沒有一個親人，簡直就像是分配到了外國，言語也不通，風俗又不懂。」大舅喝了一口茶，嫌涼，倒掉。「要我說，如果他們當時分手，妳父親一定能去西北造導彈，發揮自己真正的才能。我聽說，他覺得機械專業不過癮，還想去考理論物理專業的研究生呢……」

二舅在一旁搶過話頭，「怎麼能分手呢？感情那麼好，就算大表姐肯犧牲，姐夫也不捨得啊。再說，到上海結婚安家，也很好嘛！他們安頓下來後給我們寫信，說憑著結婚證就能從集體宿舍裡搬出來，住進了工房，有馬桶，有煤氣灶，我們都很羨慕呢。子清，有時間帶妳去老房子看看。要拆遷了，但房子還沒扒。妳爸妳媽在哈爾濱的最後一夜，就是在那個老房子裡度過的。兩居室啊！住了八口人，我和媳婦結婚了沒房子，只能在過道裡吊了床鋪，一直住到賀洋生下來。那可真是苦，相比之下，妳爸妳媽簡直身在天堂啊。生了妳姐姐之後，他們回老家探親，先到哈爾濱，再去窟窿臺，也是住在我們家。」

老段也興沖沖地對子清說，「我也住過！和妳大姨沒結婚就住進去啦，等房等得受不了，妳姑老爺就同意我搬進去住。好傢伙！整個兒一集體宿舍，擠了四對夫妻，還有玉蘭妹妹。」

「說到房子，是挺有意思的。」大舅露出笑容，沏上新茶，有滋有味地接住這話題，「離開知青隊我就去農場了，遇到妳舅媽，就打算結婚。沒房子。從單身宿舍搬到師父家，過渡了一陣子，不方便，又和妳舅媽的同學合住，更不方便……哎呀，種種不合適，結果又回到集體宿舍，在過道裡搭建了一個家，只能放進兩個行李鋪，就那樣湊合了幾個月。領導看不下去了，主動幫我們租房，花了五元錢，租了村裡寡婦家的空房。消息就這樣傳了出去，村裡人看我們這對年輕夫婦又憨直、又有工資，每天都有人來當仲介，到底說服我們買下了一間半拉子入土的老屋，花了三百七十元。」說到這裡，二舅咯咯地笑起來，好像又看到了那間慘不忍睹的破屋子。

「老屋得翻修才能住人，我不會。叫上妳外公——也就是我大舅——過去看，看了都搖頭，說不行，再拉來妳親舅、二舅、三舅、老舅，用兩個月時間搭起了木梁子，起了三間土坯房，連著園地接近三百平方米。用的軲轆井，土灶臺……」

二舅搶著說出重點，「妳老舅打了一麻袋工字釘背到農場去，所有家具都是我親手打的！我們幾個壯漢手工夯實地基，妳外公指導我們用蒿草和泥，糊牆。我這輩子就蓋過那麼一間屋，特好玩！」

大舅也樂了，那兩個月全家壯丁出動蓋屋，不牽涉政治，精力都用在正事上，誰也沒惹事打架，想必是兄弟幾個難得的美好回憶。「後來才知道，我們蓋得太起勁兒了！村民鬧意見，說我們低價買地，非法蓋大屋。村幹部特地去看過。土地局的人還想來抄罰咱家，罪名是擅自起樓。結果一大幫人過來一看：一塊磚都沒有，連屋子正臉兒都不是清水牆！全都傻眼了，啞巴了，回去了。罰也沒法罰，因為怎麼看都不算正經的樓……哈哈，也確實不是正經的樓，太不好住了，冬冷夏熱，土炕越燒越涼，實在扛不住了才賣掉。才賣了三百二十塊。」

賠本買賣的故事顯然是兄弟們的最愛，數字一出，齊聲大笑。子清覺得好像在灰暗的迷霧裡逛了一圈，終於又回到了笑聲燦爛的賀家。她跟著笑，心裡卻是在嘆氣。時代裹挾著個體，每個人都以自己的方式度過，只有第一人稱的敘述是確鑿的，鮮活的；只有衣食住行是具體的，可供反覆回憶的；但所有第三人稱的故事都是碎片拼接，所有相關鬥爭和迫害的故事都像是斷章取義。人的一生就像萬花筒裡的碎片，轉一轉，看到一眼燦爛百花，再轉一轉，或許就是猙獰面孔。

回程的時候，二舅扭過頭，對後座的子清說，「我懷疑他沒有說實話！他肯定還知道些什麼，不肯說。那時候他們結束下鄉回城時都是灰溜溜的，但他只挑好的說——周總理給他們回信了！還有，三百七十塊錢買來的那個破屋，他竟然口口聲聲說窗戶是他親手打的，才不是呢！都是我打的，連著家具和窗戶都是我打的，我學過木工啊！」

雷聲轟然響起，天色陰沉下來。過了幾個路口，一道閃電劈開灰色天空。老段說，「今兒怕是去不成江沿兒了。要下大雨。」說著就給家裡打了電話，子清聽得明白，大姨和老舅隨時都能出發，下午的安排就由這隊人馬說了算，反正晚上一起吃飯。「我們去先鋒路吧。」老段扭頭對後座的子清說，「妳不是想找妳爸媽的老同學嗎？我送妳爸去過他家，記得路，就在先鋒路那一塊兒。」

車到先鋒路，人都傻眼了。老段在先鋒路立交橋下繞來繞去好幾圈，終於沮喪地說，「完了！老房子都拆了！蓋橋了……就在橋墩這個位置，我肯定沒記錯。」

「那我們去派出所吧。」子清毫不猶疑地說，「我知道他的名字，年紀，如果走運，他的戶籍還在這裡，就能找得到他。」

「嘿！子清妳挺有方法嘛！」老段笑了，實際上，賀家人都不知道，她就是這樣找到他們的。她沒有說，也不打算說。她覺得說出來是一種罪過。但這套尋人的辦法，她已是駕輕就熟了。民警在電腦上查了所有叫劉春的人，一九二七年的太老，一九五六年的太少，看到一九三八年的劉春，點開圖片一看，子清就知道是他。民警說這是拆遷戶，有遷移地址。老段拿了地址直奔河濱社區，摸到了門牌號，開門的是他兒子，一聽是上海王世全的女兒，立刻笑臉相迎。子清、老段和二舅也被這意外的驚喜逗得眉開眼笑的，誰也沒想到會這樣順利。

劉大爺身材高大，行動笨拙，耳背很嚴重，戴著助聽器。小劉說，老夫妻半年在三亞，半年在哈爾濱，日子很逍遙，只是身體都不好了。他們家的廠前幾年賣了，做生意時連帶著不少官府關係，受賄的事沒少幹，反正錢賺夠了，全家人已是養老無憂，不如一走了之。

看到老人家已是這樣，子清就不想去提不開心的事，故意賣萌地說，「劉大爺，我知道你是我爸我媽的戀愛介紹人。」

「世全和慶芸第一次說話……是在田野裡。」劉大爺坐在單人沙發裡，身影巍峨，言語發顫，語速很慢，但說出的話是誰也料不到的。「那麥浪啊，真漂亮。我們一大群同學去郊遊。他和她越走越遠，越走越近。我就沒跟上去。我懂。」

劉大爺講幾句話就要大喘氣。肺不好，高血壓好多年了，近年來腦子遲鈍了，腿腳不靈便。他們說著話，劉大爺聽不到，兀自在沙發裡呆呆地呼氣、吸氣，很艱難的樣子。子清一時傷感，心想，父親雖是痴呆，但畢竟對身體上的痛癢沒有知覺，也就沒有太難受的表情。再看劉大爺，比父親大兩歲的大學同學，分明是在忍耐每一個器官的老朽。但他似乎並不停滯於身體的痛苦，頭腦在迅速地活動。

「本來輪不到我說話。那年，世全放暑假回來，說妳奶奶在老家給他說了一門親事，女方非常漂亮，在林業局當會計，願意供他讀完大學再結婚。」

「比我媽還漂亮嗎？」

「漂亮多啦！那是多好的條件啊……妳奶奶一個人拉扯八個孩子，一家人供妳爸爸一個人讀大學，奢侈啊。他就答應了，還和那姑娘保持了通信往來。信都寄到咱們宿舍，都知道。一來一去一年多，我看那信漸漸的少下來了，就問他，是不是甜言蜜語用光了？他就笑，說哪有什麼甜言蜜語，那些都沒用！他寫信，等於我們現在公司面試，他根據回信能夠判斷出來，會計小姐對家事並不熟稔，不會做飯也不會裁衣，家境好嘛，又是職業女性。世全就有點不樂意，覺得以後少不了伺候人家。相比之下，慶芸和他身世相當，一個少時沒了爹，一個少時沒了娘，慶芸一邊照顧家事，一邊考上了大學，怎麼看都比會計小姐更能幹！他這麼一說，我就明白了，我就讓我媳婦兒給慶芸傳了點悄悄話……」

「我爸真狡猾，一門心思要找會照顧他的女人。」子清開玩笑，一房間的人都笑了。

「沒錯沒錯。要照顧他，要幫他。所有人都要幫他。所以妳媽走了，他就慘了。我勸他回來，再找個伴兒，兄弟們也近些，能彼此照應。他也來了，見了我一個中年的女性朋友，聊了幾天……」

「劉大爺，我媽去世後，你又給我爸找過對象？」

「沒錯。我惦記他。可他不要。他說，那位女士有一個孩子，還在上初中，要供到讀大學，他都快七十了，不想再讓自己有負擔了。就回上海了。」

「我不知道這事兒。」

「妳爸現在好嗎？後來不是找了個退休老師嗎？聽說把他照顧得挺好。」

「他們……挺好。就是我爸老糊塗了，腦子不好使了。」子清輕描淡寫地回了一句，不想再翻出福利院裡那些影像給他看。

「咳，老了都這樣。沒事兒。」劉大爺樂呵呵地看著她，但喘息的聲音很大。

子清低下頭，想了想，說，「我爸身體不太好，再來東北也挺難的，我想給劉大爺、劉大媽拍張照，帶回去給他看看，行嗎？」

「好！太好了！拍！咱們先在家裡拍，再讓妳小哥兒開車出去拍！」劉大爺起勁地想站起來，雙手卻撐不住龐大的身軀，小劉趕緊扶了一把，幫他坐到雙人沙發上，緊挨著一聲不吭、只會含笑點頭的劉大媽，讓子清快速地拍了幾張合影。

「兒啊，把車開過來。我帶閨女去看看她爸爸媽媽結婚的地方。」

十五分鐘後，子清坐上了劉家的賓士360，老段和二舅在後面跟著，慢慢游進車河。這時已是下班的高峰時段，路過校區時，劉大爺搖下車窗，指著一棟奶黃色的三層小樓，讓子清拍照，「那就是我們當年上學的地方，也是世全和慶芸結婚時借用的三樓大廳，吃過那頓飯，他們就去上海了。」話音剛落，後面的汽車焦急地鳴笛了，小劉只得加快車速，把街對面那棟不起眼的小樓拋到了後頭。

內爆・一九六七

一九六三年在遙遠的羅布泊進行了中國歷史上第一次核彈試驗。報紙上的蘑菇雲在粗顆粒的黑白灰中顯形，被王世全剪了下來，貼在宿舍床頭。過了四年，報紙都黃了，脆了。

一九六七年春天，燥熱且狂熱。那時太亂，但她姑父反而空了下來，時常帶孩子們去游泳，從道裡走到江畔，遊到太陽島，遊回來，再走回家。雖然很累，但很愉快，他對她說，我們家裡的人都不會玩，不像妳家的人。週末的愉快無法掩蓋回到學校時的煩亂。心煩意亂。這些已經完成學業的學生不知自己何去何從，不知這場運動要鬧到什麼時候。

他剛進大學，就聽說哈工大核子物理專業有九人分配到核實驗基地研究所，那是堪稱全中國、乃至全世界最高科技的前沿陣地，技術專家可以直接穿上戎裝，擁有軍銜。傳說中的蘑菇雲在他的內心不斷膨脹，永不消散，帶來的興奮和恐怖幾近駭人。

他想像中的場景裡還有布滿指標搖晃的測試儀器，每一臺儀器都能專攻出一項指標，細小的紅色箭頭像中邪一樣搖來擺去，只有懂得技術的人才能讀取它要說的話。一九六四年，第一顆原子彈在新疆試驗成功，他也變得雄心勃勃，攻讀一切可以獲得的資料，和繁鬧的世間相比，指標和讀數更逼近真相的核心，更像他的內心世界。

相比於人類，他更愛精密儀器，冰冷但可控，呆板卻忠誠，精確又敏感。在剛剛成型的人生觀裡，他把自我的理想狀態等同於儀器，願意忠誠於經歷複雜公式驗算的單一標準，願意接受來自包括核爆在內的挑戰。回想自己在窟窿臺度過的童年，風沙飄飛的大漠試驗場根本算不上艱苦，更何況，還能穿著軍裝，坐擁最精良的設備。

同宿舍的劉春知道他的原子彈之夢，但劉春很想說服他一起去航天部，去造太空船，他說，外太空才稱得上更大的夢想，那裡寧謐而神祕，是遠離所有醜陋人類的唯一辦法。但是，他們首先要從這所學校畢業，再考入更高等的學府，獲得更高級別的學位。四年的大學生活裡，他們常常在這類海闊天空的談話中睡去，桌上還攤放著熄燈前沒忙完的電路板、沒畫完的圖、沒解出的方程式……數不清的電容電阻在星光下發出綠瑩瑩的暗光，有一次他甚至夢到，只要他們進入夢鄉，它們就會自動排列起來，簇擁在一起，組成機器人或外星人或聞所未聞的形象——如果他突然醒來，可能會看到一幅出乎想像的畫面，任何設計圖紙都無法企及的自動化系統。

但是，唯有世界的瘋狂，無法以數位化的方式預測或描述或定論。瘋狂自動化了，理性和理想退而成為被動的弱者。當他聽說原子彈試驗的功臣馬祖光院士在文革剛開始時就被打成「反動學術權威」，被迫拋下研究，去蹲牛棚、挑沙子的時候，他覺得難以置信，無法理解。但不敢聲張。他獨自悶在床上，扭頭凝視那張蘑菇雲的照片。任何一次高呼革命口號的會議上，他都兢兢業業，一邊從眾高呼，一邊在內心默念咒語：多說多錯，少說多做。他恨不得現在就躲到羅布泊的沙漠裡去，恨不得兒時早點開竅，早點念書，就能早點抵達原子彈的近旁。和人類的荒唐相比，一枚炸彈竟反而單純。

幸好他一貫不張揚，此時看起來竟是最賣力的人，俐落地擺弄油印機，俐落地處理文書，因為他是貧窮家庭出身，又因為和劉春是最好的朋友，他就莫名其妙地被委任為文秘了。是的，主要是因為劉春，這小子眼光毒，膽子大，就算沒有鬥爭、運動，他也必定是奪權的那號人物。他勸他：奪取權力，爭取權益，是為了讓你的夢想早日實現，不管是走出農村那麼小的夢，還是搶先歐美開發高端武器那樣龐大的夢，你終究要給自己的夢鋪條路，且不用管路叫什麼名。他也罩著他，知道他不愛幹髒活兒，不愛與人爭鬥。但躲在他們身後的他，依然看得到暴力，感覺得到猶如爆轟驅動的衝擊波，向心的爆轟，推動壓縮，撞擊粒子……暴力的鏈式核裂變。

不能說是莫名其妙，也不是老天眷顧。顛覆原有的校黨委後，劉春就是新的黨委書記。但是，就連劉春也不知道他們什麼時候能離開這荒唐的校園。他會在走進革委會辦公室前遲疑一下，像是要完成某個更換機芯的儀式，否則他就無法理直氣壯、甚至面帶笑容地走進去。他會站在那棟蘇俄風格的教學大樓前，默默凝望被覆蓋的建築物。

「向在反革命事件中被打傷的解放軍戰士表示最親切的慰問！」

「堅決支持軍管會一切革命行動！」

「堅決支持公安部！」

……大字報的下面是大字報，下面還是大字報，沒完沒了的層疊，沒完沒了的覆蓋……

有時，她也在，站在他的身邊，隔著一臂距離。但他連手指也不用動，手臂也不用抬，她就能知道他在看、在想、但不會講出來的話。她都知道。他們宿舍裡的被單床單枕套都用光了，他們遭到了造反派的強力反擊，反擊就從剝奪他們的表態工具開始——大字報需要大量的紙張和筆墨，幾乎是無窮盡的消耗，一旦被占領了革委會辦公室，生產工具就被盡數沒收，易主，雖然造反派還是把它們用於大字報，並無任何二致，但權力的更替已完成。他們用完了教科書和簿子，用完了舊報紙和雜誌，扯光了枕頭套布，撕開了微薄的床單，夏天到了，冬被就被犧牲了。她幫他搜集過宿舍裡的舊抹布、舊襯衣、舊毛巾，發揮她從小練就的女紅手藝，迅速的裁剪，縫合成幾米寬、十幾米寬的條幅，就為了讓他用浸滿自製墨汁的小拖把在上面寫下一句威風的口號，然後在一夜之間被其他條幅、反對派的白晃晃的白紙黑字徹底覆蓋，看不到了。所以他們默默不語地站在灰色大樓前，在貼過她親手縫製、他親手書寫的大字報的位置前，看鬥爭的證據如海波一樣襲來。

就是這棟樓，就在他們那天特意停下腳步觀賞看不到的大字報的位置上，就在他們愉快地從姑父家回來的時候，一位老師的屍體從天而降，濺滿了肝腦血肉。那是個年輕氣盛的老師，教過他們一年半的電磁學。夏天的血跡很快就乾涸，彷彿血性眨眼間就會泯滅。

從六月到八月，他可憐的優越感被驟燃的戰火攻滅了。武鬥在六月九日那天達到最高潮。哈爾濱的每一所高校都隨風而動。「捍聯總」召集幾千人湧進哈工大的校園攻打「炮轟派」，二十多人死亡，三百多人受傷，砸毀了實驗室裡他心儀的儀器，碎玻璃的利齒劃破他的腳踝和手臂，幾百名師生變成接受政治審查的囚犯，甚至包括他仰慕已久的著名教授、兄弟院校的校花……他拚命地記錄，忙不迭地周轉在革委會頭目、武鬥小組頭目和前來助戰的紅衛兵小隊頭目之間，他負責傳話，負責交接資料和款項，負責招待「文攻武衛」精英分子吃飽三頓飯，負責接待來串聯的紅衛兵們……一邊是高升的炊火，一邊是焚書的火焰，那些他平日吃不到的大魚大肉、看不到的精神食糧都被瘋狂的消滅，熏得他的眼都睜不開。所以，當她在沒人的角落遞給他一只熱騰騰的饅頭時，看他用袖子抹去眼淚，卻不能肯定是不是淚水。他沒有吃那只饅頭，他說，這樣打來打去真是毫無意義，可我們到底要怎麼辦呢？

劉春趁熱打鐵，擠進了市革委會，立刻提拔他做學生代表去市革委會當秘書。時事所迫，他不想去也得去，否則被打成反革命分子。不積極，但也不能消極，便成就了順從的表情。

八月最熱的那一天，坦克開到了他面前，他看到一位學弟站在坦克車上，端著機關槍，一位學妹舉起手榴彈，這才知道傳言是真的：他們把極樂寺的軍械庫掃蕩一空了！迫擊炮，衝鋒槍，刺刀，子彈……他的衣兜裡有革委會密室的鑰匙，沒有人知道，他捏著鑰匙的手指在用力，關節骨都發白了，他心裡沒譜兒，是不是從此之後就要每天和一堆軍械物品在一起，要不要他負責清點？是不是從此之後誰都可以舉起槍，用彷彿無窮盡的子彈向任何人射擊？

多麼荒誕啊，可以製造出摧毀半個地球的武器的人，卻會被一顆小小的子彈所終結。坦克面前的他，沒有夢想，六神無主。他放鬆手指，強迫自己鎮定下來，首先想到了她，便坐進吉普車的駕駛位，直奔女生宿舍。學業早結束了，校院被顛覆了，沒有人主持分配工作，師長們每天掛著大牌子上批鬥臺，被抹黑了臉、剃成鬼頭，教室成為戰場，一切教具都成為武器。沒了校長和導師，宿舍裡卻異常熱鬧，不知道從哪裡湧來那麼多莫名其妙的人，總是橫衝直撞，吆五喝六。女生宿舍的第三層，從右邊數第三個窗子，就是她的房間。他下了車，呼喊她的名字。不知從何而來的槍聲淹沒了他的喊聲。他扯著嗓子，更用力地喊起來，這輩子都沒這麼凶猛地呼喊過。他的眼神緊緊盯著那個窗口，卻沒有注意到，她已經輕快地走出來了，停在他面前，和平常一樣，保持一臂的距離。

不等她問，他搶先說：亂了，坦克上街了，打起來了，動真格兒了，要像重慶那樣了！她的臉色也漸漸變白，她說：壞了，姑父會不會有事？她抓緊他的胳膊，遠處的槍聲催出她眼裡的憂慮，他第一次看清她的瞳孔，沙色的虹膜在顫動中變大又縮小，神經質的微小動作，他竟然可以看得那麼清楚。

他又坐上吉普車，她也想跟著去，但他不肯，說危險，說要避人耳目，說要保護自己，再說下去的話她就聽不清了，引擎聲映襯著隱約的炮火聲，令他突然有了悲壯的錯覺，彷彿這就是和她的生死之別，踩油門的腳有點僵硬，車子就像在戰場上那樣飛奔出去。

其實沒有太多可以交代的。其實他不該開著吉普車去姑父家。他在革委會的位置被好幾個人覬覦著，只要犯一個錯誤，罪名就是不可饒恕的。但他無法不飛奔。如果不由著性子、不為了所愛，內心積壓的困惑、恐懼、憎惡就會衝破表相。人的內爆。

在路上，他想記起來自己有多久沒去姑父家了，但這日子太混亂，他怎麼想也算不清，越是算不清，車就開得越快，好像要躲開想像中的流彈以及那些面目清晰的假想敵。瘋跑的車讓他想起瘋跑的馬，那是多久以前的記憶啊，自己一個人在瘋馬拖的木板車裡，土路顛得板車狠命搖晃，剛被一個坑顛蕩起來，就被一根粗硬的樹枝迎面扇來，瘋馬太可怕了，速度太可怕了，就像眼下的風馳電掣，彷彿眨眼間就到了姑父家的大院，他看到兩個小妹妹無憂無慮地跳皮筋兒，一看到吉普車，臉色都變了，天真的笑容就像被一層灰抹去了。他看到姑父迎了出來，還是那樣血氣方剛的樣子，彷彿天塌了都頂得住。他跳下車，在捲起的塵土中奔向那個已被眾叛親離的親人，他緊緊拉住她姑父的胳膊，湊到他耳邊，說，武鬥升級了，你們能躲就躲。姑父點了點頭，飛快地把他推回車裡。

槍決・一九六八

九月的時候，頭目們都去北京開會了。死磕的兩派代表被周總理召去開會了。那幾天他的心神格外不定。誰接下去掌權，誰就能決定他和她未來的去向。但他顯然是多慮了，周總理的調停也無法讓這群炮仗性格的東北人輕易收手。十月裡，武鬥中又死了幾個人。十一月，大家開始擔憂這個冬天的煤會不夠用了。十二月，各派的頭目又去北京開會了，見的還是周總理，調停還是沒用。武鬥此起彼伏，槍聲已不讓人驚訝，人死的方式也不外乎那樣幾種，人們竟然也開始習慣了，他反而沒有夏天那麼擔憂了，哈爾濱的寒冬似乎凍結了部分哀愁、部分狂躁。

他們已無處可去。梁叔生死未卜。姑父消失了一陣子。

一九六八年的春天還出了一件事。電子儀器廠的兩名年輕的工程師被槍決了，罪名是現行反革命，罪行是印製了一份有「惡毒攻擊偉大領袖」之嫌的小報，他們昔日的同學和同事們都去了槍決現場，但誰也沒有說是死者的朋友。死者比他和她大不了兩三歲。他在槍決現場，聽到了槍聲，但沒有去看屍體。她沒有去，因為她更想在江邊陪陪某位死者的女朋友。他說，妳膽子太大了。她說，她有可能跳江的，我不能不去，反正，我也不是根正苗紅的人。

他想說，我沒有怪妳。但沒有說出口。

沒有說出口的還有另外一件事，當他們問他要不要獨自去新疆的時候，他說，我一個人？這不行。而他們說，兩個人才不行。她不行。

第一批分配的名額有兩個人。兩個成績都不如他們、也沒有尖端夢想的同學，五年後，他們就想方設法離開了新疆，轉到了家鄉城市的機械部，再過十年，他們就會遠渡重洋，成為第一批技術移民的高級工程師。

第二批分配後，他和她又被留下來了。留在迫害不斷、打鬥不絕的鬧哄哄的哈爾濱。他們說，分配的事會抓緊進行，因為黨中央暗示，只有把這批畢業生分配出去，哈爾濱的武鬥才能消停。很快，劉春也走了，志得意滿，去了瀋陽的一家軍工單位，走之前特意吩咐手下的人，下一批分配無論如何要給他倆開綠燈。

據說，離開哈爾濱的同學們到了新單位都變得很乖，不挑頭，不肇事，順從得令人驚訝。當地的格局也大抵定型了，新成員只需隨大流兒，就能過得安穩。更重要的是，人生地不熟，也沒有私仇要報，也沒有自己的幫派，鬧的勁道全都留在哈爾濱了，誰也沒有隨身帶走。真到了那個份兒上，也都明白了。

劉春離任之後，他也辭去了文秘職務，雖然有人暗示他，這是他往上爬的最好時機，與其哀嘆失去最好的專業分配機會，不如改換戰場，謀求在政界青雲直上。他們說，他的態度不偏不倚，他的為人不卑不亢，他的頭腦機智但冷靜。他只是一笑而過，沒用，這些都沒用，我不是當領導的料兒。

豈止是領導。如果名為政治的競技場覆蓋一切領域，他當什麼都不是料兒。有一天夜裡，他夢到了百堂。依稀的身影，卻抽出響亮的一鞭，一列烏黑的鐵皮火車穿越敵我占區，穿越陰間陽間，最後停泊在一眼微小的泉水前……醒來後，他把床頭的蘑菇雲照片揭下來，對折撕裂，再對折撕裂，再對折撕裂。

夢想，只有在遠離現實時，才有夢想的美好。他對自己說，忘了吧。

於是繼續等。在大把的空餘時間裡做一臺七管三波段的收音機，調試完畢，配上手工打磨的木板箱，拿去送給她姑姑。姑姑愛聽樣板戲，家裡的幾個男孩更愛聽說書，一家人熱熱鬧鬧的，一點兒不像隔三差五被批鬥的家庭。姑父畢竟還是有恩於群眾的，大夥兒沒讓他吃太多的苦。

繼續等。那就再做一臺，這次做得更漂亮，電路板更簡潔，焊接無可挑剔，送給自家二哥。二哥背著所有人，在家裡偷聽短波敵臺。世全自己都不知道，那臺收音機收短波的訊息不比中波的音質差。二哥就是聽著美國之音裡說：黑龍江ＸＸ山裡新造了三個軍工廠，便去打聽，想找活幹，還真找到一個熟人，沒幾天就去山裡上工了，工資確實高，一個月能拿六十九塊錢了，但依然要省吃儉用，冬天忙著上山砍枯枝當柴火，後來把山頭都砍禿了；春天忙著播種，在宿舍前後的地裡種改善伙食的高粱和苞米，苞米要磨，高粱吃起來就方便多了。二哥沒有感謝過他，就如同他這輩子也沒有正兒八經地感謝過二哥供養他讀完大學。

越等，他越厭惡時局。越等，他越驚訝的發現，她顯示出超乎常人的耐心。越等，她越溫柔地對待他，越有超然世外的冷靜。這種超然，恰恰是最讓他心動的部分。

那一年，是他們相依為命的起始。也是一場曠日持久的遺忘的起始。

所追他鄉・二〇一三

第四天，大中午。

子清依稀聽到人聲，一扭頭，不同於上海的乾燥夏陽照得她眼皮內一片血紅。她閉著眼睛，想父親這一輩子可能都沒有見過這樣濃正的紅色，想自己這輩子可能都沒有這樣鉅細無靡地思念過父母，想知道他們在千篇一律的藍布罩衫下的年輕皮膚是怎樣的質地，想知道他們在千篇一律的饑饉簡樸餐食後有什麼樣的甜味，想知道他們床頭放了什麼，書包裡又藏了什麼。她在逐漸達到鼎盛的紅色中評判自己對上一代親人的虛構能力，又在逐漸退去的紅影中慨嘆整體和細節的雙重的一無所知。

一個人因病而忘。千萬人因忘而病。

共有一段記憶能讓彼此親密，也能讓彼此遠離。

閉著眼睛，在無色的溫暖中舒展身體，關節一道一道打開，肌肉和脂肪一團一團抖動，用力地伸一個懶腰，再放鬆，她覺得每一個細胞都嵌入了中點。人生的中點。

根據父母生命的軌跡，她已經走到了中點。獨自一人，在和平盛世，如果不把目光支配到父母的起點，她就可以了無煩憂。母親六十歲因心腦血管爆裂而猝死。父親七十歲不到就失去了神智。過完這個夏天，她就將三十六歲，到了母親生完兩個孩子的年紀。

這是前所未有的定位法。她躺在陌生的表妹的新居客房裡，置身於只在虛構中熟悉的陌生城市裡，卻無比真切地意識到，這就是人之一生中難能可貴的轉捩點，關於父母，從此往後，數不清的想像都可成立。

枕邊的手機震動了一下。子清沒動。又震，一連三下。

「什麼時候回來？」

「你去哪裡出差？」

「我想你了……」螢幕上自動撒花。

子清睡眼惺忪地看到Jack前所未有的呼喚方式。此時，Zero還沒來得及甦醒並存在。在此之前，他倆的約會暗號簡潔明瞭，像電子遊戲中的呼喚獸，被呼叫的一方就會瞬間現形，目標明確，時間地點，絕無廢話，接下來就要上演動作片，十八般武藝加獨門絕技。絕對沒有「我想你」這類肉麻的用詞。子清揉揉眼睛，再三確認那個發話者的頭像——三天兩頭更改的頭像，沒有特色的名字，或許是她搞錯了也未可知——但頭像中的Jack依然有那個倔強又嬌氣的下巴，沒有錯。

「特別特別特別想妳……現在就想和妳做，做到大汗淋漓。」

在子清的猶疑、Zero的缺場中，螢幕上的黑色字跡像滾動的字幕一行一行跳出來。

「妳要回覆我。」

「不要玩消失好嗎？」

「我和女朋友已經分手一個月了。我想了很久……想知道，妳願不願意，做我女朋友。」

「妳有男朋友也不要緊。但我覺得妳沒有。」

「回覆我。快點！不許逃。」

子清等了一分鐘，沒有見到新的字幕。螢幕自動暗下來。就像兩個機器人隔空交談後進入同步休眠。

她一邊想，小男生就是不靠譜，愛折騰。一邊卻不自覺地浮現他的樣貌，那是和自己衝撞過的肉體，可以在腦海中鉅細靡遺的浮現出來，可以清楚的想起他汗津津的味道，味道之下的體溫，不同部位之間的溫差，溫差之下的濕度，以及不同時間點的喉音和呻吟和吼叫……那樣熟稔，猶如微距畫面超級清晰，纖毫畢現。但也好陌生。

心癢癢的。有點想回覆，哪怕只是一個無厘頭的表情也好。Zero小姐欲語還休，彷彿是從上海老窩裡把資訊散射到哈爾濱，距離太遠，所以信號微弱。

再一想，卻是悲從中來。一夜之間，這種歡愛變得格外輕薄，不問來處與歸處，無需犧牲前程或信仰，真真是最透明最純粹的虛無，折斷亦該清脆。

子清決定不予理睬。

人在中點，要爭取彈無虛發，回頭看不能忘了來處，往前看要看準方向。精力和時間已經容不得太多曖昧和放浪了。比如，眼下的當務之急就是快點起床吃飯，她已經聽到樓下玉皇大帝的清脆笑聲，顯然是剛進門，和二舅媽和老舅談笑風生。為了她，兄妹幾個又湊齊了。

還沒等她洗漱完畢，熱騰騰的番茄麵就端上桌了。三姑六婆圍繞身邊，老人家叮嚀多吃點，這樣的畫面從來沒有出現在子清的生活中，此刻她卻甘之如飴，內心充滿不可言喻的矛盾：表情動作有戲仿之嫌，但內心確實溫暖，縱是逢迎，終究是感動了自己。

那是超級燦爛的好天氣，藍天白雲，但日光凶猛，一眾女眷都有點畏懼。只有老舅樂此不疲地建議大家去松花江畔，幹什麼呢？看他游泳！把貴婦小狗扔進車斗，騎車到江邊橋下，他就會像慣常那樣脫去衣褲，只留一條褲衩，嘩嘩嘩嘩游到太陽島，小狗翹首以盼，他再嘩嘩嘩嘩游回來。女眷們一致表示，江水已汙染，這樣游泳有弊無利，觀賞性不高，不看也罷。

閒話說到兩點多，終於決定出去轉轉，五個人叫了兩輛車，直奔中央大街。快到火車站了，二舅提醒子清去看下一個環路口，昔日的聖尼古拉教堂所在地，如今矗立著一尊乏善可陳的幾何體雕塑。哈爾濱的老建築懷舊風情都是一律的鵝黃色，馬迭爾冷飲廳裡的復古火車座椅有新補漆的絳紅色金邊，奶白色的優酪乳很好吃，大姨幽幽地說了一句，「這優酪乳的味道沒怎麼變，妳爸爸媽媽當年一定也吃過，說不定還是兩個人分著吃一根冰棒呢！」

這誘使大姨進入說書模式：「我第一次聽到『旅行結婚』這個詞兒，就是妳爸爸妳媽媽說的。」一柔媚的東北腔音調起伏到位，每一個字兒都有珠圓玉潤的感覺。「結婚不就是敲鑼打鼓、新娘子蓋紅頭巾、三拜天地高堂嗎？不！文革那時節誰來這套？也不像現在，男方女方照個相，民政局蓋個戳兒，就是結婚，之前之後，愛幹麼就幹麼，奉子成婚的也不稀罕。那時候，你們得向組織彙報，組織批准，你們才能領結婚證。所以妳爸妳媽說要去上海了，我爸我媽肯定得問——你們啥時辦呀？——他們是長輩，而且是唯一能管到這事兒的長輩！妳媽九歲沒了媽，是抽鴉片死的，村裡的頭號大冤案！我聽妳親舅說，本來妳外婆胃疼發燒，只想吃根黃瓜。但是，話說有個鄰居，早年就看上了妳外婆，沒娶到她，對妳外公懷恨在心，偏巧，那個男人那天在妳外婆家門口溜達，聽她哼哼唧唧在炕上喊疼，說要黃瓜，嫩黃瓜，清清火，他也不知道咋想的，就把家裡存著的鴉片拿了去，妳外婆眼睛也睜不開，稀裡糊塗嚥下去，就死了。妳媽也提起過這事兒，但和妳親舅說的不是一碼事！特好玩！我小時候可愛聽說書了，就纏著妳媽講故事。妳媽說，是有個光棍住在隔壁，妳外婆是吃鴉片吃死的，但那男人不是壞心眼兒，而是一心想救妳外婆！鴉片止疼呀！他看到心愛的女人痛不欲生，怎麼可能見死不救呢，要說有仇，也是和妳外公有仇，犯不著害死妳外婆！妳外婆那時才幾歲？兩個孩子都不到十歲，肯定也就三十左右，最美的年紀！妳媽這一說，我腦子裡就開始放電影嘍——她疼得滿床打滾，燒得滿臉通紅，雖是冬天但渾身濕透，又是熱汗又是冷汗，恨不得把貼身小褂也脫了去，暗戀她的男鄰居也是風華正茂的歲數，乾著急，又生恨——心想，妳嫁給我多好，偏偏嫁給這個姓尚的滿清遺族，妳白瞎了眼，還以為能享盡榮華富貴呢，是！瘦死的駱駝比馬大，比起我家，他家是多一匹騾子、一方石磨，但他只知道往外跑，不顧妳死活呀。想著想著，這男人又生氣又心疼，也可能暈了頭。妳知道不？那時候東北淪陷，日本人說了算，就知道賣鴉片給中國人，好多人抽，好多人家田地裡都種鴉片，日本人得了錢，又壞了中國人的血，一舉兩得。所以妳外婆的男鄰居可能是抽大煙抽壞了腦子，噔噔噔跑回家，揣了一塊捨不得用光的煙土，毫不猶豫地跑回來，跳上炕沿兒，把妳外婆摟在懷裡……妳媽說，當時她不在家，就是跑出去找嫩黃瓜了，可寒冬臘月的去哪兒找嫩黃瓜呀！她把村子跑了一圈，黃瓜和爹都沒找見，這才跑回家去，一進屋就看到嚇了氣的娘。可憐妳媽才九歲，不知道咋回事，還坐在炕沿兒給妳外婆蓋被子，覺得奇怪啊，剛才還是火辣辣的，現在冰冰涼。」

玉皇大帝稍作歇息。她攙著子清的手臂，四下張望，想知道另外三人去了哪裡，子清一抬手，她才望見寬闊馬路對面的三個人，安下心來等紅燈。

「清兒，妳別以為大姨扯遠了。我昨晚一宿沒睡踏實，想妳媽，想妳爸，把這幾十年的故事捋了一遍，所以我才要告訴妳，他們和我們親，是有道理的。妳外公是大戶人家的庶出兒子，心氣高，手腳笨，不會幹活，妳外婆死後，家務事都落到妳媽的手裡，東北局勢也變了，打得很亂，時不時有當兵的跑進村子，要搶要偷。有一天晚上，突然有人敲門，敲得又急又凶，妳外公戰戰兢兢去開門。剛拉開一條縫，一桿槍就伸了進來，當兵的二話不說，讓他出門帶路。帶什麼路？不知道！這是會說中國話的日本人、還是從南方打上來的國民黨、還是傳說中的共產黨解放軍？根本不知道。槍口戳著他的腰眼，讓他帶出一條出村子的路，還不許是大路，只能往田裡、樹林子裡、山坡道上走。烏黑的夜裡，伸手不見五指，也不知走了多久，突然一聲炮響迎面而來，炸亮半邊天，押著妳外公的這夥兵也亂了陣腳，槍聲四起，這就打起來了。誰知道誰打誰呦，備不住是自己人打自己人呢！反正妳外公嚇得腿軟，蒙頭倒下去，炮彈或是地雷在很近的地方炸了，他耳朵也聾了，眼睛也哭蒙了，前後左右都是死人，只能抱頭蹲坐在坑裡，渾身哆嗦。直到天光放亮，鄉裡人發現他的時候，他還在哆嗦。鄉裡人認得他，要送他回去，他就發了瘋，走幾步就要跑，跑幾步就要叫，著火啦！炸了！跑啊快跑啊！誰攔著他，誰就被他打。只能把他捆起來，五花大綁送回家。妳媽一看就傻眼了。從那天起，整整一百天，妳外公人事不知，生生的被嚇瘋了，被鄉裡人用鐵鍊綁在頂粱柱上，動不動就吆喝：你們傻了還是瞎了！著火了！快跑啊！餓了渴了還要人餵，養了幾個月，魂兒才回來。」

「大姨，這段故事，很小的時候聽我媽講過。我還當是電影小說裡的呢。」

「那年代的事，比現如今的電影小說還曲折呢！妳媽童年太艱難了。從那時候起，她還能把書念好，只可能有一種動力——要離開那裡。要遠走高飛。她那麼聰明，一定很早就想明白了：女人要麼靠婚姻，要麼靠念書或是別的才華——比如像李香蘭那樣又漂亮又會唱歌——才能改變爹娘給的命。」

「你倆說什麼呢！我們船票都買好啦，趕緊上船！再不過江就趕不上趟兒了！」老舅心急火燎地在渡輪碼頭招呼她們。二舅和二舅媽已經坐在船上了。子清和大姨加緊了腳步。

「清兒啊，妳爸爸家的事，我知道得就沒這麼清楚了。不過和妳媽家很相近。他也是十歲頭上死了爹，也是一門心思讀書離開了鄉村，家裡也有很多變故，因為兄弟多嘛。他倆到了哈爾濱的時候，都是半個人離開故鄉了，只有逢年過節放大假才會回去看看，和家裡人的關係呢，不能說很親近，雖說心裡還是惦記的。家裡人呢，也習慣了自個兒過自個兒的，沒有大事就不招呼他們。」

「所以，我和子萊從小就沒什麼家庭觀念，好像繼承了他們的遠走高飛的本領。以前我以為他們是冷淡的人，其實冷淡的是我自己。至少，他們在哈爾濱的時候，是和你們最親的。」

「沒錯！我們家傻樂傻樂的，一群小屁孩兒特別崇拜他們倆，我爸我媽也把他們當自家孩子看。」

「也想給他們操辦婚禮嗎？」

「那當然！雖說時局不好，家裡困難，熱鬧一下總要的吧！但妳爸妳媽只是在學校裡和同學們擺了三桌酒菜，沒有讓我們家出面辦。我爸我媽還不高興呢，覺得他們太見外，但妳媽心思周到，找了個機會悄悄跟我媽說，那幾桌酒，對外來說只是道別、送行，他們是想先旅行、再成婚。因為組織裡的人變來變去的，都知道她有地主富農的根兒，親戚裡也有反革命，萬一又換了幾個頭目，為難他們，不許他們結婚，豈不是添亂？到了上海再結，肯定容易些。反正他們認準了，兩個人是要在一起了。」

「怪不得他們結婚證上的日期是到上海後的大半年。我還笑過子萊是非婚生子，還以為他們是奉子成婚呢。」

「怎的？妳以為只有你們這代人才玩兒開放？」大姨這句話說的有趙本山的腔調，逗得子清笑著走上了船板。

老舅問，「說什麼呢？什麼開放不開放的？」

「大姨說，你們這代人很開放。文革那些年，也可以很開放。」

「那還用說！」老舅不明就裡地應了一聲，二舅媽忍不住哈哈大笑，二舅則笑罵。

「你老舅那些年大概換了兩打女朋友。」大姨接茬爆料。

「不止！絕對不止！還沒算上追我的！」老舅一本正經地應答，「光是串聯的那一路，就接連七八個女孩兒和我頭靠頭睡覺呢！你們不要笑，我現在也很帥，去年從江邊騎車回家的時候還有一場外遇呢。」大夥兒邊笑邊慫恿他講細節，光頭老舅就美滋滋地說起來，「我最喜歡在大雨裡脫光了外衣騎車，那叫一個爽！那天一場大雨，淋得渾身濕透，騎到一半，大街上都沒了騎車的，但突然拐彎，看到前面有個女人也在雨裡騎車，也脫了外衣，小背心濕透透兒貼身上，我猛踩了一路，追上她，咱倆互相看了一眼，她衝我笑，我也衝她樂，她也猛踩一陣，好像要和我比賽，我們就一路你追我趕，最後肩並肩騎了一段路。」

「然後呢？」子清問。

「然後到了岔口，就各走各的了。」

「清兒，妳老舅沒文化，不知道啥叫外遇！在外面遇到個女的，他就以為是了！」二舅媽忍不住點破。大家笑得前仰後合。

渡船啟程，江風涼爽，老少五人上了太陽島，無論是瀝青路還是娛樂設施，都是簇新而無趣的，說是別的城市、任何一個景點都可以。他們邊走邊聊，溜達一圈，天就快黑了，又得去趕返航的末班船。

大姨聽了兒子的話，建議大家去江邊的一家賓館裡吃自助餐，開吃了，大家才驚訝地發現老舅是第一次吃自助餐，餐盤裡全是大魚大肉，不捨得騰出肚子去吃蔬果，很快就打起飽嗝，但依然勤奮地去取食。看到他活得這樣開心，每一秒的興奮都像大魚大肉一樣真實，子清驀地不知道該酸楚還是該慶幸、該替他高興，這分明是個活在老日子、小日子裡的老人，從來沒有離開過出生的城市，從來沒有用過電腦，從來沒有理解手機或伊甸園的運作原理。但他快樂，而且，身體強健猶如三十年前，精力旺盛猶如少年未長成，好像卯足了勁道要驗證他大哥的基因論是錯誤的。

生的意志。在娘家表親身上，子清感受到最強烈的生的意志，映照於他們的好胃口、老土但俏皮的插科打諢、缺乏事業感的中庸的生活態度、以及兒孫滿堂帶來的世俗忙碌之中。確切的說，這恰恰是子清的前半生極力避免的生活，躲都來不及，有多遠逃多遠。但現在，她和他們融洽相處，毫無違和感，她不禁琢磨起來，是自己被改變了嗎？被父親的病、及其連帶的血緣事實改變了嗎？

這幾日的體力和腦力的消耗量很大，子清的胃口是不錯，但帶一點俄式風味的東北菜並不合她的口味。她要麼吃清淡的粵菜、杭幫菜或是乳酪優質、蔬果新鮮的西式沙拉，要麼就是海鮮，愛吃蛋，不愛吃肉，所以每次在國外生活幾個月都沒有「中國胃」的困擾，麵包火腿生菜，義式烤蝦，現烤披薩，乳酪義麵，魚子醬，生魚片，西班牙海鮮飯，德國香腸配土豆泥，英式魚排薯條……她都吃得慣，這一點，曾讓子萊羨慕不已——子萊不僅有個頑固的中國胃，還從小偏執地不吃蒜，大概因為在新村裡長大，聽隔壁上海人嘲笑過東北人、山東人吃大蒜，嘴巴臭，放屁也臭，她剛進入青春期就鄭重宣布永不吃蒜，家裡的飯桌上就幾乎不再加蒜，或是分兩碗，或是包兩種餡兒的餃子，母親就這樣無微不至地寵愛兩個女兒。從小到大，子清和子萊就像互補對立的一對冤家，沒有一樣共同愛吃的菜餚，沒有一塊同樣喜歡的布料，甚至講話也不願意用同一種語言，子萊只講上海話，子清只講普通話，即便兩人對話也是如此，外人聽來都覺得滑稽。直到現在，子萊在多倫多講的一口國語依然不標準，英語也夾帶著上海腔，吃到加了蒜蓉的青醬依然覺得噁心。怎麼看，這對姐妹理應該去西方生活的人都該是子清，而不是子萊。

但命運就是這樣的，如果不是事與願違，老天爺好像就無法證明自己法力強大，好像遂人心願就會有人定勝天的嫌疑，對老天爺來說，那就是政治錯誤。

二舅媽的心願就沒順遂。如果子清沒來，她這兩天晚上都會去大院前的空地跳舞，而且，這兩天與眾不同，她和老夥伴兒們排練了一個多月，為了和隔壁大院裡的舞團較量一下。二舅媽是緊挨著領舞者的標兵選手，還是舞團的執行領導人，比如說，統一服裝的顏色和材質就是由幾位大媽獻策獻計，最後由她定奪。此刻坐在自助餐廳裡大快朵頤的她還是有點怨惱的，翻來覆去叨嘮了幾句，結果被二舅搶白了兩句，對掐了大半輩子的兩人互翻白眼，倒也熱鬧。

吃飽了就撤，除了老舅，沒有人戀戰。子清也是懂得人情世故的，便攙著二舅媽的胳膊，讓她帶自己去看她們舞團的廣場舞。上海也有廣場舞，和葉阿姨陪父親散步時也曾停下觀賞，主要是為了讓葉阿姨過過癮，她每天和一個老頭寸步不離，卻找不到人聊天，更沒人陪她逗樂，子清知道她的委屈。廣場舞被暱稱為「殭屍舞」，一是因為動作簡單畫一，由挺直的前臂帶動，很像清朝殭屍的動作——像美國殭屍就屬於動作不規範；二是因為大家統一佩戴雪白手套，在漸沉的夜色中，白手套格外醒目，加上富有節奏感的僵直動作，讓人望而生畏。

終究是沒趕上兩個舞團的較量。留下來繼續跳的大媽大叔們都是意猶未盡的主動練習者，他們走成貪食蛇的直拐長曲線，一步一步用力踩著節奏點。二舅媽和幾個熟人熱絡地打過招呼，又問她，「妳爸爸平時是不是缺乏運動？老年人必須出來參加集體活動，動動身子骨。像他那樣的知識分子肯定拉不下臉，覺得當街跳舞的都是粗人，一群大媽渾身的肥肉抖啊抖，怪丟人現眼的。其實那是他想多了，人都到了晚年，面子算個啥呀，反正又不是一個人出醜！我覺得吧，與其憋出病來，不如把醜都丟光。」

她轉移了話題，說，父親是在母親去世後才落落寡歡，越來越自閉了。

「這說到點子上了。他倆從哈爾濱去上海，相依為命，白手起家，那感情得有多深?!老來多健忘，唯不忘相思。」

子清和二舅、二舅媽一起回到家。這幾天，賀洋一家子就挪到娘家去住。連大姨都把孫子送到親家婆家去了，生怕帶孩子不方便和子清碰面。一切都為子清的方便著想，但也促使她決定不在此地久留，不想給人家添太多麻煩。她的心中也有一個酸楚的念頭：這次在哈爾濱得到的恩情，不知日後該如何回報。雙親從小就教會她一點：滴水之恩，湧泉相報，以禮待人，但最重要的是自力更生。

第五天，一大早。

子清好說歹說，婉拒二舅要一路陪同的好意，獨自打車去父母臨走前舉辦三桌酒席的奶黃色小樓，在門衛好奇的逼視下，鏟了一小把土。

晚餐是用來道別的。大舅依然沒有參加集體活動。小姨依然要求子清替父祈禱乃至皈依。晶晶依然穿了新裙子，堅持要表演唱歌跳舞。二舅和二舅媽依然能把鬥嘴演繹成打情罵俏的老年模式。大姨依然惦記著餃子宴，俗話說，上車餃子下車麵，送行必須吃餃子。

他們都說，子清應該多待幾天，待個把月才好，冬天再來更好，要是嫁到哈爾濱定居下來就最好了，那就好比她代替了父母葉落歸根。

他們以為她要回上海，但子清說不。

「我要去我爸的老家看看。」

第六天，一大早。

老段開車，送子清去火車站，買到了十點多的那班車。來送行的是二舅夫婦和大姨，有人陪她在候車室，有人去給她買糕點和飲料。他們千叮嚀萬囑咐，這趟車到溝幫子要八小時，包要看好，別餓著。他們像在對孩子講話，子清聽著這些嘮叨，眼睛突然漲熱，湧出了眼淚。

遼寧省北鎮市大屯鄉窟窿臺村……

從「窟窿」二字的記憶，經過網路搜尋，只能引申到這個程度的地址，餘下詳情仍需子清望聞切問。臨走前她在網上查閱谷歌衛星地圖，只能顯示出地形圖，但無法顯示衛星圖像。這個村子靠近S210省道大拐彎的地方，除了省道，只有一條鄉道，以及縱橫的幾條無名小路，能夠顯示出來的建築物僅僅是村委會、衛生院、郵局、小學、蔬菜服務公司、信用社、農業銀行、中國移動和中國聯通。大概，和半個世紀前的公共設施的差別只在於後面四種。她考慮要不要租車自駕，但決定放棄。

溝幫子就不一樣了，不僅是鐵路沿線的一個大站，谷歌地圖還能告訴你鎮上有幾家KTV，幾家超市，多少風格的飯館，以及遼寧省第一個中共黨支部舊址。從地圖上就能看出來，父親的小學是在村裡讀的，中學進縣城，路途不近，只能住宿。

理論上，她需要從溝幫子轉車去北鎮，從北鎮去窟窿臺更方便。但到達溝幫子站已將近晚上六點半，一出站就感覺小鎮寂寥得很，她問了問，如果要轉車，到北鎮已近半夜，很不方便。這才決定走出車站，去找住宿。

小鎮上到處都是熏雞廣告。子清也記得，兒時唯一一次跟著父母回老家的火車上就有這種馳名熏雞的香味，雞肉很爛，雞皮很油，稍微一扯就能把骨頭扯斷，濃重的香氣幾乎和肉雞本身沒有必然關聯。母親曾開玩笑說，父親家鄉唯一的土特產就是吃不出雞味的熏雞。

在熏雞廣告的空檔裡有賓館的霓虹招牌。子清挑了一家，入住後，放好洗漱衣物等不重要的東西，立刻背上包出去覓食。晚餐很方便地在一個館子裡解決了：米飯，熏雞，地三鮮。

「二十塊。」老闆娘來結帳。坐在門口的一個男人聽了這話，猛的抬頭看了看，又笑了笑。子清不明白，也不介意，但本想跟老闆娘打聽一下租車的事，現在突然不想問了。

從上火車到現在，這一整天，她幾乎沒有講過三四句話。這是她的常態，並沒有因為哈爾濱的豐富言語而改變。一個人在路上的感覺還是那麼好，無需對任何人交代、請示或解釋，無需擔心辜負他人，無需照料他人，無需受困於語言。

她慢慢走回賓館。這感覺，有點像那年獨自去柬埔寨，暗夜無光的暹粒城郊，距離鬧猛的夜市還遠，她一個人去找皮影戲院。走到ＬＰ書上寫的那個地址，卻見一棟民宅，鐵門閉合，她去按門鈴，內裡一隻黑狗狂吠起來，走出一個嬌俏女子。言語無法溝通，子清笑著給她看書上的圖片，女子茫然地搖搖頭，摸了摸黑狗的頭。這時，路邊停下一個騎摩托車的黑瘦男人——柬埔寨到處都是黑黑瘦瘦的人——會講一點英語，就當翻譯，告訴子清，書上的地址有誤，附近本來是有個戲院，但早已搬走，又說，柬埔寨的門牌號碼變動太大，從內戰結束後到現在，人口流動也太頻繁，所有的旅行書都不可靠。最後，子清坐上黑瘦男人的車，車速飛快，沒有頭盔，風吹得頭髮拽得頭皮發麻，把她送到了另一個書上沒有提及的老戲院，要了一筆錢，子清知道比市價貴好多，但也不介意。

此刻的她無端端地輕鬆起來，相信自己走過的每一寸土地都是父親走過的，土地無需名字，無需號碼，無需所屬者。多虧了在異國他鄉的那些兜兜尋尋，她已善於按圖索驥，也已習慣地址失效、查無此人。她已信服，只要在行走，就會有感知。老實說，她真的不介意結果。彷彿打破了某種魔咒，邁過了一道代溝，她用區區幾天時間就涵蓋了父母一生的軌跡，就算真相無法確認，這次旅行終歸有其價值。

至少，留下的回憶是她獨有的。

第七天，一大早。

退房時，前臺的服務員推薦她使用計程車，直奔窟窿臺，耗資兩百元。省道很好走，但有一段鄉道坑坑窪窪，名副其實，那是預示即將到窟窿臺的窟窿路。

「沒有公車或客運嗎？」她問。

「有是有，但恐怕妳找不到招呼停車的地點，而且，妳下了車還要走很多路。」這是鄉間的實情。子清不再猶豫，麻煩服務生叫來一位相熟的計程車司機。不出半小時，她就坐上了一輛風塵僕僕、空調失靈的老式夏利。師傅不多話，只問她要到窟窿臺的哪裡，她答不上來，只能說，您先開，要多久？答說，很快。

說著話就穿過了小鎮的主幹道，風塵很大，好像一下子從東方巴黎到了撒哈拉。她不想吃灰，也不想悶在車裡，到底還是搖起了玻璃窗。

「師傅，為什麼一路上有那麼多廢棄的汽修廠、加油站？」

「全都是新的，但沒人用，全廢了。」

「為什麼？」

「前幾年據說有國道要從這邊走，據說也蓋了一段，風風火火的，不少人湧到這裡來蓋房子，蓋加油站，蓋汽修廠，都以為會發財。結果高速公路不蓋了，繞到別地兒去了。」沿途這些爛尾的加油站，沒有一滴存油，未來也沒有一滴油水可撈。「有一陣子，新開發區興起，也有不少人去買新房子，現在都虧本了。」師傅不是話癆，不過是輕飄飄地說一句閒話、解解困乏。又開了一會兒，眼見著離開了城鎮區，店鋪荒疏起來，車輛也少了，開到一個貌似超市的地方，師傅減慢了車速，立刻有幾個農婦湊了過來。都是想拼車的。一個挽著高髮髻、臉色粗黑的中年婦女高喊著，去不去趙家窩？師傅也沒有徵詢子清的意見，就讓她坐上了副駕座。

這婦人懷抱著一盒巨大的奶油蛋糕，樂呵呵地對師傅說，「回娘家去！給老娘過生日。」說完了一回頭，瞅見眉清目秀、穿著條紋短T和牛仔短褲的子清，好像驚了一下，「呦！您還帶著貴客呀！不礙事？」

師傅扭頭對子清說，「妳是單程，我再順一個客人，回程的油錢就有了。不礙事？」

子清笑笑，只是問，「趙家窩和窟窿臺挺近的吧？」

「順路。趙家窩再下去就是窟窿臺。這位大姐先下車。」師傅答。

前座的兩人很快就熱絡起來，聊今年夏天的氣候，聊去年某地的案件，聊婆家屯子裡的八卦……子清聽著，咂摸他們土話裡的韻味，揣摩那種吐字方式和父親之間的藕斷絲連，猜測那些無法訴諸文字的語氣助詞可以如何混入哈爾濱口音、再夾帶了滬語方言，演變成父母後半生所用的普通話。她無聲地模擬著，擺弄著舌頭的位置，唇齒相依的分寸。

他們一起顛動在土路上，不遠處能看到玉米地裡挺拔的綠葉，但一閃而過的複雜的綠色層次裡面，子清能夠辨認出的植物少得可憐。

突然，婦人犀利地喊了一句：「西瓜炸了！」

司機師傅樂了一聲，向窗外啐了一口。

子清懷疑自己聽錯了，又完全猜不透意思。

顛了一陣子坑窪路，車子在婦人的指點下停在一條岔路口。她塞了幾張鈔票給師傅，但自始至終兩人沒談過車資多少，大概已是約定俗成。

越世俗就越神祕。這是鄉間給子清的感覺，從小到大都這麼想。城市和鄉村的巨大差異，用再多想像力、寬容心和知識儲備都無法消弭。她知道，對很多人來說，這差異只意味著城市人比鄉村人更高級、更舒適、更洋氣，最典型的例子就是子萊，她從小就不喜歡別人問她家在上海哪個區；十幾歲就開始堅信北美是全世界最高級的地方，但如今當她對多倫多的苦悶生活表達不滿時就會說，「可憐我住到了加拿大鄉下，加拿大本身就是大鄉下，美國也好不到哪裡去！」

但對子清而言，鄉村和城市的差異在於她不瞭解的事物有所不同。她是從城市周邊往中心地帶衝殺的移民第二代，她痛恨城市的虛張聲勢，厭煩城市生活的擁擠，但也對城市裡風生水起的文化事件、時髦去處感到好奇。另一方面，她也痛恨鄉村的陌生，植物的名字，果實的成熟，勞作的步驟，節氣的意義……她是好奇的，但不管看多少書多少電影，她還是記不住。無論如何，愛爾蘭土豆，中國東北土豆，臺灣土豆，對她來說又有什麼不同呢，又有何高低貴賤之分呢？在未知的層面，一切物事都該平等。風景是平等的。疾病也是平等的。人和人，物和物，乃至人和物之間，都理應是平等的關係，若有偏見，就無慈悲的可能。

車子重新啟動，繼續瘋跑，師傅沒再多問，直接把她放在了窟窿臺村委會的辦公室門口。她付了錢，謝過師傅。等車子捲起的塵土落定，她看到村委會的門口掛著鎖，再一轉身，發現面前的西瓜地裡一片血紅狼藉！

原來，西瓜是真的炸了。加了膨大劑的西瓜扛不住暴熱天氣的壓力，像炮彈一樣發威，而且是連珠炮，日日夜夜都會炸響，有的是噗噗悶響，有的是嘎啦脆響，有的四分五裂炸得像奪命花，有的悄然心碎，一條深痕貫徹始終，紅的紅，白的白，襯得綠也陰森，八畝地裡處處可見詭異的笑臉咧在碩大的瓜臉上。

她下意識地掏出背包裡的相機，換上長焦鏡頭，隨心所欲地拍下了西瓜像武器一樣炸裂的群像，然後是特寫。然後，她扭頭走進了父親的鄉村。

鄉村裡的寧謐懷有古意，也似有陰謀。沒有車輛或飛機，沒有髮廊或超市門口叫賣的喇叭，沒有猝響的手機彩鈴和聒噪的對談，甚至沒有連接路燈的電線嗡嗡低嗚……世界靜止在工業社會之前，這錯覺，當然是狂妄而無知的城市人的第一印象。

又像是進了圖書館，她突然有這種聯想。車輛的顛簸一結束，便反襯出靜止時的絕對寧謐。她彷彿突然落到了一個盆地、一口井裡。大自然盡量壓靜聲響，其實就算植物放肆，動物遊走，也很容易被真空般的空間吸收。所以她拘謹，而又覺得它們無所拘謹。她想在自己的五感中領悟什麼，因為視覺聽覺嗅覺都已漸次被啟動。

所到之處，西瓜的紅瓤都是那麼撕心裂肺，好像在有人踩中地雷的瞬間時空停頓了。

走過的第一個池塘是活分的，池塘邊有黑鴨、白鵝一家一窩的熱鬧著。但是，走過的第二個池塘好像是死的，很奇怪，池塘邊連一隻鴨子也沒有，池塘周圍彷彿被土色印染了，看不出水生植物或任何生物的顏色。她想，也許這只是一個廢水池，不配有活物，只有她正兒八經地在十米開外細細端詳。

全部是土路，細碎稀疏的小石子在腳底摩擦，若有風，便注定敗給泛泛的土，細密壟實的褐土會分散集結成風中的塵，無孔不入，借著風聲叫囂，最像小人的逆襲。但她一路走來，竟是一絲風都沒有的。好像走在結界，她是如此格格不入的存在體。

她無比清晰的感覺到：只要從這裡走出去，就注定是一個短憶者。自己是短憶者的後代。遺傳的能力被寫在了基因裡，地域和時代齊力而為，迫使所有從這裡走出去的人不再關心過往，也沒理由去懷戀。城市能完成對鄉村的遺忘，開放是對固守的遺忘，放浪是對規矩的遺忘。

第一代移民走出鄉村，強韌堅持，把自己嫁接到萬里之遙的城市，變成一株長期水土不服的細木弱株，困成盆栽，面對一座不斷開放、擴張、張狂的城，只能徒勞的以守為攻。第二代因而安定出生，放浪青春，無憂無慮，因為無需背負鄉村的歷史，因為父母已將他們抖落在人生沿途，城的歷史絲絲滲入他們的表皮，鄉的歷史被漠視在基因的底層，國的歷史就在代代移民的斷層裡抖落成教科書的習題頁，化石般的一頁。

沒有阻礙，連風都沒有，她就這樣走在鄉間小路上，每一步都踏入父親的存在——不是他的記憶，決不是。記憶的傳承會被疾病、爭吵、青春期和死亡打斷。

她不想加快腳步，反而越走越慢，想讓腳底碎石的摩擦去等待歷史車輪的加速。這裡，像是時空中的一個疑點，躲得過戰亂，躲得過繁華。

她走得很慢，並不是因為不確定方向。毫無疑問，她是在走向源頭，而非終點。哪怕父親躲到了那麼遙遠的城市，躲到了那麼猖狂的病裡，這裡，依然是源頭。哪怕病魔的追擊巧妙且狠毒，已經快要殲滅父親頭腦中殘餘的懷思，她，依然是懷抱執念的中間人，記憶的中間人，病魔的中間人，所以她匹配了逆流而上所必然的艱澀姿態，用一種刻意的速度，在無人觀賞的鄉間土路上，拖出一條逆行的記憶臍帶。

一切不都是她要牢記的嗎？

老家・一九九六

已經沒有人叫她寡婦了。八個孩子都生了孩子，人人都叫她王家奶奶，都羨慕她能收到兒女們從各地寄來的生活費、食品、土特產和生活用品。錢都揣在她腰包裡，從不給老么和媳婦用，也不給孫子孫女買東西。

這時候，落戶上海的老四世全才顯出了優勢。的確涼走紅的時候，他從上海寄來了一塊的確涼布料，老太太趕上了時髦，樂滋滋的，當天下午把料子鋪在炕上，立馬裁出一件斜襟上裝，配的是盤扣，內襟上有揣錢的暗兜，針腳細潔輕柔，料子紋絲不亂。

王家奶奶過了六十大壽就開始給自己縫壽衣。貼身的白綢褂子，繡花鞋，從鞋底到鞋面繡花，全是自己一針一線完成。年年陰雨時節過後都要拿出來曬，一整套壽衣壽褲，掛滿了整條晾衣繩，老太太從這頭走到那頭，用讚許的眼光掃視自己未來陰間的風采，再從那頭走回這頭，不慌不忙等待陽壽終了。她確實找算命的來過，問自己能活多久，瞎子翻了翻白眼，說，「攢攢攢，散散散……死時都散光，啥也沒留下。」

腰包裡的零花錢攢夠了，王家奶奶就要出門了。她擅長突襲，從不提前預告，出門當天挎個小包袱皮兒，逢人就說去「溜達一圈」。這家那家都要去，這一圈又一圈就是整七年，搞得七個孩子幾乎家家人仰馬翻。她擺足了媳婦熬成婆的姿態，原則清晰：只心疼兒女，不把媳婦和姑爺當自己人，從不給好臉色。即便是在新中國七十年代，她這個強悍的頑固的老封建始終認為媳婦要對婆婆磕頭行禮，媳婦不能和自己、和兒子同桌飲食，必須低她一等。七個孩子都看得出來，她這溜達等同於領導視察，在揣度哪個孩子能成為她最終的歸宿。但出於某種誰也解釋不了的原因，她就像掰玉米的笨熊，從不知道珍惜自己已得到的孝順。

她最希望留在閨女家。當年，閨女跟著三哥去了油田，如今已是科長，姑爺的薪水也十分滋潤，為此，她甘願幫帶兩個外孫，多少要為將來自己的歸宿攢點功績。但她太不心疼姑爺了，明知姑爺愛好汽車和攝影，就專挑他喜歡的物事罵，罵他玩物喪志，罵他攢不下錢，罵他沒有全心全意對老婆。如此半年，姑爺造反了，捲著鋪蓋到單位去睡。面對由自己引起的夫妻不和，王家奶奶非但沒有勸和，還嚷嚷著，「姑娘還怕找不到小子？」竟是表明了自己寧可閨女離婚，也不願討好姑爺。為了留住姑爺，姑娘把親娘送去了三哥家。

她也知道，老三在油田當書記，條件是最好的，她溜達過去，是想要掌握財權。老三媳婦是天真爛漫的城裡姑娘，當初穿著花裙嫁到大慶，看到幾個油罐就傻了，還哭了幾次，心想，我好歹也是城市戶口，怎麼就被甜言蜜語騙到了這等荒涼的地方。幹活時，啥也不會，刨地都要人教，索性不幹了，去幼稚園帶孩子，這活兒倒適合她。好在身子骨夠好，冬天出門上廁所都不披大衣，仗著年輕氣血盛，生了三個孩子，但她都不敢讓孩子外婆過來看，怕親娘失望。親娘沒來，婆婆來了，婆婆要她交帳本，她就漂漂亮亮地交上去，每天陪著老太太去採買，故意去那幾個不老實的攤販前問價，老太太就傻眼了，那麼個農婦，怎麼知道如何砍價？夫妻倆每個月才幾十塊錢工資，不砍價、不算計就沒法活。三媳婦把各種各樣的難題都扔給老太太，看她如何招架。果不其然，老太太打了個招呼就走了，帳本擱在了桌上。

比大慶的條件稍微差一點的就是老四家。老太太不知道上海是啥模樣，總覺得遠，怪，輕易是不去溜達的。而且，世全和慶芸只生了一個閨女，所有的兒女裡面，只有世全沒有兒子。七六年頭上，老太太聽說世全媳婦又懷上了，終於決定去上海溜達溜達，用九個月攢足了盤纏。

可惜，世全的第二個又是女娃。老太太心不甘情不願，還是踏上了火車月臺。但她萬萬沒想到，世全一家三口，再加剛下來的娃，只能住在十四平方米的小屋裡——朝北的房間，一年到頭也見不到太陽。新村裡的鄰居講上海話、蘇北話，她一句也聽不懂，聽起來都像在吵架。

第二個女娃生下來八斤半，胖得不像話。慶芸坐完月子就回去上班了，白天裡，只有老太太和胖丫頭在家。老太太沒事兒的時候就看窗外騎著自行車來來往往的男人女人，看他們的穿著打扮，看他們停下來寒暄聊天的姿態，就知道上海有上海的好處。她既羨慕又委屈，因為明白自己不會久留，上海再好，終究不是故鄉，冬天冷，夏天熱，公用廚房四家人分著用，還沒老家的灶房大，公用廁所十分局促，黑漆漆的，不如老家的露天糞坑來得爽快。老太太在上海，在鄰居們面前，沒法施展老婆婆的姿態，總覺得有種不自然的卑怯。慶芸也曾聽幾個妯娌說過老太太的刁難，心裡早有準備，下班回來看到老太沉著臉，就噓寒問暖，幾句話就把老太太的鬱結說開，就算不長久，也至少讓她不得發作。

老太太這些年習慣了作天作地，要把百堂英年早逝後吃的苦都掙回來，她的資本就是寡母的霸道。也不止是霸道，她是真的敢幹。離開上海時，她背上三個555掛鐘，那時候這可是新鮮貨，只有大上海有。一臺掛在老家，一臺送給滿意的準親家（結果那家的漂亮女兒還是沒有嫁給老么），一臺送給一直很照應寡婦的姑奶奶家。顯然，在東北的小屯子裡不講究，沒有「送鐘」就是「送終」的忌諱。留在老家的那臺鐘在後來的半個世紀裡保持光澤，雖然發條鬆了，擰緊發條也沒法走足半個月了，但依然挺拔體面的掛在磚牆上。

大慶沒戲了。上海沒戲了。奶奶檢討自己捨近求遠。休息了一陣子，決定去瀋陽。和老大打官司也是多年前的事了，他在八五年賣掉了前院的房子，賺了四千元。搬去瀋陽和女兒住了。老二換了工廠，也去了瀋陽。

二媳婦風流迷人，是所有媳婦裡最美豔的，老太太卻從一開始就瞧不上，溜達過去，除了視察，也有挑戰的況味。若不是這麼美，年輕氣盛的世魁也不會要定了她，最終吃了她的苦頭。世魁心善，聽說老娘跑遍大江南北，輾轉幾個孩子家，便有心接管養老的事。但老太太來了他家，和媳婦從第一天吵到最後一天，美豔的妻子當真以死相逼，喝下了敵敵畏，送進醫院去洗胃。世魁氣不打一處來，兩個女人都是烈性子。媳婦從醫院回來後，世魁便失去了話語權，只是忍氣吞聲。

老太太在老二家逼得媳婦要死要活，臉上有得意，心裡卻酸楚，知道老二礙著媳婦的面子，不能收容自己了。她要強到了極點，索性順路去了老大家。

世元聽說老太太要來，並沒拒絕。但誰也沒想到，他還記著多年前的恩仇，這次鐵了心要刁蠻的老娘好看，便使出陽奉陰違的招數來。沒到飯點兒，他和媳婦就念叨「年紀大了，不能多吃」，一只碗裡只有五粒米，一勺湯。餓了一個月，她吊著瓶子勉強支撐。為了省心，為了不聽倔老太的呻吟，再加一餐：每天一粒安眠藥。人人都說老太太的脾氣比石頭都硬，硬是要去，又硬是不走。世元掐準日子，叫來老弟，說，輪一圈了，該還給你了，老娘活不了幾天啦。老么心想，這不是坑我嗎，送回來就死，讓七個兄弟怪罪我？但老么從小在老太太身邊，心一軟，就把她接回了家，一口一口餵米粥，粥裡有煮爛的白菜，老太太喝了兩天，沒有拉屎；喝了一週，能坐起來了，就不肯撂筷子，老么問，還要嗎？她說，你能再給點嗎？老么鼻頭一酸，說，別再溜達了。就這樣過了二十一天，老太太拉出了兩個帶血的羊糞蛋，老么的大兒子拽來鐵鍬砸了幾下，扯著嗓子對他媽喊：屎球砸不爛！

老太太溜達了七年，終於又回到了故鄉。她本可以一聲令下，要去哪家就哪家，但她就是不說。她說不出來。她想聽到哪個孩子站出來，義無反顧地把她領回家。溜達了七年，老太太顯出了老態，有時興起，挎上了包袱皮，走到村口又回來了，嘴裡罵罵咧咧，故鄉老家，就這樣成了議事廳，要議論的只有一件事：老太太何去何從。

七兄弟召開了五次全體會議，每一次聚齊都不容易。因為世全最遠，每一次都要提前約定他的行程日期，別人才能作安排。會議召集者通常是世祺，當了幾十年領導，說話擲地有聲，兄弟們一般都會服氣。

世全接到世祺的電話時，偶有推託，就會被批評。世全說，農村像個無底洞啊。世祺就罵他學會了城裡人那一套，太冷漠。真正開會時，世全見到大哥世元就假裝沒看到，兄弟倆的心結還是沒有解開，一個邀功，一個記仇。老么看到大哥世元也假裝沒看到，五十多年過去了，他依然記得小時候的皮肉辛苦，知道大哥這輩子沒幹過重活，沒挑過水，也只有他知道大哥怎樣對待溜達過去的親娘。老五老六不明就裡，喜歡巴結有錢有勢的兄弟。於是，每次開會都是無疾而終，一半人看熱鬧，個別人挺身而出，還有個別人挑撥離間。

最後一次開會，特邀老太太本人列席。她躺在炕頭，一聲不吭，聽七個兄弟吵吵了一晚上。那天，兄弟們終於得出了一致的結論：由老么在老家幫老娘養老送終，各兄弟每人每年送五百塊錢。好不容易有了定論，眼看著要散會了，世元一撇嘴，說，愛撿臭魚賺錢多。老么就衝上去揍他。老五老六忙拉架。老四搖著頭、跺著腳急匆匆離開，說是著急趕火車回上海。老三吼了一嗓子，掀翻了炕桌，桌子滾到了老太太的腦袋邊，她也一動不動。

就這樣，王家奶奶最後的歲月留在了老家，沒有再折騰誰，給吃就吃，從不挑剔，吃完到門口溜達一圈，罵罵咧咧走回來，「一個不要，三個不要；三個不要，都不要。」老太太心裡的酸楚、傷心、痛恨、夢想輪番湧上，從未平和下來，但最終接受了這個現實：自己只能在最窮困的兒子家終老此生，再抱怨老么的窮酸、笨拙也沒用，再嚮往優渥的大慶、上海和瀋陽也沒用。

世全和別的兄弟第一次接到老娘病危的電報時，正要出差去重慶開一個大型會議，趕緊交接了工作，回了老家，但老太太撐下來了，一個星期後，非但沒有嚥氣，又能起身坐穩，把這群兒女一個一個怨毒地瞅。

第二次接到病危電報的時候，世元家的三個孩子各給了兩百塊，說是給奶奶買好吃的。那一次，世全有點猶豫，但老太太真的嚥氣了，他又後悔沒趕緊買票。到了老家，兄弟們都已經到齊了，但氣氛很怪異，他只聽到世元說：既然人死了，六百塊營養費就退給我吧。眼見有誰把幾張錢撇出來，紙鈔依直線散開，年過六旬的世元立刻奔上去，一張一張撿了起來。

老么在灶間壓低了喉嚨吼：伺候老太太這些年，統共只收到過一萬三千塊錢，只有老二、老三、老四和姐姐匯過錢，匯票都保存著，別人都是一毛不拔。

世全不知道他們剛剛在說哪件事，但又很明白他們在說什麼。年復一年，兄弟們見面不為情義，不如不見。見了也沒用。幸好，老娘死後，不用再見了。

他真的再也不想回到這樣的老家了。

秋

啞巴・二〇一三

桂花最盛的時候，啞巴戀愛的事曝光了。

子清提著一個藍色的大塑膠袋，裡面是給父親買的成人紙尿片。他就像本傑明・巴頓，一點點退回到嬰兒狀態。大藥片吞不下去，他就吐出來，護工們見怪不怪，開始把所有藥片碾磨成粉，攪到他的飯食裡去。再過一陣子，他連乾飯都不能吃了，那就需要把菜和飯和肉和蛋和藥全部打成糊狀的粥。他的名字被寫在了黑板上，向每一個護工標明，務必保證他把碗裡的內容吃光，以免遺漏藥性。

子清已經習慣了這一程，走過野貓和花草，走進這個儼如大家庭的封閉大樓，也習慣了啞巴吵吵、盲人看報、老人用尿片這樣的場景，甚至有一次撞見集體洗澡，好幾個赤裸的身體坐的坐、站的站，等待護工來擦洗，也有的不知所以然，護工去忙別的人，他就木木地往走道裡走，皮膚垂掛著隨步履顫動。這一切，都不再會輕易觸及子清的感傷。

這天卻很安靜。拿出兩大包紙尿片時，塑膠袋稀里嘩啦的響，在大房間裡幾乎有回音。上一次拿紙尿片過來時，啞巴咿咿呀呀地比劃，最終拉著她的胳膊走進房間，指示她，可以把這些物品放進櫥櫃裡去。但這次沒有看到他的身影。子清隨口問簽收尿片的護工，「啞巴呢？」

護工是個來自南滙的大姐，到這裡工作才半年多。「妳不知道啊？他失戀了！離家出走了。」看子清目瞪口呆，南滙大姐興匆匆地講起來，說啞巴算是半個護工，人手不夠時會幫忙一些小事，子清點點頭，這個她早就知道了。

「二樓三樓住的都是老太太，因為得這個病的女性比男性多嘛。啞巴每星期大概有一兩次下去幫忙，推輪椅，分飯，誰摔倒了就去抬，就是這些小事情。但是誰也沒發現，啞巴喜歡上了三樓的老太太！他喜歡推她的輪椅下樓，到花園裡轉一圈，曬曬太陽。結果上個禮拜，老太太走了，死的時候安安靜靜，沒什麼預兆。這個啞巴哦，哭了三天三夜，樓下的護工說，他是第一個趴在她身邊哭的人，等老太太的兒女家人都來了，他還在哭，人家就問，這是誰呀，啞巴就咿咿呀呀地講，人家又聽不懂，覺得他是瘋子。他大概也是快瘋了，因為老太太的家人不許他碰遺體。其實，他還幫老太太洗腳洗臉呢，家裡人都不知道。妳知道啞巴的性格，別人越是不明白，他越是要弄明白，就拉著人家，動手動腳地比劃，護工拉也拉不住，差一點打起來呢！家裡人火大，把領導找來問，領導當然不會幫啞巴講話，因為領導也不瞭解情況——情況就是：啞巴歡喜老太太，每天都下去看她，給她梳頭，幫她挑好看的衣服，和她一起曬太陽，逗逗貓，很開心。」護工說得很快，好像已經講過很多遍，現在把簽收的本子和圓珠筆收進了抽屜。

「後來呢？」

護工搖搖頭，嘆口氣，「啞巴哭了幾天，不吃不喝，不睡覺，整夜哭。我們勸他想開點，他還是哭。前天晚上，他偷了護工的門卡——他對這裡環境最熟悉了，他不是痴呆，白天出去跑一圈都沒人管——半夜三更，到花房搬了個梯子，爬出了圍牆，沒有走正門。人就不見了。」

「他有家人嗎？」

「有是有，但也只是遠房親戚之類的。我們院裡派人去問，說是沒有回過家。一個大活人，就這樣不知下落了呢。」護工講到這裡，嘖嘖嘖地搖搖頭。

「老太太好幸福啊。」子清說著，走到父親身邊，習慣性地把手擱在他肩膀上按了幾下。

「就算幸福，她也不知道啊。」護工也走過來，大聲呼喊老王的名字，向他彙報女兒來看他了。他依然垂著頭，沒有反應。室友的戀愛或失蹤，他都錯過了。

走出福利院時，子清的心情前所未有的溫柔，她在心裡感謝啞巴，讓她發現了老人世界裡最後一種幸福的可能。

三個小時後，子清坐在美容院裡，把留了三年的頭髮剪短了。前額附近有些白髮，所以又做了挑染。染髮的同時做了美甲，但想不出要上什麼顏色、貼什麼花樣，終究只是塗了一遍裸色保護油。又過了三個小時，子清看著鏡中人乾淨俐落的短髮，很滿意。這漫長的一天是以一碗豚骨拉麵結束的，符合子清的原則：講究時間成本，出門一次，辦最多的事，騰出時間，寧可多睡美容覺，多宅在家裡看幾本書。

第二天，子清神清氣爽地出現在曉靜面前時，童顏巨乳的女公關發出了由衷的讚許。一連三天，子清要為曉靜公司主辦的大型展覽擔任翻譯，酬金可觀，到底是國際一流時尚品牌的活動。可憐曉靜還幫她借了幾套衣服和高跟鞋，知道這位宅神沒有這方面的儲備。

活動開始前，長槍短炮早已支好，影視明星們穿著這家品牌的時裝走上紅地毯，賓客們進入酒會現場。此時，子清只需在美國總監身邊候命，如有需要，她就幫忙寒暄介紹，但今天她最主要的任務是翻譯開幕致辭和記者會上的同聲翻譯。子清曾開玩笑地要求曉靜把現場攝影的工作分配給她，畢竟那更適合她，曉靜的回覆很簡單——翻了翻白眼。

很快，賓客走進了主會場，那裡被裝飾成一個巨大的影像廳，黑色的幕牆上迴圈播放著巴黎、米蘭和紐約的時裝秀，音樂變成動感的電子樂。隨著聚光燈打亮舞臺，音樂在一個有力的節拍後戛然而止，子清跟著主持人上臺，宣告活動正式開始。

燈光製造出強烈的盲目感，除了眼底的光，餘下的世界只是虛黑的影子。子清冷靜地讀出每一個單詞，並不緊張，因為強光製造了獨處的幻覺。她聽得到掌聲，聽得到賓客席上的手機鈴聲和竊竊私語，也聽得到自己的聲音被放大，環繞地響在每一個角落。高大的品牌總監也走上了臺，開了幾個逗趣的玩笑，子清一段一段地等待他講完，然後換一種語言複述。餘下的事就更簡單了，照著預備好的發言稿——也是子清前幾天翻譯好的——讀清楚就好了。這麼簡單的工作，酬勞竟抵得上她在書房裡翻譯幾個月小說的稿酬。

發言結束後，賓客開始參觀展覽，大約一小時後才是記者會。曉靜戴著耳麥走來走去，確認各部門細節是否有差錯。總監遇到了熟人，熱絡地聊起來，子清也拿了一杯香檳酒，跟著人流在附近走動，暫時，她是不被需要了。

這樣的場合有一種特別的引力，每個人都在觀看和被觀看的關係中。哪怕自己有局外人的覺悟和立場，也始終有種被人觀看的直覺。子清看到兩個展廳中間有露天的中庭花園，栽著一棵修剪得很漂亮的松樹，便慢悠悠踱出去，站到樹下的陰影裡，望著玻璃門內兢兢業業展示美麗、財富和名譽的人們，雖然只隔了一層玻璃，她的局外感多多少少是確鑿了。這時的燈光調整為柔和的明亮，音樂是輕快且輕聲的電子樂，子清想，自己太久沒有關注這些音樂了，只是聽來好耳熟。

記者會是在展廳最上層的咖啡吧裡舉行的。沒有音樂。子清的雙語翻譯非常流暢，多虧活動前曉靜的團隊已經確認了問題列表和相應的正確回答。曉靜說，這就是一場秀，包括記者在內，包括妳在內，沒有什麼臨場發揮的必要，所有看似智慧的、幽默的、深沉的問答都是預先排演過的。集體參演，就要保證萬無一失。曉靜甚至吩咐子清，如果有記者提出問題清單外的刁鑽問題，或無聊八卦，她盡可以翻成另一個司空見慣的問題，讓美國人漂亮的應答。答非所問，並不會引起公憤。重點是要有漂亮的場面。

大約一小時後，子清當天的工作就完成了，後兩天要為代言的國外明星的媒體活動擔任翻譯，本來她還有些疑慮，現在則是完全放鬆下來，明白了曉靜所說的意思。展廳裡的大明星都走了，留下來的是時尚界、媒體界、公關界的一撥人，聊天的音量、笑容的尺度都比先前有了提高。子清也在曉靜的攛掇下去拿雞尾酒和小小的tapas，在吧臺邊聊起來，曉靜興致勃勃地說，她以前的同事在上海郊區做了一個養老樓盤的項目，「學院派的！特別適合妳！據說每一套公寓裡都可以訂製妳要的書架、畫架什麼的，要不要我們一起去買？買在一個樓層，老了還能當同桌多棒呀！」

「我買也就算了，妳何必？妳那麼多男用人，還需要養老房？」

「我可以買了當投資啊！也可以讓我爸爸媽媽住。妳要是買不起，還可以租給妳；還有那麼多男用人，老了都被老婆甩了的話，還可以租給他們，哈哈……賺翻了……」話還沒說完，她又接起了電話，一邊聽，一邊拉著子清往音控臺走。子清這才注意到，音樂聲停止了。

音控臺在會場的角落裡，黑漆漆的，就在她們走到跟前時，戴著棒球帽的腦袋突然從臺面下鑽出來，嚇了她們一跳，他也愣了一下。曉靜問是怎麼回事，棒球帽答說，插線又鬆了，下午調試時就發現插頭線路有問題，用膠帶固定了一下，剛才又鬆脫了。曉靜氣呼呼地說，這麼大的會場看起來漂漂亮亮，怎麼到處都是豆腐渣工程，樓下的玻璃窗也差點兒……後面的話，子清沒有留意去聽。

因為她看到了他。戴著棒球帽、脖子上掛著耳機的音響師。確定問題解決後欣欣然戴上耳機、跟著音樂下意識輕輕搖擺身體的大男孩。他不看她，並不理睬她。

遠處有人要告辭，喊了曉靜，她就踩著十二公分的細高跟小跑過去送客。子清看著她跑遠，感到手機的震動，看到一條來自Jack的資訊，四個字：好久不見。

她才確定。

「妳講第一句話，我就認出妳的聲音了。」他抬起了頭，又摘下了耳機，「從我這裡是看不到舞臺的。但我覺得一定是妳，我不會聽錯的，也不會忘記。但妳頭髮剪短了，第一眼，沒有認出來。」

子清不知道該說什麼。看著他明亮的眼睛，覺得很可愛。

有工作人員走過來，叫Jack的名字，說了些收工後的電梯的什麼事，急匆匆就走了。子清想，原來他真的叫Jack。他開始收東西，把沉重的道具箱拖過來。子清說，「你先忙。」兩人在燈光不足的角落裡對視了一眼，眼神都沒有閃躲，超過三秒，更有了些笑意。她相信他已經看到了真實的她，今夜的她沒有絲毫猶疑，帶著確定的存在感，和所有曝光在聚光燈下的人類一樣彷彿沒有過去，只有當下的價值，有名有姓，有可見的未來。

沒有堅持，就無所謂背叛。沒有承諾，就無所謂食言。然而，這千百個日夜裡，在父親的遺忘中，在替代父親遺忘和記取的過程裡，子清已洞徹了這些平庸的惡，平庸的善，平庸的努力，平庸的欲或欲求不得。她想把心裡的這種觸動命名為慈悲。

子清告別了曉靜，獨自走出大樓，沿路有很多空車，她都沒有去攔。此時此刻，她很感激腳下的這雙鞋，曉靜穿小半碼，就送了她，漂亮的明黃色，像一種特殊的轉折符號，跟有十公分高，但走起來不累。她前所未有的挺拔身體，深深呼吸帶著晚秋桂花的空氣。這個幾乎是異常的子清走出了清脆的步音，每一步都彷彿在走近什麼，而不是離開。

新婚・二〇一三

子清給奧托的email：

「新婚快樂，我的愛人。

現在我太明白了，一生中的永遠，是很難保全的。這三年來，我對愛的理解擴充到了更寬泛的領域，包括以投機、虛偽、放棄、背叛、妥協、堅忍、無知……各種表現所抵達的愛的定義。對無用且無益的感情有所認知，人性才可完備。

在我跟著父親出生入死的時候，你找到了幸福的可能，我們都沒有荒廢時光，這是多麼好。但我相信，沒有哪種幸福是簡單的（不要以為我出於嫉妒而詛咒你們，否則我會真的開始紮小人），你不要再一次半途而廢。

順便問一句，最近你有去等待果陀嗎？」

奧托回覆子清的email：

「別讓我覺得幸福是有愧疚的。

我愛她，也會永遠愛妳。

如果那年妳沒有回上海，我就不會去巴黎，也就遇不到她。所以，就連她也是愛妳的。

最近我和果陀沒有約，因為我還在等妳。果陀是我們兩個人的。

順便問一句，妳還在拍攝父親的照片嗎？去看看Alex Ten Napel的網站。」

子清回覆奧托的email：

「不。我不想成為專拍阿茲海默症患者的攝影師，不知道為什麼，那樣會有模仿專拍畸形人的阿勃斯的嫌疑。包括Napel，我也看過了，拍攝的時候就會下意識地模仿他。這讓我意識到，自己真的不是天才。

現在我已無法信任影像，太暫態了。只能靠書寫。他那麼平凡，你和我都會下意識的用影像去誇飾。但我只想記下他的平凡。以及和他一樣的，那麼多凡人的記憶。事實上，歷史那麼跌宕，起伏得有夠荒唐，但在中國能夠安然終老的這一代人並不少，記憶是在有意和無意、病和老、個體和群體之間消散的，平凡，就是他們抵禦大歷史的唯一武器。

沒錯，是很可疑。明明是和時代這麼有關聯的出生，卻一點痕跡也沒有留下。疤痕。腐爛。紀錄。一概全無。還是說，是我太多情？人與時代、國家本來就不應、也不必有百分百的牽連？還是說，這個病，讓他還原成了真正的自由人？這個病，是他經歷的這一生的最好的隱喻？

是的，我在寫一些關於父親的片段，但都是中文的。很可惜，我的頭腦還是用中文思考的，那裡的幻象仍然使用漢語的邏輯。或者也是夢的邏輯，好多次在關於他的夢裡醒來，試圖編造後面的情節：哈爾濱的冰棒，母親的笑顏，麥浪裡的約會，開吉普車去通風報信，革委會辦公室的走廊裡滿目狼藉，畢業分配前的審批，原子彈夢想的破滅，檔案裡的汙點，飯盒裡的錢，永不停歇的振動臺，鏡子裡的人……

記憶可以編造嗎？記憶可能遺傳嗎？」

交涉・二〇一一

美金剛、多奈呱齊、奧氮平、複方丹參滴丸、雙益平、氨氯地平……她念念有詞，恍如念一套咒語。一層樓一個詞，電梯往上走。

總共，今天在醫院裡待了六個小時。先去掛號，再去顧阿姨的辦公室把禮盒（拜託子萊寄來的加拿大螺旋藻、亞麻籽油等保健品）放下，等到體檢報告和處方，再下樓交款取藥。子清檢查了塑膠袋裡的藥品，終於長舒一口氣，能趕在下班前向顧阿姨道別了。

叫是叫阿姨，其實是班長介紹的甲級醫院神經內科主任醫師。因是班長家的老鄰居，從小看他長大，又見證了班長外公的阿茲海默症全過程，她自己也從一個小醫生晉級到了主任，坐專家門診，但堅持要子清跟著班長叫她「顧阿姨」。

顧阿姨面如滿月，笑起來有酒窩，年過五旬但保養很好，膚仍如凝脂。顧阿姨家是蘇州人，話音軟糯，頗有療癒力。班長介紹時是直接帶子清去顧阿姨家的，特意囑咐，「子清一個人在上海照顧她爸爸，只有一個住家阿姨，沒有醫護培訓的那種。」顧阿姨當即皺緊眉心，又像是心疼又像是頭痛的表情，語調起伏竟有評彈韻味，「丫頭，快把妳爸爸的病歷轉到我們醫院，我幫妳照應！」

照應的意思是：她可以定期去拿藥，但不用每次都帶著父親本人去複診。有些藥必須在精神科開，每次有限量，有醫生打招呼，也能一次多配一點。對於每次都要和葉阿姨連哄帶騙、連拉帶拽地帶父親去醫院的子清，這已是天大的福利。更何況，還有免費專家可以商量病情。

子清一推門，顧阿姨就迎上來，檢查袋裡的藥品，「這幾樣是精神分裂症的用藥，他的幻覺很嚴重，脾氣太大，妳這幾天改用這種，藥勁大，但不可以長期服用，所以配藥的量也不大。如果睡不好，情緒有抑鬱，那就吃這個。俗話說，久病成醫，妳也已經知道藥怎麼用了吧。」兩人的手指在藥盒上指指點點，每種藥物的服用方法都在處方中寫得清清楚楚，包括精神科藥物可以替補使用，子清也都明白。

「上次妳爸爸來做ＣＴ，看得出腦萎縮速度很快，照片上就看得出有幾毫米的萎縮。妳要有心理準備，這種病，每個人的體能狀況不一樣，生存年限也不一樣，大部分患者七年內就會沒有自理能力，大都死於併發症，最多就是肺部疾病和吞嚥困難。他現在走路吃飯都沒問題，這很好，可以排除腦梗、中風的可能性，但他有高血壓，所以這個藥要繼續吃。」

顧阿姨招呼她先坐下，又起身給她去倒了一杯綠茶，一邊又嗔怪她帶的禮太多了，勸她帶回去一點，給老爸吃。

「我姐姐也要表表謝意，顧阿姨妳都收下吧，否則她要怪我不懂事的。我爸天天吃完藥就吃補品，也沒停過。」

「對了，妳姐姐生了沒？」

「生了！男孩，六斤多。她恢復得滿好的。」

「高齡產婦不容易呀！那妳有沒有和姐姐商量一下？她這大半年應該也不方便回國哦？」

「四十多歲生孩子，在北美不算高齡，醫院裡每天都有人追蹤問候她的情況，照顧得很好。我問過她了。她說，如果我爸生活已經無法自理，情況這麼糟糕，她舉雙手雙腳同意送福利院，她是西方人思維，相信事情要靠專業機構。但現在的問題不是我們家的人。」子清已經跟班長去過了位於上海東北部的阿茲海默症患者福利院，第一次是班長帶她去的，負責接待的員工很客氣，應該很清楚班長的身分，瞭解病情後就幫子清做了登記，說等有床位空出來就會通知她。第二次是她自己去的，院裡院外看了個遍，拍了些照片發給子萊看，子萊和加拿大養老院的設施比對了一下，還算滿意。第三次是子清和葉阿姨帶著父親來的，做了一次入院前的體檢，護工只問了十個簡單的問題，但父親的數學、季節、常識等知識全軍覆沒。子清在一旁聽著，只覺得麻木，2＋4等於幾？他根本不明白2、4和加的意思。

她冷冷地看著熱情的護工殷殷切切繼續提問，知道心中的那頭獸又將冷漠覆蓋了她的善心，獸無情，所以無望，獸會說服她不要再浪費期待，不要再浪費表情，所做的一切努力不過是拖延生命，無意義的肉體苟延殘喘，再多表態都只是自我的虛偽——嚶嚶流淚表示妳對父親有情，憤憤埋怨養老機制不完備表示妳有社會責任心，攙扶一把表示妳對老人有心，給阿姨漲工資表示妳對父親的事不吝嗇金錢——都是為了自己在做這些事情吧！讓自己的良心好過些！看起來多麼孝順，其實是給自己創造豁免權呢！假裝孝敬一個痴呆，換來自己問心無愧！講到底，什麼都做不了，還要擺出操心費力的模樣！所以，眼看著父親無法回答任何問題，妳才竟會偷偷舒了一口氣吧！子清聽著心獸喋喋不休在她內心冷笑，看護工寫下確鑿的批註，確實覺得：好像又多了一枚官方認證，認定她對父親已是無計可施，她可以就此把責任推到這所機構，她就可以自由了，從此往後，他腿軟的時候會有人扶起，他洗澡的時候有男護工負責，他的失憶將隱沒在那麼多人的失憶中間。這個國度裡，幾千萬份的記憶都被溷粉樣蛋白吞噬了。

護工說，「近期我們來了一些新護工，院方考慮可以多進幾個老人。妳也看到了，其實床位什麼的都有，硬體設施不缺，但缺人工，護工都要經過培訓。護工和老人的比例是有規定的，沒有足夠的專業護工，我們寧可不接收老人，寧可讓床位空著。這也是對病人負責。」

子清問，「就是說，我爸爸現在就可以入院了嗎？」

「可以。長假放完了，護工也到位了。看你們方便，這幾天搬進來都沒問題。」

「需要我準備什麼嗎？」

「無非是衣服鞋子這些，軟底鞋，輕便、好穿脫的衣服。別的用品，這裡都有……」

突然，大堂裡響起了零零碎碎的幾下琴聲。子清一驚，望見大廳盡頭的沙發茶座裡有一臺鋼琴，一對老姐妹剛剛坐下來，不知是忘了怎麼彈，還是從來都沒學過，敲下的每一個音都局促而膽怯，伴隨著她們的笑聲。

「按照妳父親的情況，算是這裡的青壯年啦！大多數老人都比他年紀大，身體狀況也比他虛弱。總之，你們家裡人考慮一下，決定現在就入住的話，再簽一張協議書就好了。妳是他的監護人嗎？」

子清愣住了。「女兒不可以嗎？」

「需要法定監護人。」

不用說，洪老師拒絕出面，還是那句老話，我要離婚。「除了離婚判決書，我不簽任何和妳爸有關的文件。」

所以，子清看了看顧阿姨，嘆了一口長氣，「現在的問題是，監護人不肯簽字，我要麼想辦法變成第二監護人，要麼幫他們辦完離婚，成為法定監護人。否則連福利院都進不去，說得再難聽些，我連我爸的身分證原件都沒有，搞得我像是在拐騙人口。」

「她要離婚，不是很簡單嗎？」

「她是監護人，她不主動提出離婚，我爸也沒有意識和能力去協議離婚，連自己名字都沒辦法寫的，意願也講不清楚。律師的意見是，如果我和姐姐能變更為第一監護人，就能提起離婚訴訟，但這件事又需要第一監護人的簽字……繞來繞去，二十二條軍規。」

慈眉善目的顧阿姨聽得目瞪口呆。兩人也想不出更多熱鬧的話題，便各自提著袋子，下樓後分手道別。

回到三宅之家。

父親、葉阿姨是被迫宅在家裡，子清是因為工作需要宅在家裡，連子萊都是宅在電腦螢幕裡的。曉靜逗她說，你們全家都宅，三宅一生。

這種病，專門塑造年邁的宅人，輕而易舉就抹煞整個世界，抹煞前後時間。子清想，父親本來就像個小鎮遊子，在「單位」和「家」的兩點一線中過了大半輩子，所謂老上海就是城隍廟，浦東新區就等於東方明珠，在他腦體裡的上海這座城十分狹隘，不比他在東北某座小鎮的活動領域更大。費了千辛萬苦從村到城，究竟有多少差別？在她的印象中，父親幾乎沒有坐過地鐵，至少沒有和她坐過。他退休後的世界，用自行車和雙腳就能覆蓋。

子清也曾費盡苦心想帶他出去走走，便和葉阿姨商量，心想，她也應該喜歡到處逛逛，來上海打工那麼久，遊山玩水的機會並不多。她問，動物園、植物園、外灘、古漪園哪個比較好？妳最想去哪個逛逛？

「去哪裡？不都一樣嗎？他什麼也不知道。」

「也許看到大象會高興呢！也許看到遊樂場裡的哈哈鏡也會好奇呢？聞到清新花香草香也會舒服點吧……」

「妳傻呀！還想讓他把人家東西打破？妳上次賠了多少？」

子清語噎。葉阿姨說的是那次她心血來潮帶他們下館子，出門前的情緒明明是非常穩定的，笑咪咪的，讓他換鞋就換鞋，讓他上車就上車，但到了飯店他就變了臉色，菜上桌了，他就不肯吃，坐不住，再一拉扯桌布，面前的碗碟都落下來，碎了一地，經理跑過來還說怪話，「腦子有問題就不要出來吃飯，觸霉頭嘛！」錢是沒賠多少，子清只是覺得內疚，好不容易想給這兩位宅人換換口味，又是掃興地收場，沒吃幾口就趕緊逃了。當時她就想，要找機會堂堂正正請葉阿姨吃一頓好的。

她想逞能地說，賠也賠得起，葉阿姨卻先打退堂鼓了。「妳是我老闆，妳叫我陪著去，我肯定去。但妳要是問我的真心想法，我肯定不帶他出去，太累了，每件事情都要提心吊膽。他要是肯坐輪椅也好啊，我推到浦東去也不會嫌累，但他哪裡肯坐，妳又不能綁住他。就我們兩個人，搞不定的。」

事情到此為止，子清不想勉強任何人。但家就越來越像牢籠，關了三個表面閒宅、心不在焉的人類。

晚飯也越來越簡單了。進入秋天，父親的褲腰全都扣不上了，子清洋洋自得地跟子萊彙報，一副要邀功的模樣，卻被子萊劈頭蓋臉罵了一通，說她沒常識，ＡＤ患者沒有食量自知，不能隨他吃，而是要控制。子萊從不肯說父親是痴呆，也難得說阿茲海默——滬語腔太濃的普通話讀出來很拗口，就像國外專科人士那樣用ＡＤ簡稱。子清這才吩咐葉阿姨把定量的菜飯盛在小碗裡，放在托盤上給他吃。可憐葉阿姨剛剛對菜譜有了興趣，看老頭吃得不肯擱筷子，正在創作和操練廚藝的興頭上……

子清到家的時候，他們已經吃完了。菌菇雞湯（昨天吃了半鍋），紅燒鯖魚（刺少），蒜蓉西蘭花，番茄炒雞蛋，五穀雜糧飯，各留了一些放在桌面上，紅紅綠綠黃黃的倒也好看。葉阿姨跟在父親後面進了盥洗室，督促他刷牙，多半是她在用牙刷幫他刷，然後是洗臉，她不用幫忙。子清聽著聲響就好像看到了畫面，獨自吃著。十分鐘就把飯菜一掃而空，子清就往自己的房間裡走，想了想，又折回來，特意在客廳沙發上坐下來，想和葉阿姨談談，因為她好像太安靜了，這幾天都不太講話。子清打開電視，調了好幾個頻道都很無聊，就停在《東方110》，看員警講述追蹤盜竊犯的過程，也沒什麼難度，盜竊的全過程都被攝像頭拍下來了，門把上還有指紋，當犯罪人打過馬賽克的臉出現在一條一條的監獄柵欄門後接受訪問時，葉阿姨忙完了，走過來問她，還有什麼事嗎？並沒有流露出想逗留的跡象。

「坐下歇歇，看看電視。挺好玩的。」子清攔下她，她就坐下了。

特寫的警車紅藍燈光從螢幕裡掃射出來，好像要把兩人照得千瘡百孔似的。葉阿姨一言不發，客廳裡只留了一盞壁燈，光影恍惚旋動，一時間，子清覺得身邊坐著的是父親。

廣告出來的時候，子清把音量調低一點。「葉阿姨，最近家裡還好嗎？」

「都很好。」葉阿姨順手把圍裙摘下來，用很慢的動作把它鋪在玻璃茶几上撫平，對折，再對折。

「妳身體還好吧？總覺得妳黃金週回來之後有點悶，沒精神。」

「之前一年多在這裡，也沒啥感覺，但這次回家，每天和家裡人、村裡人熱熱鬧鬧的吃啊、笑啊、打麻將啊……再回來這裡，就覺得好悲傷。」

子清完全沒想到，她會用到悲傷這樣厲害的字眼。但這個字眼跳出來後，就好像拔掉了一個塞子，更厲害的話就能一瀉而出了。

「我老公和婆婆都說讓我回家去，說這個活兒不好，累心，也沒多少錢，不如換一家帶小孩兒的，就算回家種種芝麻地，也挺好的，可以陪陪老人家。我公公還怨我說，早知道是這樣的差事，不如伺候自家老頭子。還有，我兒子今年裡頭打算結婚，家裡蓋的新房要收拾一下，現在就是個毛坯子荒在那兒，但是兒子的工資還沒我多，弄新家，還是要靠我和老公打工賺的錢，我就說，再掙一點再回去……大概下半年吧。」

「這樣啊……要不我給妳漲點工資？」

「我說句實話好吧？村裡姐妹也有給我介紹新的人家，工資是開得比妳家高，但我一沒時間去面試，二呢，我也是講良心的人，妳一個人，老爺子又是這模樣，我要是拍拍屁股走了，會覺得很對不起妳。去年我剛來沒多久，回家過年不過十幾天，回來就看到妳眼睛上有傷疤，盆啦碗啦也都換新了，冰箱裡剩菜一大堆，我就知道妳也不好過。還好今年過年妳沒出事，當然……妳爸爸也不如去年利索了。我是有良心的人，但說實話，照顧妳爸爸真的不開心，連個說話的人都沒有，他不哭也不笑，真要笑起來，我反倒是頭皮發麻，不騙妳……」

子清見過這位農婦佇立北窗的背影，以前她總是在那個位置和老公講電話，那是距離客廳最遠的地方，盡可能保有她的隱私和快樂，其實，安徽方言就是最好的屏障。做泥瓦匠的老公不會每天給她電話，她卻漸漸地喜歡一個人待在那裡，距離東家最遠的角落，像是在等電話，又像是不理你們。背影是奇妙的觀賞物件，十米開外的背影只是個背光的剪影，印著窗外朦朧的萬家燈火，可以容納各種假設。

當夜，子清又是難眠，索性抱著電腦開始研究民法。她想來想去，三宅之家只是過渡階段，不管現在要不要送福利院，變更監護人的事情都是第一位的。居委會只能證明她這兩年在戶籍所在地照顧父親，但無權證明法定妻子放棄監護權。洪老師口口聲聲說，她的強硬態度是為了保護父親的權益，尤其是，不能把父親的身分證、工資卡和房產證交給子清。但事實上，她連一個問候的電話都沒有打來過，更不用說登門拜訪。法定妻子只想享受權益，不想承擔義務。到了這個地步，只能起訴法院判決。

轉而又想，多一事不如少一事，哪怕葉阿姨要走，再換一個阿姨來，三宅之家也可以再維繫下去。在家裡養病養老，只要承擔得起，就是天經地義，誰願意為了家事對簿公堂呢？想到頭暈腦脹，子清索性把電腦扔到床腳，蒙頭就睡，好像睡了沒多久，電話就響了。

早鳥關鵬的中氣很足，聽起來意氣奮發的。「還沒起來啊？從小到大都是遲到大王，真是服了妳。」

「我們有約嗎？我遲到了嗎？」

「正要約妳，說，今天什麼時候有空接見，說完了妳可以繼續睡。」原來，關鵬的事務所接下一個跨國企業的併購案，明天啟程去香港，一時半會兒回不來。

「隨時。」

「那我下午來接妳，一起晚飯。睡吧。」說完就掛了。

下午四點，他到了，沒有上樓，在車裡等。子清勸他上來坐一會兒，心裡想的是，如果能讓家裡的氣氛活躍一下也是好的。但他不肯，他想的是，那樣會引起老人不必要的緊張，子清便不再勉強，心裡明白：三宅之家已成結界。

上了車，子清也不客氣，劈頭蓋腦地就問，「我查過了。更改監護權再訴訟離婚很麻煩。但是如果我爸的監護人還是她，我就不能代替我爸去申請離婚。還是說，說服她先把福利院的檔簽了？畢竟，離不離婚也不重要。」

「妳怎麼還在搞這個事情？我不是老早就把曹新華的電話給妳了？」

「我……我又不是那麼熱心要拆散一對老夫妻。我只想把眼門前的事情解決掉。」

「糊塗！沒什麼事情是眼門前的，都要有長久之計！」關鵬的車出了社區，車速加快，語速也加快了，「妳太缺乏世俗經驗了。什麼叫拆散？她自己就想散，不用妳拆。妳早一點辦好離婚，快刀斬亂麻，一了百了，有什麼不好？講得難聽點，以後要處理的事多了——生前要住院，百年之後有遺產、有墓地，房產要過戶，要公證，拖到那時候，對妳有什麼好處？妳一個人在這裡，要把妳老爸所有直系親戚的公證書都弄到手，房產才能過戶，根本沒人幫妳，懂不懂？」

「搞不好她比我爸先百年呢？」

「那就更麻煩！這攤事就留給你們兩家子女去拉扯，事情多一倍。妳真是生活白痴啊！」

「我生活在一個很單純的四口之家……」

「現在也不複雜啊。妳家的事算得上很單純了，就一套房產加一點現金，財產分割不會有太多爭議。她要多少，妳問過嗎？」

「沒。他們結婚時好像說過：婚後經濟各歸各的，房子是我們家的，死後和原配合葬。」

「口說無憑。有婚前協議嗎？像這種老人家肯定沒有的。」

車子開到一個路口，關鵬突然變道調頭。有人衝他摁喇叭，隔著車窗瞪他。

「現在還來得及。我索性陪妳去找老曹，把這事兒辦了。他是最擅長打民事官司的那類律師，有十足的……street smart。」

「比你還smart？」

「嘲我有意思嗎？術業有專攻，我是專攻商業併購，他……做不了。」

「怎麼這麼小看人家？」

「他的樣子就不適合……妳看到就知道了。其實，他算我師兄，但十年前家裡出了什麼事情，活生生把個大男人弄垮了，頹廢到要自殺，後來歇了一陣子重新出來上班，只能去小律師行接小案子，好多都是狗屁倒灶的家常事，倒也忙。忙就好，民事案市井氣息濃厚，雖然很煩人，但也熱鬧，什麼樣兒的人類都能看到，反而把他這個廢人救活了。」

遠遠望去，法院在一堆家裝店、足浴店和餐館的包圍之中，有一對巍峨的石獅子。兩人都以為到了石獅子應該就是法院，結果獅子守的是粵菜館，旁邊鐵門走到裡面才是法院接待處。老曹所在的律師行就在接待處對面的小巷裡。

被闞鵬從律師行休息室裡叫出來的是個胖胖的禿頭男子，菸不離手，渾身都散發煙臭，疲疲遝遝的一件棕黃色橫條T恤黏在啤酒肚上，感覺整個人都髒髒的，四目相視說話時，子清看到的是濁黃色的眼白、刺出粗大毛孔的鬍茬，她就假裝自然地放低視線，又看到他的玻璃臺板下面塞著無數名片，臺面上只有一個焦黃色菸頭橫豎堆滿的巨大菸灰缸，以及一本邊角已爛透的《民事法典》。

闞鵬和老曹不冷不熱地寒暄幾句之後，切入正題，子清把事情講了一遍，老曹聽她講話的時候手裡夾著菸，但不吸，青煙嫋嫋升起，菸灰穩穩燃積，等她差不多講完了，一根菸剛好燃盡，老曹食指一撣，一整截菸灰沉著地落下。

「老先生現在身體狀況怎樣？坐著要人扶嗎？能講話嗎？」老曹掐滅菸頭，問話的腔調果然有十足的市井氣。聽完子清的回覆，又問了問老太太的情況、對財產分配的態度，然後給出了他的建議，「繞過監護權的問題，也避而不談真實的病情，就以妳父親的名義直接起訴離婚，到時候讓妳父親也出庭，出現就好，什麼都不用做、不用說，我作為律師會應對法官。這樣做，算是打擦邊球，反正目標很單一：判決離婚。女方也沒法反對。」

無視病症，無視法規，反而能把事情撥亂反正。生老病死才不管法律寫到了哪一章，漏洞疊加，疊成灰色的迷網，網域糾纏，互相矛盾，逼得人往空子裡鑽。這對子清來講，無疑是邏輯上的大逆反。關鵬朝她聳聳肩，好像在說：就這麼簡單，妳焦灼大半年豈不是有病？

子清當場簽署了委託書，交了一部分律師費，交代了父親和洪老師的名姓生日等細節，老曹許諾這星期內就把訴狀寫好，呈交法庭，也就是他每天例行的公事：走到幾十米外的街對面，遞交一堆民事訴狀，然後，就只是等待開庭了。

這期間，律師行裡只來了兩個客戶諮詢，一男一女，一開始慢聲細語，很快就拔高音量，用憤世的語氣在控訴，講自己的委屈，講婚姻的不堪，講安居樂業的不可能性，講官僚的不明不白，講子女的血緣歸屬，講財產的今生前世……子清隱約聽明白了，雖是始終在應答老曹的問話，卻在腦海的另一個分域裡幻見了另一棟龐大的屋宇，或曰龐大的機構，制度迫使人們建立扭曲的關聯，一堆奇形怪狀的中年人被困在政策法規的牢欄裡，只能朝同類嘶吼，禮義廉恥都不去計較，活生生地把婚姻、家庭、人生的具象撕成碎片，卻仍在假裝披掛威武，據理力爭。能夠互相撕咬竟成了合體的價值所在。子清心想，人根本不該群居。不該指望愛情或婚姻給予自己美滿的未來。

到最後，暮色殺進來，屋子裡只剩了他們三人。偌大一間屋子裡冷冷清清，但每個角落、每套桌椅都充滿擁擠的、世俗的暗示，整個兒溶解在昏黃渾濁的氛圍裡。黏滯得讓人沉重。不允許疏離者疏離的氛圍。子清想，這竟是自己第一次和法律打交道。自己已是三十六歲的中年人（或說「中點人」更合適？），這樣早又這樣晚。這也是大學畢業後第一次（或說「人生第一次」更合適？）確鑿地感覺到自己和龐大的體制產生瓜葛，只是因為父親，只是因為他的事是她不可推脫的責任，不管是責任還是義務，終究是把她拖入了凡眾所在的宇宙。坐在那個屋子裡的子清，身邊雖有關鵬，卻感到前所未有的孤獨。

她還記得父母健在、青春剛剛開始時的那種安全感：永遠有回頭路，永遠有未來。但眼下的她不是很明白：中年人的多愁善感該怎麼操作才不噁心人，才不怪異，才不顯得孤僻？

她想念母親了，留下遺憾，但沒有給任何人留下困擾。她甚至開始期盼自己也有一個猝死的結局。關鵬的車再上路時，就已進入下班高峰。堵得讓人洩氣，彷彿律師行的氛圍也不容分說地被他們拽出來，籠罩了高架橋上下。關鵬悻悻地說，「本來訂好了一個景觀座位，現在過去，說不定要再等位了，妳還想去嗎？」

「到底要去吃什麼？」

「俯瞰外灘的義大利菜。想給妳改善伙食嘛，等我出差了，就沒人請妳吃大餐了。本想早點出發，還能在濱江大道上散散步……」

「那就算了。又貴，又堵車。隨便吃點好了。我不是給你省錢，是怕吃了義大利菜，突然想回佛羅倫斯泡美術館了，看完波提切利、卡拉瓦喬再去吃gelato，要坐在廣場上的旋轉木馬邊吃，每一座木馬上都有一個美麗的長睫毛的小孩子，同樣是夕陽，那裡的和這裡的卻是那麼不一樣，每一種成分都不一樣。」

「妳也不要太崇洋媚外了。」堵車堵到這個份上，關鵬索性打開天窗，點了一根菸。「不過也快了，等離婚的事辦完，人一入院，妳想去哪裡就能去哪裡。」

「我哪裡也不想去。」子清想了想，發現這竟是實話，「這一兩年待在上海，每天都在過很平常的日子，好像也沒有衝動想飛去哪裡了。看到飛機失事的新聞，還會後怕，因為以前總是貪便宜坐紅眼航班和國外的廉價航空。看到別人貼出來的外國風光照片，反倒只是懷念，因為大致都去過了，並沒有羨慕嫉妒恨。」只是，她沒有對關鵬提過奧托和移民的計畫，現在，每每看到奧托和法國女友在Facebook上的親密照，她更是連加拿大都不想去了。

「這次去香港，如果順利，可以掙到一筆錢。」冷場時就要換話題，關鵬當然知道，「如果妳願意，我們可以出國玩一次，或是不出國——那對妳來講也沒什麼新鮮的——我們就在國內自駕遊，從上海開到西藏。妳沒有去過西藏吧？」

「沒有。」子清意興闌珊，「難道你也想拜一個上師，虔心修佛？」

「妳這種態度很不對。憤世嫉俗，文藝青年都去朝聖，戴佛珠，念佛經，妳就覺得人家隨大流兒，趕時髦，全面否定人家收穫的善德。妳應該有個開放的姿態，有信仰，妳可能會更快樂一點。」

「我信仰懷疑。對任何事，任何自稱的真理都心存懷疑。有了懷疑，才能去認證，才能辨清真偽，這樣總比盲從一種信仰要好。也許看起來是繞道的，但那些輕易就宣稱自己有了信仰，但不過是花拳繡腿地模仿一些信仰者的程式，講信徒該講的話，以此抬高自己的身價，博得更多人的賞識，那些人難道真以為信仰是那麼容易的事嗎？所以我不信，不是不願意信，而是要先懷疑，想想透，寧可繞點路，也不著急下結論。」

「一輩子都在繞遠路，偏偏不走捷徑，不是也很沒意義嗎？」

「人生……也許就是沒意義的。」

「好了，不說了。找飯吃，餓死了。」關鵬強行擠入右側車道，提早下了高架，似乎是徹底放棄去外灘吃義大利菜了。確切的說，是放棄和她討論人生意義了。子清知道自己聽起來很無趣，死樣怪氣，沒有生的鬥志。中年人啊，一旦有消極情緒就很危險，很討人厭，畢竟不再是少年維特的年紀。

好不容易躲開堵車最嚴重的路段，關鵬拐入小街，順暢了許多，又開了一陣子，他把車停在一條弄堂裡，帶她進了一家很不起眼的小店，牆上掛著金山農民畫，音響裡放出蘇州評彈，上的菜卻是一水紅豔豔的川菜。這期間，兩人都沒說話。飯吃得有點悶，好在菜很驚豔，豬肝炒得香嫩，水煮黑魚更香嫩，就連那幾只紅油抄手也是嫩滑又香辣。

吃得心滿意足，子清的神經終於放鬆下來。她說，「真的要謝謝你。」

誰料想，關鵬想也沒想就答說，「我又不是要妳謝我。妳說謝謝，我才心灰意冷。」

這句話嗆得子清無言以對。她想說，有些事不能勉強，又怕太唐突；又想說，你的心意我是知道的，又怕太敷衍。一賭氣，說出口的卻是「我知道我很沒用！」

關鵬反倒笑了，但是苦笑，一邊慢慢地搖著頭，好像面對一個耍無賴的小孩。「說妳是傻，妳還不信。男人喜歡一個女人，不是因為她有用，所以她沒用也沒關係，反而更好，男人才能派上用場。妳自己大概不覺得，老爸的事對妳影響很大，妳簡直像變了一個人。如果放在以前，我絕對沒機會幫到妳，妳志在四海，天馬行空，但妳老爸這一場病，終於讓妳發現自己是需要別人說明的。妳不可能一個人完成所有的事。妳的生活被迫改變，價值觀也被迫妥協了，妳對自己的存在價值、過去和未來都產生了懷疑，妳沒有以前那麼張揚了，我覺得很可惜，真的，人，到頭來都被現實打敗，各種各樣的張揚、自信、夢想都會被削減，比如我，我十幾歲的時候就夢想到德國去踢球，甚至還偷偷學了一點德語，但夢想很快就破滅了，破得相當徹底，那之後所有的事情都不過是計畫、完成計畫這樣簡單。我喜歡妳，是喜歡妳目中無人，和我很像，與眾不同，是帶點羨慕的喜歡。再後來看到妳，卻是這樣沒了主心骨，憔悴，慌亂，我就心疼了。因為我知道，人變得現實是多麼可怕的事情。可悲。我不喜歡妳也變得現實，所以我願意竭盡一己之力幫到妳，想讓妳早點回到真正的妳。哼！妳知道這有多麼矛盾嗎？因為一旦妳又回到自己的軌道，妳就不需要我了，心疼羨慕崇拜喜歡一概不需要了。」

「但是我需要別人的時候，我就不是你喜歡的那個我了。」子清幫他把這種邏輯補完，頓覺無情。「以前的那個我，暫時中止了。」講完這句，更覺殘酷。「我也很矛盾，現在每天都好像在忍受的情緒中度過，忍受是因為很確定：這不是自己的常態。但也很容易地忍下來，接受度也越來越高，以前自己避之不及的事情，現在都能安之若素了。」

「我知道。」他淡淡地回了一句，像個輸球的少年那樣埋下頭，這讓子清覺得新奇，彷彿第一次見到了對方的真相。這給了她一種動力，彷彿出現了顛覆當下的動機。

「還有很多事你是不知道的。」她衝動地開了頭，卻無論如何講不出口，講她和小男生亂搞，講她的男朋友和法國妞兒結婚了，講她現在根本不相信婚姻是有意義的，一婚二婚都沒意義，人總歸是孤獨終老，她也不相信全身心投入事業會有好結果，大部分工作都是逢場作戲，更不相信自己是有天賦的，她現在一無所有，也不相信任何人事物是有價值的。她可以一整天呆呆地望著窗外，心裡面空蕩蕩的，但不覺得空虛或煩躁。她可以無所事事地消磨時光，並享受分分秒秒單純逝去時的從容。她簡直無欲無求——包括對面前這個剛剛表白的男人傾訴這些的渴求。所以她什麼也沒講。

第二天關鵬南下。一直到法庭判決書下來，他們才聯繫了一次。

等待只用了三個星期。法官是一個長髮及腰的修長美女，施著淡妝，下午四點開庭的這樁離婚案顯然沒有讓她很緊張。洪老師由律師和女兒陪同。坐在走廊裡等待的時候，他們已自動區分為原告和被告兩方，短促地打了聲招呼，洪老師沒有上前慰問此時還是丈夫的老男人，早已六親不認的老男人自在地坐在長凳上，此時還是妻子的老婦人在他眼裡是真正的路人。法官照例先查證雙方身分，問坐在原告席上的是否王世全本人時，老曹不動聲色地用胳膊肘撞了撞老先生，老人就像聽話的布偶，登時點了點頭，毫無破綻。讓法官生疑的是這場訴訟的目的，因為被告方面完全沒有異議，再三確認，從沒上過法庭的洪老師只是囁嚅地說，他好像還有些股票和定存積蓄，法官便乾脆俐落地宣布，若對財產分割有異議，被告需要重新上訴。拿到離婚判決書後，老曹把對方律師交來的各項證件交給子清，又說，對方如果再上訴，妳還是來找我，律師費按照財產金額的比例來算，但會給妳打個折。

洪老師還給他們的工資卡上只有五分錢。全部拿光了。原來，那張卡的密碼她是知道的，或許是父親剛剛出現遺忘的症狀時，她和他一起去更改的。父親一生的積蓄就這樣全部消失了。子清沒有去銀行查證到底有多少錢。

回家的路上，葉阿姨在計程車裡忍不住說，「好嚇人啊！我第一次去法院呢！好怕妳爸爸突然說些怪話。不過，妳的後媽真的太狠心了，從頭到尾都沒有看妳爸爸一眼呢！他們過了多久的日子？有八年嗎？那真是離得好！」

子清想說，她一個弱小的老太太也很可憐，第一任丈夫死於癌症，第二任丈夫越活越低能，她是有苦楚的，但沒有找到好好表達的機會。但她終究也沒有說這些，因為心獸控制了自私的憤怒，心獸巴不得去慫恿全天下人都來為父親伸冤訴苦，子清能做到的抵抗，無非是管住口舌不再多加一語指責。誰是無罪的呢。

葉阿姨去做飯，子清拉著父親走到寫字臺前，拉開抽屜，把剛剛從法院取回來的證件一樣一樣平鋪在桌面上。他漠不關心，茫然地四處看看，指著沙發，對她笑笑，露出沒了假牙的牙床，他說，坐呀坐！子清拿起身分證給他看，念出他的生日：一九三九年四月十一日，然後只是一味地笑，好像他們之間已不需要語言。他點頭如搗蒜，接下身分證，四下看看，往臥室走，子清跟著，走進臥室，他坐在床沿，她站在床邊，他雙手合十，把證件捂在掌心，十指插進兩腿間，就那樣安然地坐著，一聲也不響，她願意去想，他是明白的。

吃飯前，子清讓葉阿姨把父親領到飯廳，自己偷偷地從電視機旁的皮鞋裡掏出那張身分證，默不作聲，和別的證件一起收進了寫字臺的大方抽屜裡，和父親一樣，她用了一個塑膠拉鎖袋，規規整整地疊在養生資料的那個袋子上。

一九三九年，諾貝爾和平獎未頒獎。

一九三九年，民國二十八年，偽滿洲國康德六年。

哪怕借助谷歌，她也不能知道更多。

從那天晚上開始，她焦灼起來，每天都在拖延把父親送去福利院的日期。院方很明確地說，隨時都可以。班長的關係真是夠硬的，這個後門始終敞開著。她想，這是不對的，她不應該比別人有優先權，甚至父親也不應該那麼早地搬進去。你看他，走起路來那麼英姿颯爽，笑起來那樣心無城府。

她沒有對葉阿姨說這件事。三宅之家緊密團結在一起，團結在以王世全為領導人的抗病維和部隊周圍，堅定不移地朝著生老病死的偉大目標奮勇前進。為了慶祝離婚之戰取得全面勝利，三宅之家在歡慶的餘興中、在拖延中偽造和平盛世的假象。

清明節前的一個工作日，子清獨自去上海西北角的墓園。有一條最新開通的地鐵從父親的家到母親的墓，很方便，但過分直達的速度感反而讓她不安。也許，是手中的紅袋子和祭拜物品滿滿登登的膨脹感讓她不適應，葉阿姨做了半熟的魚、豆腐、青菜和米飯，她買了青團和水果，幾盒子金箔銀箔拆開填滿寫有生卒年月和姓名的冥幣袋，再加上一束花，這麼多東西圍繞著她的雙膝，虛無地膨脹出一個充滿儀式感的孝女形象。她不是第一次給母親上墳，但從未帶過這麼多東西，葉阿姨似乎還不滿足，臨走前再三提醒她，「畫圈圈要記得留出一個口」。說來好笑，子清在鬼節傍晚下樓去給母親燒紙，自以為有模有樣，剛進家門，葉阿姨就迎上來說，「我在窗口看妳燒的，妳畫的圈怎麼沒有開口呢，我看不清，但開口要大一點，否則妳媽媽拿不到錢呀。」子清恍惚中已不記得剛剛用白粉筆畫圈時的動作，趴到窗口往下看，果然看到一個近乎完美的圓，從此才牢牢記住畫圈的要點，但也不想去解釋——講出來也沒人信——從小到大，她的父母沒有在家裡家外給祖輩燒過紙，她不知道個中規矩，長大後看人家做，自己就怎麼做，無外乎是粗劣又粗心的模仿，細節上的事根本是茫然的。

她沒想到工作日的墓園還有那麼多人，一家又一家人前呼後擁，擠滿了寬闊的大道，兩旁有象徵二十四孝故事的小型石雕，出售飲料、花卉和香火的攤販就夾雜在石雕中間。公共廁所門口排起長龍，到處都有人在抽菸、甩乾手上的水、講電話、吃零食。她一個人提著那些東西往母親的方向走，默記母親的門牌號碼，偌大的墓園分成十幾個小園，號碼縱橫延伸，貴一點的墓穴占地大些，好像住的是別墅，便宜一點的墓園區就擠擠挨挨的，好像貧民窟，墓碑與墓碑之間頂多擠進一個人。父親給母親（及他本人）購買的墓地位置很好，和他給自己（及後妻和子女）購買的新居有些相似，門前就是社區通道，採光好，通風好，沒有遮蔽物。她停在母親的墓碑前，凝視她穿著淡紫色羊毛開衫的照片，凝視她倒退的髮際線和染黑的稀疏短髮，然後有條不紊地拿出抹布擦拭積塵的墓碑。

真的好像扮家家。擺好了供品，插好了香燭，小小的儀式就要開始了。但沒有主持人，沒有誦經僧，沒有觀眾。她自導自演自說自話自評自鑒，如果不這樣，她就會不安。哪怕這齣戲是雜亂無章的，她鞠躬，沒有跪下來磕頭；她像基督徒那樣對神祈禱，再念了幾十遍阿彌陀佛，又像土著那樣對著火念念有詞；她只想動用一切可以抄襲模仿的手法，讓自己確定。

無論神鬼，只是用來確定自己已傾盡所能。

她對母親說，如果可能，不要讓他受太多苦。

每當火焰飄轉，她就提高警惕，太想看到來自陰間的指示，最好是簡潔易懂的，最好沒有歧義，最好帶點詩意。那當然是不可能出現的。別人家的香火被吹過來，熏到她的眼睛；別人放的鞭炮炸響，激得她心跳停了一拍；別人家的小孩前後追跑，跟在後面的大票家長高聲吆喝，叫得她連自己念的咒語都聽不到。

咒語呢喃，私家訂製。紙錢都燒成了明黃色的灰。玻璃紙裡的康乃馨和雛菊有點蔫了。青團和香蕉的搭配怪怪的。就這樣了嗎，她也不知道該問誰，算完成了嗎。

依賴儀式，就能讓日子過得很忙碌。子清已經發現了，傳統就是一份密密的日程表，無需像科學家那樣嚴謹地布置細節，但需要像政客，政客的秘書必須隨機應變。

掃墓歸來，她就吩咐葉阿姨次日多買點菜，要給父親過生日。葉阿姨問，是哪天？子清答說，無所謂。

確實無所謂。很小的時候她就問過父母，你們的生日是哪天？母親說，外婆死得早，外公腦子糊塗，所以日子不確定，反正是中秋前後。父親說，家裡孩子多，奶奶記不住，大致是農曆三月，開始耕地的季節。

反正就是扮家家。菜鋪了滿桌，放開肚子吃，今天食量不管制。最後撤下湯鍋，放上蛋糕，插上蠟燭，一共七根。反正是扮家家，毛估估，不用高精尖。葉阿姨那天也有點高興起來，興奮地鼓動老頭子去吹蠟燭，鼓起腮幫子，模擬吹氣的動作，老頭子就知道傻樂，略略鼓起腮幫子，但氣箍在嘴裡，就是不放出來。子清再演示，一口氣吹熄一根蠟燭，老頭子好奇起來，去撚黑焦的燭芯，又去抓白渺的煙霧。蛋糕，倒是吃了一大塊下肚。

三宅之家裡就過著這種象形的生活。每天都會有一兩個時刻，子清走出房門，看到葉阿姨痴痴站在北窗前，父親呆呆垂著腦袋在沙發上打盹，三人都彷彿凝固在了獨屬的語態裡。人類是唯一有語法的動物，而他們已將生活的邏輯交託給了象形主義。

有一天，他玩弄了門把，瞄了瞄門外的無形人，突然問她，走回家要多久。她很有耐心地問，哪個家。他當然回答不上來。只是用殘破的字句說，在這裡沒事，想回去，開門，有一塊田地可以整。他當然沒辦法說得這麼清楚，是她從他的手勢裡認出了耕種的姿態。他以為只要走回去，就可以有充實的日子。這讓子清很傷感。

有時也覺得煩。因為明知這是在苟延殘喘。又有一天，他終於變臭了。傳說中的、意料中的大便失禁終於發生了。子清連哄帶騙地幫他脫下褲子，擦拭乾淨，再換上新褲子。葉阿姨一言不發地去洗內褲，子清攔下她，說，扔了吧。

剩下的空殼越來越透明了。他散發出越來越老朽的氣息。每次走進他的臥室，子清都覺得很酸很苦，讓人難以呼吸。好在開春了，外面，連風都是暖香的。

又有一天，她夢到了嬰兒床。很多很多的嬰兒床。綠鏽，黃鏽，白漆，鐵做的蕾絲。那個展廳非常昏暗，像巨大的子宮或陵墓，或是成人記憶中曖昧的童年。她甚至在夢中就想起來，那是在德國看過的展覽，但無論如何也想不起藝術家的名字了。嬰兒車的高度適合俯身抱起或放下嬰兒，和嬰兒本身的體格無關。或也有關的。那些小小的床有各自不同的設計，有的鐵藝蕾絲華麗，有的鋼條硬冷犀利，暗示了不同的年代，不同的民族，產生出不同的聯想，但如今都像是屍床，彷彿能讓所有嬰兒老的老、死的死。那些床像特別執拗的幽靈，她在夢中閉起眼睛——事實上，在展廳現場，她是激動地睜大了眼睛——再睜開時，她發現自己躺在父親所在的房間，體液零星，沾染衣褲。她發現，那是自己的體液，她在嬰兒床裡，床在他的房間裡，房間在墓園裡。

送別・二〇一二

桂花的香飄蕩在空氣中，餐桌上的瓷碟裡放著兩只柿子，沙發茶几上擱著一段桂花枝，是昨夜散步時摘回來的，還摘了一小罐金燦燦的桂花。一男一女安詳地坐在陽臺上曬太陽，子清洗漱完畢，乾乾淨淨地坐在他們旁邊，手裡拿著按摩梳，在秋天裡仔細地梳順烏黑的頭髮。頭髮已經可以蓋住胸部了，二十五年裡最長的長度。子清不知在何時下的決心，很女孩氣的，決定陪著父親住的時間裡就讓頭髮自然生長。在陽光下泛著清光的頭髮裡，出現了一絲銀白色，她放下梳子，把它從黑色中挑選出來，葉阿姨很自然地站起來，幫她拔掉了這根白髮，不是很疼，髮囊很完整，是一根從頭到尾都白瑩瑩的白髮。

「蜂蜜桂花放在冰箱裡了，過幾天記得去攪動一下。」

「今天太陽好，我會把春秋被拿出來曬。」

「秋天了，妳不要喝太多冰飲料啦。少吃點西瓜。瓜下市了，要多吃果。」

「我老公說，家鄉的芝麻大豐收，我讓他給妳寄兩瓶我們自家磨的麻油。」

「你陪他坐一會兒，我去幫妳熱熱粥。」

葉阿姨進去了，子清放下梳子，給父親做頭部和頸部的按摩，手指摁下去全是硬硬的肌肉。子清對他講，「葉阿姨下個月要回去了，她兒子元旦結婚，她要先回去整理新房，這幾天人都變得輕快了。要不，我也找個人結婚吧，說不定你也會好起來。我開玩笑的。下禮拜，你要搬家了噢。只有我會住在這裡了，不過你放心，那裡不習慣的話，還是可以搬回家的。如果你覺得那裡不好，不舒服，要想辦法讓我知道。我們要想個暗號出來。」

「你知道嗎？姑姑要來，她們全家都搬去廈門了，姑父現在不敢開長途車，但開始玩兒滑輪了！比你厲害太多了。姑姑要回東北，說是大伯父九十大壽，她先坐高鐵到上海，再從上海飛。你的幾個兄弟都回去，還問我要不要代表你去，我沒說去，也沒說不去。」

「對了，上禮拜帶你一起和子萊視頻，你還記得嗎？昨天她又秀兒子給我看，確實滿漂亮的，繼承了白種人的血統，比她兩個女兒混得好看，我說這也算大功告成，沒白混，又被她罵。她說聖誕大假的時候會帶孩子回來一趟，看看你，所以你要保持健康，一定要看到自己的外孫和外孫女。」

「好了，我進去吃早飯了。」子清在他肩頭最後拍了幾下，再次確認他的表情後轉身進屋了。在溫暖且安靜的時候，他最可能露出憨憨的笑容，近乎天真。

相比於頭腦的早逝，他的四肢五臟六肺簡直過於健全了。這具身體是他和在世的人的唯一聯繫，直接的媒介，而子清已決定了，把這最後的牽絆也交給別人去做吧。專業化的新時代裡，生老病死都可以外包，她是幸運的混蛋，搭上了老班長的順風車，借著葉阿姨堅定的去意，湊上了福利院騰出來的空床位，終於能讓心獸滿足了。

子清和葉阿姨達成的協議是：在她回鄉之前把父親送進福利院，觀察一陣子，在此期間，葉阿姨只需在家做飯、掃除，子清負責去福利院；如有必要把父親帶回家，葉阿姨也會堅守到子清找到新的保姆之後再離開上海。這期間，姑姑會在上海作短暫停留，剛好可以住在父親騰出來的屋子裡。看起來是很妥善的安排。

夜裡，子清漫無目的地在這套公寓裡走來走去，好像要開始適應最終的結局。父親皺著眉頭躺在床上，嘴角向下緊緊地抿著，好像在夢裡含著什麼酸苦的食物，子清想像他躺在福利院統一規格的床上，床邊有橫欄，酷似放大的嬰兒床。葉阿姨側身向內，躺在她的單人折疊床上，床是兩年前臨時買的，擱在飯廳和北窗陽臺的交界處，子清想像她在兒子的婚禮上穿紅戴綠，在一年之內就會抱著孫輩，她和這個家的關係會像最微渺的塵埃一樣被現實生活吹走。子清坐在客廳沙發上，凝視夜色裡的房間裡每一樣物事，開始設想他們都走了以後，自己該如何處置這些臨時物品。自從洪老師把父親和一只裝著內衣的塑膠袋留在門口後，所有物事就落定在臨時狀態：床上用品是大賣場促銷時買的，鄉氣的大花印得很醜陋；廚具餐具是父親從老家搬過來的舊物、子清網購餐具的混合體，飯桌上常常是突兀的搭配；浴室裡的洗漱用品更是樣態懸殊，三個人用三種風格，且為了避免父親誤用，藏匿在各自帶鎖的抽屜裡，洗漱臺上只有肥皂；客廳沙發茶几下的菜譜是臨時買來給葉阿姨參考的，分為家常菜、西餐、早餐、湯品和老年養生等幾種食譜。沒有植物和泥土，沒有寵物和害蟲，他們只是臨時地居於此地，不想添加贅物，因為知道帶不走。這是純粹的消耗，連同他的肌體，所有物事一起被消耗。真該養盆花草啊，子清想，為什麼千百個日夜過去，竟沒有想到要購幾盆花草回來？她在夜色裡深深地內疚。

其他照顧AD患者的人家裡是不是也這樣落定在臨時語態裡？別人是如何熬過親人記憶和智慧衰退至無的歲月？別人家裡或許還鋪張著病人一生的記憶實體——全家人的照片裝在精緻的小相框裡，事業上的業績裱在更大的相框裡，旅遊紀念品擺滿了玻璃櫥櫃——但父親為了第二次婚姻，把第一次婚姻的影像全部收藏起來，事業上雖不乏成就，但大大小小的獎章和獎狀都被他早早丟棄了，像恪盡職守的飛行器在推進一程後毫無留戀地拋下一截又一截，他親手訂製的簡明生活突兀地交代給她，但她不知取捨的要義，只能像個冷靜的悲觀主義者確定唯一可以確定的結局：一個空蕩蕩的屋宅，配合他空蕩蕩的回憶。她在夜裡深深地內疚。

走向最後一程的那天下著細雨，一陣秋雨一陣涼，臨走前，葉阿姨又拿出一件夾克給他披上，他穿上，又脫下，反過來再穿上，似乎覺得棕色羽紗的襯裡摸起來更舒服。子清扶著旅行箱等在門口，箱子裡是些精挑細選的四季衣物。葉阿姨從廚房出來看到他，又放下手中的保溫瓶和水杯，去幫他脫衣服，反過來再穿上，這時的他也沒有不服。三人像要去旅行的一家人，攔了計程車，直奔目的地，一路無話。

入住的手續非常簡單，護工們清點了旅行箱裡的衣物，讓子清簽了名，全部納入他房間裡的雙開門衣櫥。他的房間在走廊左側盡頭，對面就是洗手間和洗澡間，床腳名牌上已寫上了他的名字、年齡和入院日期。和他同屋的是一個神智清晰但不能講話的高個子啞巴，護工說，這是享受民政福利的殘疾孤老，安置在這棟樓裡是因為老年公寓滿員了，他不介意住在這裡，還願意幫護工做些簡單的工作。子清明白，這也意味著父親受到了特別照顧。

巡視一圈後，護工指示子清帶父親到大廳裡安坐，因為白天裡，只有需要臥病或補眠的老人才會待在房間裡，大多數人都圍繞大桌而坐，這樣便於管理、照料，也便於搞一些繪畫或歌唱的集體活動，天氣好的時候，還會組織這些老人下樓散步，去花園裡看看花草，去操場上玩玩球。

剛坐下來，葉阿姨就不失時機地拿出保溫杯，要給他餵熱湯，護工說，再有一小時就吃飯了，不要餵太多。葉阿姨驚呼，四點鐘就吃晚飯嗎？護工答，這裡提倡早起早睡，六點早餐，十點簡單體檢，十一點午餐，下午三點餵藥，四點晚餐，晚上八九點開始就算休息時段了。葉阿姨說，那我們陪他吃完飯，看看飯菜怎樣。

開飯的時候，護工推來一個大餐車，不鏽鋼的餐具已人手一份——所謂餐具，就是一人一把不鏽鋼勺子，沒有筷子。有肉圓、炒蛋、百葉結、青菜、米飯和番茄蛋湯。這樣一大碗端到父親面前，他立刻拿起勺子吃起來，一口又一口，看起來吃得很香，子清和葉阿姨站在旁邊，覺得自己很多餘，但也很安心。一個護工說，老王看起來這樣年輕，真是看不出有病，你看這個老姜是要人餵的。叫老姜的老人已無法咀嚼，一邊餵，一邊從嘴角流出湯水來。

等他吃完碗裡的菜和飯，葉阿姨又想給他自家煲的湯，他卻搖搖頭，不肯再張嘴。看到葉阿姨有點失落，子清舀起一勺湯去餵他，他倒給面子，吸溜了一口。護工看到，說，那麼大一碗飯吃下去，應該喝不下了，不如把湯留下，如果他晚上餓了可以再給他吃。

吃完飯，護工們手腳麻利地把餐具收走，吃完的老人有的坐在原地不動，有的去沙發上坐著看電視，有的回房躺下。沒過多久，日班的護工們接二連三地下班走了，葉阿姨就問，晚上有幾個人，護工答，至少有兩個人值夜班。

待到快天黑時，父親也沒什麼異狀，乖乖巧巧坐在大桌邊，再被送到臥室，又乖乖巧巧讓葉阿姨幫著洗腳，再被送上床，乖乖巧巧蓋上被子，閉起眼睛。子清和葉阿姨面面相覷，只覺得順利得超乎想像，又叮嚀護工多加注意，便要走，護工要送，她們連連推脫說太客氣，護工就掏出磁卡，原來只是要幫她們開樓層大門。

回程，葉阿姨連聲嘆氣，先誇讚這個福利院好，又嘆老先生恐怕是要在裡面終老了。「王小姐，住這裡面，隨便怎樣都比在家裡照顧好啊，妳可以放心了。」子清笑一笑，就再也笑不出來了。

餘下的半個月裡，子清每隔一天就帶著湯和點心去坐漫長的地鐵，回家有熱菜熱飯。她也很清楚，很快，連熱菜熱飯也會沒有了，就剩下她一個人回到空蕩蕩的家。

秋末，姑姑和姑父來了。離婚後，洪老師再也不想和王家有任何來往，接到電話，給出子清的號碼，就算交接完畢。子清沒想到，父親的這個家，他們竟是來過的，而且住過兩個晚上，那時候子清沒有搬過去，不知道野在哪裡，父親住在洪老師家，只是每隔幾天獨自騎車過來看看，掃掃灰塵，獨自坐坐。所以，他們進門時是愉悅的，因為這套大屋裡終於有了些生活氣息，他們喜歡葉阿姨燒的菜，滿意父親房間的整潔，讚賞子清搬回來住。

他們邊吃邊聊，子清聽得多，講得少，因為唯獨父親這兩三年的事能夠多講一些，至於離婚那事，姑姑問得最多，她只是輕描淡寫地回答，省去了洪老師扣下所有證件、工資卡被掏空等細節。第二天，他們去福利院。護工和病人們都已經認得子清了。照例一群老人圍坐大桌，竊竊私語十分拘謹，好像有無形的教導主任在監督紀律。其實都不是私語，哪怕彼此頷首如搗蒜，也只是一輩子的慣性使然。這天和往常唯一的區別是：大家都被剃光了腦袋。

換了髮型的父親顯得老，但在這種地方談論髮型好壞是很過分的。老頭們顯得很平等，不止是因為清一色的光頭，還因都有旁若無人的漠然。因為頭髮剃光了，父親頭頂心的傷疤就很明顯，但看起來比當年嫩滑。姑姑也看到了，子清就解釋：那是五、六年前做開顱手術、匯出瘀血後留下的左右兩條傷疤，那時候是洪老師照顧的，據說他在術後產生幻覺，硬說半夜的窗外有人偷看，還大聲呵斥那人「看什麼看！」同病房的病人嚇得不輕，隔日就搬去了別的病房，因為那是在十層樓。姑姑伸手摸了摸那兩條寬不過三釐米的淡粉色老疤，嘴角抿了抿，有點想哭的樣子。

子清給姑姑和姑父讓出位子，站在大桌邊，從側面看，一排光頭上有白灰次第的短茬，駝峰般的背都有柔和的曲面，弧度略有不同，像灰棕黑的山水畫，也像一排微微顫動的墳頭。

姑姑連聲問他，「四哥，認得我不？四哥！四哥！」

姑父更大聲地喊他，「世全！我們看你來了！」

但父親坐在椅子裡，沒有絲毫轉動身體的跡象。他的眼睛低垂，耳朵形同虛設。子清走過去，拉起父親的手，引導他站起來，拉著他走。一旦他站起來、走起來，多少就有了生氣，姑姑和姑父跟在後頭，一家人慢慢走進了他的房間。啞巴在前引路，咿咿呀呀地比劃著，看到他們進了屋，麻利地搬來兩把椅子擱在父親床邊，然後才很放心地「哎～～」了一聲，彷彿在說，這就對了！進屋坐下慢慢說！

說什麼呢？到了沒外人的房間裡，姑姑看著這樣的四哥，眼淚流下來，再也不想忍了。

「有時候，他是會和你說話的。」子清說，「他會嘟嘟囔囔，好像很認真地講一件事，偶爾會說出很清晰的幾個詞語，你可以順著他說，也可以完全不著邊際地說自己的，反正，他點頭只是點頭，不代表他聽懂。」但姑姑會默認為他聽懂了，只要他點頭，他微笑，她就滿意，這就是凡人的可愛邏輯。

午餐有一只滷蛋，他分了四口吃完，菜粥滴到褲子上，再用手去撿。坐在方桌邊的這些人永遠告別了筷子，不鏽鋼勺子能應付所有笨拙。姑姑和姑父再三肯定他的食欲旺盛，頻頻點頭地說，「食欲代表了生命力！」子清卻在心裡有不一樣的想法，食欲代表了回歸最基本的本能，也代表了他對食物數量和品質不再奢求，他或是會胖，或是會瘦，但早晚有一天，他會像那邊的老姜一樣失去最本能的吞嚥功能。還有那些衣服。不到一兩個星期，子清就發現了，病人們的衣服們是統一換洗的，一些方便套脫的舊衣服很可能混穿，她帶來的精梳羊毛背心根本沒有機會穿，西褲也是不要的，相反，菜市場裡廉價的絨衣絨褲才是最受歡迎的。每次來福利院，她都會對病的走向產生更明確的認識，不是消極的，但也不可能是積極的，因此，最清醒的感受只是殘酷。

姑姑只留了兩天，沒有新奇的收穫，但她會把親眼所見轉述給東北的兄弟們，並在這個過程中發現，每一個兄弟都和老四世全失聯了，因為他們手中最新近的聯繫方式是手機號碼（手機下落不明）和洪老師家的號碼。

姑父說，「上一次和妳爸見面還是給妳奶奶和爺爺修墳的時候，七年前的事。那個新墳，妳去過嗎？」

沒有。八個兄弟姐妹中，只有老叔留在老家，給奶奶送了終。老叔沒有來過上海，子清小時候見過他兩次，每一次都不超過兩天。父親搬到上海後，老叔見他總共也就十幾次，沒有一次超過三天。

子清只見過奶奶兩次，第一次在襁褓中，第二次剛上學，跟著父母回家過年，只記得奶奶不太說話，坐在炕頭，唯一和她講過一次話，問她是哪家的孩子，怎麼不回去吃飯。

但姑姑和姑父是來上海最多次的親戚，算是最親近的。九十年代初，他們全家自駕遊，開車從大慶到北京、西安、成都、重慶、武漢、南京、上海到杭州，風塵僕僕到子清家停留，講了一路奇聞異事。那個年代，自駕遊是多麼新鮮、多麼勇敢的事啊。姑父愛攝影，愛駕駛，愛游泳，愛一切有技術含量的遊戲，到了六十歲，開車覺得辛苦了，跟著兒女搬去臨海城市，繼續游泳，還愛上了滾軸溜冰，甚至迷上了新式縫紉機，無論在東北還是廈門，他和姑媽都拒絕去跳殭屍舞。

第二天晚上，子清邀請子萊視頻。姑父興趣盎然，因為他還沒用過Skype，連連追問和QQ視頻、微信視頻的異同之處。子萊懷抱著小兒子，帶著歉意說，「女兒們去上學了，老公去上班了，但可以看看照片！」姑媽的臉孔簡直要貼在螢幕上了，怎麼也看不夠這個混血侄孫，他哇哇哭，她就哈哈笑，他眨巴長睫毛，她也擠眼睛，一家老小在電腦前玩得不亦樂乎。姑姑問，為什麼不請個保姆？子萊解釋，加拿大人工很貴，自己本來就是家庭主婦，不如自己帶。姑姑又問，什麼時候能回來看看？子萊解釋，孩子斷奶了就可以了，快了！姑姑再問，有沒有可能把妳爸爸接到國外去養病？也許能治好呢？子清代替子萊說，去了也治不好，語言又不通，更何況，國內現在條件也不差。視頻結束後，姑姑嘆了一口氣，「明明那麼遠，但感覺這麼近！科學發展太快了，可為什麼治不好這個病呢？」

臨走前，姑父承諾子清會親手做幾件襯衫寄過來，子清也保證給父親穿上，拍照發給他看。他們已經互加了微信。姑姑雙手捧著她的臉，眼淚又湧上來，說現在已經不用擔心四哥了，反倒要心疼她。

子清把他們送上飛機，一個人從機場坐地鐵回家，轉了三條線，用了一個半小時。沒帶書，沒帶耳機，閒得發慌，她就在手機裡審視新加的聯絡人。姑姑把父親這邊的親戚的聯繫方式都給了她。除了父輩，還有同輩，相加起來有幾十人之多，大多數人只有一面之緣。據說，參加大伯父九十壽宴的人就不下六十人，如果老老小小都出席，恐怕要一百多人了。為了防止記錯，她在每一個頁面添注了輩分排行、暱稱、城市、職業等資訊。子清心想，這樣的通訊錄是何等悲哀，這速成的大家庭是何等陌生。再也沒有比這種時刻更讓人覺得孑然一身了。

之後三天，子清遵守承諾，讓葉阿姨回鄉下。她早已是心猿意馬，如今不需要宅在家裡，出門也不用拖老油瓶了，子清就鼓勵她去購物，提前給了她一個紅包。第一站，輕紡市場訂購些布藝軟家裝；第二站，家具城一條街，貨比三家，看看中意的款式；第三站，七浦路，給自己和家人淘些批發價的時髦貨。葉阿姨逛了一整個星期，雖然沒花太多錢，但逛到腿腳發酸，睡覺呼嚕轟天響，嚇了子清一跳。

葉阿姨走的那天，還是凌晨三四點去趕車。子清聽到她起來，出門，但沒有去送，兩人已在前一天晚飯時互道珍重，又等了一會兒，萬籟俱寂，才獨自走進客廳，看到葉阿姨留下了鑰匙和門卡，把折疊床也收好了。從這時開始，三十五歲半的子清重歸一個人的生活，沒有奧托或關鵬或曉靜猜想的那麼自由、那麼激動，而是八九分的悵然若失，還有一兩分像是長途旅行回家後的鬆鬆垮垮。

所以，她癱軟地歪在沙發上，決定不睡了，要任性地看碟，要放肆地聽音樂，要大張旗鼓地在地板上做瑜伽，要把衣櫥和書櫥全部清理一遍，要把藍色筆記本寫滿……就在這些決定中，被譽為生活白痴的她睡著了，並因此得了一場重感冒。

所以，當子萊在耶誕節前抵達浦東機場時，看到的子清是鼻頭通紅、鼻尖都被擦破了的慘樣，手裡攥著半濕不乾的紙巾團。子萊沒有帶孩子們來，因為實在沒有必要讓孩子見識到這樣殘酷的事實。她只帶了一只小箱子。久別重逢的姐妹倆沒有擁抱，好像阻攔她們的真的是重感冒和小箱子。

子清說，「不折騰妳坐地鐵了，但是打車也要排隊，外國友人多包涵。」

子萊說，「taxi到爸爸家要多少錢？」

子清說，「二百五十到二百八十元左右。」

子萊再問，「地鐵要多久？」

子清說，「兩個小時不到，出地鐵還有三、四公里，還是要打車。」

子萊慘叫，「天啊！妳還是弄一部車吧。」

子清說，「上海車牌叫到九萬塊了，我買不起。有九萬，我可以去歐洲轉一圈了。」

子萊絕望地搖搖頭，冷笑一聲。兩人走出大樓，排隊等車，一小時後進了家門，子萊轉了一圈，說，「有老年人的味道。」

「妳不習慣可以住酒店。旁邊就有家四星的。」子清在廚房裡，「喝綠茶還是玫瑰茶？」

「有咖啡嗎？飛機坐得難受死了。還要倒時差。這半年也沒好好睡過，老三每天夜裡都哭鬧三四次。我要濃咖啡。」

子萊把空調全打開，溫度調到二十八度還嫌潮冷，剛喝了兩口咖啡，又想起來去看看浴室，擔憂地問，「這樣洗澡會不會冷啊？」

「房子大，人少，所以感覺更冷。我建議妳把熱水先開一會兒，浴霸也開著，暖和了再進去洗，反正你們北美人最擅長浪費資源。」話音剛落，子清就聽到子萊打開了水龍頭，便任由她去了。

晚上，子清下廚，烤雞翅（子萊說這裡的雞肉不好吃），青菜炒蘑菇（子萊說她離開上海後就沒吃過本地小青菜了），味噌三文魚頭湯（子萊要買幾盒這樣的味噌回去），配有機米飯（子萊說這米好香）。子萊打了飽嗝，飯菜也都吃光了，菜量控制得正好，子清自嘲地說，「跟妳講過的，我現在可以當賢妻良母了，妳還不信。」

「誰會信？那一年我和大衛去旅遊，妳住在我家，連吃了十天披薩，大衛到現在都記得這件事。」

「還有三明治、蛋糕、墨西哥捲餅和奧托家的番茄牛尾濃湯，我又不是傻子。妳告訴大衛，下次我去妳家燒一桌菜給你們吃！」

「大衛會釣一條大bass給妳，看妳怎麼弄。」

「鹽焗、炭烤、油浸、紅燒……隨他挑。」

「說的比唱的還好聽。」對妹妹，子萊的批評歷來不留情面，「家務事，沒什麼了不起的，但妳的特長不在這裡，我建議妳要好好調整一下，去做妳應該做的事。六年前妳說要考多倫多大學的東亞研究所，借了一堆書，結果又和奧托去了越南和柬埔寨，考試的事不了了之。五年前妳和奧托信誓旦旦要拍出一個片子送展，結果又不了了之。妳要是真準備好了當賢妻良母，我勸妳就安心地嫁人，過日子，沒有妳以前想像的那麼可怕——不，妳的原話是『可悲』——就像現在這樣，一餐一食，一日一夜，就是這樣普通的事情。」

「不嫁人也可以安心過日子，我現在就特別有安定感。」子清開始收拾桌面，「不是所有人都像妳，幸運地嫁給白馬王子，幸福地恩愛到白頭，大衛今年都快六十了吧？老來得子，簡直完美。」

子萊嘆了口氣，「不說了。我去和他們視頻了。」

這就是模式了，她們總是好心好意，又總是話不投機。

子清帶別人去福利院看望父親，這也好像是模式了。但今天有點熱鬧，福利院裡的眾生彷彿感知到有貴客自遠道而來。她們一進門就聽到桌椅鏗鏘碰撞的聲音，穿紅衫的小老頭和愛開會的老領導起了爭執，用桌椅角力，護工呵斥他們收手的語調卻帶了幾分調侃，誰也聽不明白他們到底在吵什麼。老領導聲音洪亮，但語無倫次。小老頭仰著脖子噴粗氣，只是露凶相，撂下的狠話卻含含糊糊。子萊習慣性地皺眉頭，看到子清也和旁人一樣笑呵呵的看好戲，更是把眉頭往川字裡擠，焦慮地移開視線，在一堆老男人裡尋找。

第一遍掃視，沒有找到。子萊不想問，執意地再走一遍視線，還是沒找到。父親不在慣常的座位上，子清知道她是找不到的，也不說，猜想子萊會不會在這個時刻被內疚折磨？子清扭頭，往走廊裡看去，猜想父親會不會剛好在房間裡，便示意子萊往裡走。子萊這時神經緊張，沒留意盲人正走過來——他是用摸索的方式沿著桌邊蹣跚前行的——突然就被他抓住了手腕，子萊驚呼一聲，那邊的無意義吵架也停了一拍。子清安之若素地把盲人扶到他慣常的座位，朝子萊聳聳肩。

她們的父親就在這時出現了，在方臉阿姨的攙扶下，一步步走出有點暗的走道。方臉阿姨笑咪咪地說，「老王剛剛去上廁所了，今天滿好的，自己站起來，我就明白了。」子清沒有把言下之意轉述給子萊，因為上次來看望時，父親的啞巴室友用肢體語言告訴她：妳老爸隨地大小便，還把枕頭浸到水池裡。

「今早交班時，同事說老王晚上睡得不好，走來走去，從客廳走到房間，再走出來，在桌邊繞圈走，一直走到夜裡三點多，也不肯去撒尿。好不容易哄去睡了，六點多就跟大家一起出來吃早飯了。說不清楚，他的精力好像太好了，但現在臉色就不好了。」

精力多到用不完，多到讓人沮喪。子清聽了這些話，和子萊面面相覷。護工也就笑笑，安慰這對不知所措的病人家屬，「吃好午飯，看他能不能睡個午覺吧，補一補眠。」

走道裡，子萊木木的，不知道該迎上去還是原地不動。護工識相地先走一步，把老王的手臂交託在子清手裡。姐妹倆一左一右，扶著父親進了房間。子萊喊一聲爸，坐在床沿的父親沒反應，子清也喊一聲爸，父親果然是累了，深深埋著頭，誰也不看。子清給子萊搬來一把椅子，子萊卻走到了窗邊，子清知道姐姐在無聲息的流淚。

父親活在另一個被動式的世界裡。加拿大一家人站在屋宅前的合影被塞到他手上，被解釋了一遍誰是誰，被問記不記得曾經飛到多倫多參加大女兒的婚禮，見過一百八十七公分的白種人女婿……最後，被定論他已是無望的晚期患者。

午餐時，子萊和子清目睹了他把一段雞骨頭啃五遍的畫面，每次把骨頭從桌上撿起都自然而然地放進嘴裡，子萊默默地流淚，到頭來還是子清把那段濕漉漉的骨頭從桌上偷偷拿走，扔掉了，他看不到，也不會去找。容許他犯錯，就是容許他活著。

子萊吸了吸鼻子，酸溜溜地說，「他對雞骨頭還滿有熱情的。」子清也吸了吸鼻子，但那是因為感冒，順手扯出一張紙巾，又扯出一張遞給子萊。姐妹倆一起吸鼻子，站在一群呼嚕呼嚕吃飯的老頭兒旁邊，護工們各忙各的，所有人都反襯出她倆的格格不入，她倆的無濟於事。

子萊明白，這是她第一次探訪福利院裡的父親，也很可能是最後一次。她諮詢過多倫多的大夫，回答是一致的，AD患者在早期還有可能依靠藝術休閒活動和藥物延緩病情惡化，但到了中晚期就只能隨緣聽命，藥物回天乏術，護理難度最高。有一位參加了溫哥華阿茲海默症協會國際會議的醫生告訴她，ＡＤ的發病原因或許要歸咎於名叫tau的澱粉樣蛋白細胞，它們會蠶食正常的神經細胞，目前的研究成果是樂觀的，針對澱粉樣蛋白導致的記憶區腦部損壞，也出現了有效藥物，未來可能從根本上治療這種病。她也斗膽問醫生，中國有句老話，死馬當活馬醫，能不能讓父親參與開放標記式的新藥試驗，或許有千萬分之一的希望從中受益、延緩末期症狀？醫生含笑答說，這很難操作，而且大多適用於早期患者。她也問過大衛的意見，要不要索性把父親接到加拿大去治療？當了一輩子政府公務員的大衛沉吟片刻，反問她，這樣做是為了妳的心理平衡，還是為了他的生活品質？

太多問題難以回答，但當子清問她明天要不要來福利院的時候，子萊毅然地搖搖頭。她們走出了這棟樓的時候，冷風狠狠刮來，子萊深深地呼吸，說，裡面的空氣太難聞了。

她們很沒有效率地荒度了餘下的日子。子清問子萊要不要去以前的新村老房子看看，子萊還是毅然地搖搖頭，「我們又不是名人貴人，看舊居也沒什麼意思。」子清覺得無趣，但也不去強辯。逛街才半天，子萊就累了，只買了些有特色的童裝。又花了幾小時去給母親上了一炷香，空曠的墓園西北風橫掃，冷得要死，兩人縮著脖子，好不容易點起香火又被吹滅，繼而也不再費力，只是默默站在墓碑前，子清等子萊示意離開，子萊等有經驗的子清恰到好處地結束儀式，結果誰也沒有動身的意思，直到子清的重感冒介入，幾個驚天噴嚏爆發，她們才彷彿得了老天的旨意，膽敢離去。

子萊說，「媽媽走的時候，他把自己的墓地也一起買好了。」

子清說，「我已經把墓地管理費交到二〇二〇年了。」

這幾日的折返，她們每天都好像去很遠的地方，但只做很少的事，很累地回家。父親所在地，母親所在地，繁華世界所在地，青春回憶所在地，好像都要經歷舟車勞頓才能抵達，卻只是為了稍作停留。這幾日的散淡相處，子清更覺得自己對姐姐也是一無所知的，就像對父母，因為話說得克制，竟還不如和老同學們那麼親密無間。恐怕這就是她們家的模式吧，是由父母表率、子女執行的內向情感模式。

在這個家裡，她無法去問父親或母親或姐姐有否出軌，有否自殺傾向，有否寫有遺囑，有否狂妄夢想；這些事，你只得靠自己的觀察去獲得結論，只有當事人有發言權，就算有再多的旁觀者補述，也只是隔靴搔癢地撩動你的想像力，但就算你有再充沛的想像力，也不過是在杜撰你的版本，融匯了你的閱歷。個人體驗的無法複述，造成人與人之間絕對的疏離，而這甚至比誤解更善良，比漠視更正直。

姐妹倆的道別乏善可陳，好像明天就會再見一樣揮揮手。外人看來或許近乎冷血，但她們各自心中是沒有怨言的，甚至覺得，這樣的表現才是最適宜的。

再一次，子清獨自從機場坐地鐵回家，轉了三條線，用了一小時四十五分鐘。

再一次，子清獨自坐地鐵去看望父親。要打腆島素的老頭來了快有一季度了，愛穿中式衣服，像個圓頭和尚，最早，每次餐前打針時都會有驚惶的表情，現在已能夠放鬆地撩起肚皮上的衣服。

再一次，子清獨自坐地鐵去看望父親。盲人抓起雜誌假裝在看，不介意文圖上下顛倒。小老頭喜歡跟在她身邊，閃著單純、好奇但不清澈的眼神，好像她是他認識已久的親愛的朋友。而父親發現了新玩具，桌面上的塑膠防護膜，他熱切地站在桌角，剝起一只角，想把它捲起來，兩隻手不協調地左右滾動，滾條越來越長，像是扭來扭曲的不聽話的玩伴兒，太長了，兩隻手搆不到兩邊，顧此失彼，塑膠膜調皮地彈回去，又平攤在桌上了。他笑了。

再一次，子清獨自坐地鐵去看望父親。總是坐在他身邊的老廠長喋喋不休，讓她準備開會，說有事「要商榷一下」，她驚訝地發現，語無倫次的人還能保有「商榷」這樣高級的詞彙。

再一次，子清獨自去醫院找顧阿姨開藥，開足一個月的藥量，然後獨自坐地鐵去看望父親。護工告訴她，父親的大小便越來越不正常了。

再一次，子清帶金喜善叔叔和退管會的負責人去看望父親，她是這一模式中不可或缺的主辦者。去程，他們在談論年輕的畢業生頻繁地離職，去年竟高達一七％，金叔叔憂心地說，月薪二千元叫人怎麼留呢？然後他們看到了他，堅稱老王還是有意識的，金叔叔甚至計算了這次談話的成功率——也就是父親對他們的聲音有輕微表示的次數除以所有的反應次數。回程，他們談起了機械實驗報告單位裡的受賄、索賄的現象。

再一次，子清獨自坐地鐵去看望父親。曾經在一個下午把「我的飯錢交給你了嗎？」說了八九十遍、對著電視裡的女紅軍叫「新娘子」的老領導因肺部感染去世了。一個護工說，「好可惜，他的退休工資每個月有一萬多塊呢，只要他活著，家裡人日子也好過些，現在沒了。」

再一次，子清獨自坐地鐵去看望父親，突然想起來，在樓下苗圃的黑貓邊偷了一鏟土……

空房間

沒想到，還要回鄉。

慶芸走的那年，二嫂和一個侄媳婦也倉促地走了，外甥女婿得了不治之症。兄弟中間就有人說，這一年太邪門兒，走的都是老王家的外姓人，走的都很突然，怕是祖墳的風水不好了。他們在迂迴的電話聯絡中反覆回憶老娘下葬時的情形，念及當時的風光，好歹是在屯子裡擺了三天三夜的喪宴，如此說來，怕是老娘和老爹在地下重逢時鬧了彆扭，因為那塊墓地是六十多年前定下的，在後屯子的小山坡上，如今光禿禿的，還積了一灘死水，因為附近要造車道、蔬菜大棚，小山丘的另一面已被挖空了，怕是風水已經壞了。不知是哪個兄弟說的，按照老娘生前的脾性，怕是到了地下變本加厲，鐵了心要狠狠折騰這群後生，尤其是媳婦們。

越說越真切，八個六七十歲的老人家便決定再開一次全體大會，要在王家自留地裡造一個體面的新墳，要有松柏挺拔，要有大理石墓碑，還要有祖孫們合葬的空餘地界，好比是造個新房，讓地下的雙親喬遷入住，再留些空房間給後輩，畢竟是大戶人家，要夠闊氣，顯得興旺。

四位親人都是猝死的，退休無事的老人家們心有餘悸，很快擇定黃道吉日，從四面八方趕來老家。世全此時心力交瘁，生活黯淡，一年前剛辦完慶芸的喪事，來弔唁、來陪護的親眷們早就離去了，子清又去了東南亞採景，他一個人生活，每天照例騎車去上班。

身為試驗站的站長、高級工程師，他被返聘是意料之中的事。其實，根本沒什麼工作留給他做，三十多年來，他主持的科技實驗專案已達三百多項，專門從事艦船衝擊振動實驗、環境實驗研究和有關試驗方法的標準制定，但那都是過去，只有他死了，人們才會在追悼會上聽到這些成績。試驗站有畢業生進來實習的時候，小金他們負責指教，偶爾也會提及當年王工在改革開放初期研發了隨機振動試驗臺，當年就通過了航天局的品質驗收，也就是說，從那時候起，這種試驗設備無需從國外進口了，給國家省了好多錢。省錢，他拿手；賺錢，他就傻眼了。自從他當上副站長，世道就變了，委託試驗的專案越來越多，作為全國標準制定委員會的委員，他一方面要嚴守標準，一方面又不得不睜一隻眼閉一隻眼，給一些不合格的委託單位放綠燈，否則，試驗站還怎麼創收呢？他當了二十年的站長，這個部門只賺到兩百多萬。可見他的清廉或安分，不拿大紅包。所謂返聘，工資比看大門的保安高不到哪裡去。但好在有食堂，解決了他一個人吃飯的問題。中午從食堂裡買些炒菜、熟食和包子，晚飯和次日早飯就都有了。水果很少吃，家裡的茶葉泡不完，衣服足夠了，那也就沒有別的需求了。

兄弟們定好了日子，就在下一個清明。他騎車到旅行社代辦了機票，去單位裡請了假，就沒有再對別人說。沒有別人需要交代了。他想，反正來回三天，速戰速決才好。三哥和老弟已經找人看好了新墳的位置，墓碑也打好了，樹苗也備好了。他去，不過是磕個頭，灑抔土。他也沒有兒子可以同去磕頭。總之他不重要，重要的是：這件事的起因裡有慶芸的死。

四月依然讓人沮喪，老家比他看了一輩子的灰色的城市還要讓人沮喪。依然冷得讓人縮脖子。好在他在上海家裡也是披著大衣、穿著厚毛衣過冬的，不開空調，好歹沒有城裡人那麼嬌氣。他坐在自小就熟悉的炕沿兒，捧著泡了熱茶的搪瓷老茶缸，牆上的555掛鐘停在某個時刻，他很快就睏了，倒頭就睡，也不和兄弟們聊天，醒來就是定好的遷墳祭祖的大日子。

山丘上還剩三座墳，王家兄弟還記得自家的祖墳是哪一座。祭拜之後，翻開土層。老娘的好辦，因是骨灰盒，好找；再往旁邊老墳頭那邊挖去，卻發現下面早已挪位了，可見小丘周圍破土動工後，已從內囊裡把祖墳破了。當年百堂下葬時的棺槨已經爛透了，不知哪裡滲來的水把土潤鬆了，骨骸也跟著流失的水土散開了，但依稀看得到當年墊在骨骸下的黃紙。世元在老法師的吩咐下，戴上帽子和紅手套，撿起骨來，從頭顱開始，往左手到左腿，再從右腿到右手。新的金櫃裡已鋪好了紅布、五彩糧和新硬幣，鋪好周身骨骸後，從頭到腳搭上五彩金線，再蓋一層紅布，法師們不停念咒，燒了好多符，佛樂是找白事專業戶來唱的。世元舉著紅色引魂幡，一路走到新墳，再等法師念咒燒符，謂之暖穴，然後再是鋪金、布符、焚香、響炮……直至引靈入墓，全體跪拜。最後，大家一起把備好的松柏杉樹苗種下土，將方形的墓園圍了起來，除了先考先妣之墓，果然還空出十幾平米的地方，就當是給祖孫們預備的空房間。

那天晚上，兄弟幾個反覆說起，當年父親下葬時，祖墳裡跑出來九隻蛤蟆和一條蛇。這次呢，什麼都沒有。世元和世祺這時候倒不迷信了，說現在老王家也有千萬富翁、百萬富翁和高級工程師、局級幹部……怎麼說也是光宗耀祖了。沒活物跑出來，那只是環境汙染所致。當下，世元興高采烈邀請大家參加他的九十壽宴，但沒幾個人回應。

第二天一起床，世全把裝了一摞錢的信封遞給大哥世元，說，咱們這就算結清了。轉頭就跟大夥兒告辭，說他還要趕回上海墓園給慶芸掃墓。旁人無法挽留。他沒跟他們說，去年的這一天，就是慶芸落葬的日子，沒有紅布和硬幣，沒有響炮和符咒，他眼看著泥瓦工模樣的墓地員工把水泥墓地封起來，在墓前留了個鐵桶給他燒紙錢用，事情就算結束了。兄弟們問他，慶芸的墓地看過風水嗎？老規矩不能不信。他心想，城裡辦喪事和這兒不是一碼事，但嘴上只是說，就那麼回事兒，沒用。

又隔了一年，人們都說，慶芸走了兩年了，你該給自己找個老伴兒了。他問子清，可好？小女兒沒心沒肺地點點頭。他再問子萊，可好？大女兒在越洋電話裡體面地回答，你願意的話，我當然支持。事情就這樣定了，結婚對象洪老師沒有別的要求，只要住新房。於是，他把老房子賣了，用全部積蓄買了一套新房子。新房裡不可以有舊日子的影子，不能有慶芸五十九歲突發奇想去補拍的結婚照，不能有任何他和慶芸的合影，但要找一張他和子清、子萊全家的合影，卻也是沒有的。

又隔了一年，房子總算裝修好了，洪老師的女兒生了女兒，她說，不如你住在我家幫帶孩子吧。

又隔了一年，他跌了一跤，門牙摔沒了，吃飯不得勁兒。

又隔了一年，他覺得二婚的對象好凶狠，總是對他吼。雖說也帶他去老年活動室，但唱的是滬劇，他一句也聽不懂，更何況從小就是五音不全。雖說她也會攛掇他去做些別的事，畫畫啦、寫毛筆字啦，但他總覺得自己是色盲，能畫好的只有死板的電路圖，至於寫字……唉，怎麼能和當年一揮而就寫大字報的水準相提並論呢，更要命的是，提筆忘字，筆墨在手也沒用了。

又隔了一年，清明那天，他騎上自行車去溜達，也沒什麼事要辦，但吹吹春天的風、曬曬太陽還是很舒服的。不知不覺就繞到了空關著的新房子。

他只有一個家。

這輩子很單純。

空房間裡冷清清的，格外潔淨。

他忘了這是哪一年，但是他堅定地走進去，堅定地等慶芸回來。等慶芸的時候，他拖了一遍地板，又擦了一遍家具。沒有裝飾物是因為沒有要取悅的對象，沒有要強調的過往。等到天黑了，手機響了，傳來洪老師的聲音，他才奇怪怎麼天都暗了。他答說，我在家呢，馬上就回家。他明白過來了，自己有點可怕，竟是來等死去的人。但他很疑惑自己歪倒在沙發上的姿勢，半邊身子都麻了，不知剛才打盹時是怎麼模樣，甚至不知什麼時候開始打盹的。他仰面看到天花板，雪白雪白的，像是記憶中一片熟悉的雪地，雪地上有灰濛濛的天。那是幾歲來著？一動也不能動，躺在冰涼冰涼的冰封的河面上，他們都說自己死了半晌，可自己卻覺得只是看了一眼天空。

天空只有一個。

這世界很單純。

後記

在這十多年裡，我的父母相繼去世。

在火葬場裡為父親撿骨時，我竟然為了火化時間那麼短而感到悲憤，有點難以理喻。用一雙很長的竹筷子夾起父親的骨時，過分的親密感來得那麼晚，那讓我流下眼淚來。但真正的痛哭只有一次：在精疲力盡的深夜給父親的葬禮撰寫悼詞的時候。我不知道寫些什麼，不能面對自己和上一代人的巨大隔閡，也不願承認自己疏忽了對父母的認知和關懷，因而像受了極大痛苦、或是犯了極大錯誤的孩子那樣失聲大哭。

在一個城市人的短暫、逼仄的生命裡很難親歷一個物種的滅絕，但父母的消失就給了我這種感知：我們成為孤兒的時候，就已目睹一種不可複製的人類的消失。

在生和死之間，我們注定成為孤兒。這麼簡單的結論，竟花費了這麼多年，我才明白。在這個年紀失去父母，看同齡朋友們激越地談論戀愛、工作、孩子和旅行，就像獨自走進一條偏僻的小巷，無人可與言說。雖然會和所有人在盡頭相逢，但我相信，那時候別人的感受會和此刻未滿中年的我有所不同。

未滿中年的我，被父親的病改變了很多。當我決定把這種改變訴諸文字時，也遭遇到了種種拷問。這本書最初的名字是「一歲一枯榮」，最初的設想是用非虛構的紀實手法去寫一種老年病，以及相關晚輩的中年危機，都市養老困境。但在寫作中途我放棄了，因為我不能無視疾病對歷史的隱喻，也不能迴避平凡人家追溯家族故事時的無力感。身處巨變的年代，太多當下太迅速地被壓縮成太不可信的個體記憶，我們會有怎樣的集體記憶呢？

遺忘是太容易了，除了肉身被動退化，還有精神上的主動遺忘。一代人離去，下一代人還沒辦法收攏那些記憶，又要汲汲營營地去創建自己的生活。世界加速運轉，資訊加速淘汰，記憶也被加速遺忘。

許多作者都曾反省家庭和自我，用文字梳理哀傷和記憶。在寫作的漫長空白裡，有各式各樣的作品維持我的思緒：保羅·奧斯特、井上靖、李煒、馬丁·蘇特、閻連科、薩曼莎·哈威、謝爾·埃斯普馬克、弗拉基米爾·納博科夫、恰克·帕拉尼克……但在看了那麼多傑作之後，我也曾覺得，自己沒有必要再寫什麼了。要找到屬於自己的敘述方式是艱難的，永遠不可能完美。

在很長一段時間裡，我不可避免地覺得生命是無意義的，寫作也因此擱置，直到父親去世，我開始恐懼遺忘。正因為害怕自己會漸漸習慣遺忘，我又把塵封的十萬字拿了出來，反覆看，反覆重寫。也許，這是一個寫作者在無計可施的時候唯一的自我救贖。

就像很多野心勃勃的事，會在用力過度的過程中忘記初衷。有人勸我索性把「查無此人」的主題發揮到極致，讓子清去探查父親的過去，必須挖出一個驚天祕密出來，生造一齣文革時代的生死大戲也未嘗不可。我知道朋友們是為了讓書大賣而好心建議，但我還是不想距離初衷太遠了。不想誇飾平凡的百姓在巨變年代中的平凡生死。除了主人公，故事裡的每個人也都是時代的縮影。

我想寫：無鄉可返的徒勞，無憶可追的悲切。

我想寫：從鄉村到城市到彼岸，每一次移動，每一種落差，每一次回歸。

我想寫：每一個凡人都是出生入死。

我想寫：在以遺忘為表象的疾病背後，還有一場又一場龐大的遺忘事件：集體的、自發的、被迫的、歷史性的大遺忘。

在父親去世後的某個時刻，我恍然大悟，這本來就不是朝向完美的寫作。寫作也不該是朝向完美的一種自以為是的主張。都不是。於是，這本書慢慢地遠離非虛構，慢慢地在虛構中獲得自由。從當事人到陌生人，都不再囿於疾病，而得以在疾病的隱喻中施展各自的悲喜得失。老年病的故事擴展為一個家族、三代人、兩代移民的故事，從鄉村到城市，從一國到異國……而這恰恰是很多中國家族在這半個多世紀裡的走向。

這是一本難產的小說，距離我上一本小說約有九年之遙，它見證了我在家庭事件中的疲憊和笨拙，我白髮的孳生，我對生活的接納，我對慈悲的解讀，以及我對大歷史的好奇和不解。

每一個凡人在牢記歷史之前，歷史是否已將他遺忘？

我的父親確實罹患阿茲海默症，最終因肺部感染去世，本書中相關疾病的部分毫無疑問取材於現實，但在情節成形之後，所有人物都已自立，只有源頭，沒有原型。本書於二〇一四年底在數次更改後完成初稿。直至二〇一七年才確定出版方。

謝謝《小說界》在二〇一四年三月刊發了〈六小時〉，也就是本書中尋找第二次走失的父親的片段。

謝謝上海市作家協會給予的經濟資助和精神鼓勵。謝謝上海文化基金會給予出版贊助。

謝謝關心這本書、在出版前的多年間以閱讀和批評鼓勵我的朋友們：段曉楣，吳文娟，黃昱寧，走走，徐子茼，方雨辰，姜妍，葛亮，引墨，藺瑤，韓敬群，孟丹峰……

謝謝所有從第一頁看到這裡的讀者。

于是

二〇一四年十二月七日上海（第三稿）
二〇一七年二月二十八日上海（最終稿）

當代名家

查無此人

2020年7月初版　　　定價：新臺幣350元
有著作權・翻印必究
Printed in Taiwan.

著者	于是
叢書主編	李時雍
校對	施亞蒨
內文排版	極翔企業
封面設計	謝佳穎

出版者	聯經出版事業股份有限公司
地址	新北市汐止區大同路一段369號1樓
叢書編輯電話	(02)86925588轉5319
台北聯經書房	台北市新生南路三段94號
電話	(02)23620308
台中分公司	台中市北區崇德路一段198號
暨門市電話	(04)22312023
台中電子信箱	e-mail：linking2@ms42.hinet.net
郵政劃撥帳戶第	0100559-3號
郵撥電話	(02)23620308
印刷者	世和印製企業有限公司
總經銷	聯合發行股份有限公司
發行所	新北市新店區寶橋路235巷6弄6號2樓
電話	(02)29178022

副總編輯	陳逸華
總經理	陳芝宇
社長	羅國俊
發行人	林載爵

行政院新聞局出版事業登記證局版臺業字第0130號

本書如有缺頁，破損，倒裝請寄回台北聯經書房更換。　ISBN 978-957-08-5562-3 (平裝)
聯經網址：www.linkingbooks.com.tw
電子信箱：linking@udngroup.com

國家圖書館出版品預行編目資料

查無此人/于是著．初版．新北市．聯經．2020年7月．
352面．14.8×21公分（當代名家）
ISBN 978-957-08-5562-3（平裝）

857.7 109009103